U0895546

[德国]米尔科·邦内 著
Mirko Bonné

张芸 译

我们如何消逝

译林出版社

歌德学院(中国)翻译资助计划

图书在版编目(CIP)数据

我们如何消逝 / （德）邦内著，张芸译. —南京：译林出版社，2015.3
ISBN 978-7-5447-5225-1

Ⅰ. ①我… Ⅱ. ①邦… ②张… Ⅲ. ①长篇小说-德国-现代 Ⅳ. ①I516.45

中国版本图书馆CIP数据核字（2014）第313601号

The Translation of this work was financed by the Goethe-Institut China
本书获得歌德学院（中国）全额翻译资助

书　　名　我们如何消逝
作　　者　[德国] 米尔科·邦内
译　　者　张　芸
责任编辑　王　蕾
原文出版　Schöffling, 2009
出版发行　凤凰出版传媒股份有限公司
　　　　　译林出版社
出版社地址　南京市湖南路1号A楼，邮编：210009
电子邮箱　yilin@yilin.com
出版社网址　http://www.yilin.com
经　　销　凤凰出版传媒股份有限公司
印　　刷　江苏苏中印刷有限公司
开　　本　880毫米 × 1230毫米　1/32
印　　张　11
插　　页　4
字　　数　224千
版　　次　2015年3月第1版　2015年3月第1次印刷
书　　号　ISBN 978-7-5447-5225-1
定　　价　35.00元
　　　　　译林版图书若有印装错误可向出版社调换
　　　　　（电话：025-83658316）

献给我的父母
布鲁妮和托马斯·埃格斯

黑马、白马，仅需人的一只手
就能够驾驭两匹飞奔的骏马。风驰电掣的速度
让人感到畅快。真理在欺骗，坦诚
在掩藏。躲到光中去吧。

——阿尔贝·加缪

1

我收到莫里斯·拉乌的信，是在夏天，就是在那个肖万、格拉布和施罗克因发现分子交换而获得第一百届诺贝尔化学奖的世纪之夏。而我却在那时离开了我的实验室。心绞痛，一种所谓的不稳定型心绞痛勒压着我的心脏，所以我不得不在凡尔赛的绿门医院里躺了六个星期，望着窗外夏日酷暑将小檗和连翘编织成了茂密的帷帐。我透不过气来，觉得胸腔中的两瓣肺叶呼哧着，无法吸入足够的空气，我从未像在病床上时那样渴望过原野中的微风。而不早不晚，偏偏在我出院的那天下起了瓢泼大雨，这简直是老天对我的嘲弄。但我知道，布满乌云的天空跟人的心肌一样，一点儿也不顾及一个人的心情。

我的小女儿到医院来接我，在雨中驱车几公里送我回家。位于勒谢奈的家周围绿荫遍布，充满了生机，显得更凉爽些。佩内洛普把我不在家时邻居帮我取的邮件给我送到楼上的卧室里，她一边关窗，拉上百叶窗帘，一边对我说，这堆账单和广告中间有一封未注明寄件人的信。

我很少收到私人信件。佩内洛普想知道，信是谁写的。

她想不起来父亲青少年时代的一个名叫莫里斯的朋友，她妈妈跟她提起过此人，看来她全都忘记了：1969 年我们搬离维勒布勒万时，她还是个不到两岁的孩子。现在都过去三十八年了。

"要我做什么就喊我一声，"她说，"我就在楼下，我去看看有什么要买的。让娜下了班会直接从出版社到这里来，然后我们再定一下，谁留在这里过夜。"

她说完就让我一个人待着，不久我就听见她在露台的雨棚下，隔着如注的大雨在与邻居打招呼。

我觉得十分疲乏，就如同被剥夺了王冠的路易十六那样又累又老而且悲凉，在离开病房之前，我最后在镜子中仔细地端详了一下自己，面无血色，两颊凹陷，鹰钩鼻，还有竖起来的银发，人们把王冠和假发从公民路易·卡佩[①]的头上扯下来时，他看起来大概也是这样吧。

你有多高，路易？

我将近一米九，还不到七十公斤。

---

① 路易·卡佩，即路易十六，法国大革命后被讽刺地称为"路易·卡佩"。（本书注释均为译者所加。）

读着莫里斯的手书，眼前晃动着他的脸，这让我感到十分不安。我在床上坐起来，想着这张脸，与我自己青春时代的脸庞一样，莫里斯的脸也十分不清晰。我徒劳无功地想象着，莫里斯·拉乌在这个阴雨绵绵的夏天看起来会是什么样子，一边在读着他的信。

只有几行用陌生笔迹写的工工整整的字。黑色墨水。没有注上日期。还有五张机打的写得密密麻麻的纸。

"亲爱的雷蒙，"这个开头有些无赖，"你一定会吃惊又得到我的消息。我不想让你困扰，但我想告诉你，我的状况非常不好。我在回想着我们一起度过的年岁，我在问自己，你是不是也同样会回想起过去。

"你的健康状况好吗？孩子们怎么样？

"我从内心里希望你一切都好！两年前韦罗妮克的死讯让我受到很大的震动，尽管我当时没有跟你联系，告诉你我的哀思。我常常想起你，还有让娜和佩内洛普。

"有些事情我很想能有机会和你谈谈。

"你还记得我们的那段铁路吗？

"那段铁轨，火车？

"逆向风？

"你还能忆起那间旧仓库，我们那辆伟大的轨道车吗？我们当时希望开着轨道车永远地消失？

"这些年里，我从来都没有忘过，尤其是那天在林荫大道上发生的那场车祸。我开始去写那场车祸，可又不断地问自己：为什么要写？为谁写？

“我觉得，信后附上的几张纸是为你写的，所以把它们寄给你。

“我知道，我都能听见你在说，生活在继续，过去的就过去了吧。

“但我的生活将不再继续下去了，雷蒙，所以我才写这封信。我从来就不是一个无私的人。

“致以最好的问候，莫里斯。”他在信尾签了字，信纸末端的小字是一所医院的地址，位于一个我不知道的地方。

我把信放到一边，左右想了一下，打了一会儿盹。我根本就没有兴致去读莫里斯·拉乌写的那场车祸，整个世界都知道那场车祸。我在问自己，我该对他的来信怎么办，他写这封信到底想干什么。最后我发现，其实我至少在一点上可以同意莫里斯说的话，那就是他从来就不是一个无私的人，想到这里，我睡着了。

2

第二天早上让娜把我叫了起来。她坐在床边，与她的母亲一样美丽，头上戴着一块碎花头巾。

“你觉得怎么样？”她问道，接着问我想不想吃早饭。她下楼去准备了一些早点。我喝着茶，吃了一块早点，又服了药。她问起了那封信，她说佩内洛普跟她提起过那封信。

莫里斯，是谁啊。她问。

“一位朋友，”我虚弱地回答，“一位老朋友。”

“爸爸，我能读读那封信吗？”

我把信递给她。她读了一遍信，然后说，我跟我的朋友同时住进了医院，这可真有些怪。

“你会给他回信吗？”

“你觉得，我该回吗？”

“他看来没有几天了。”

“看来是这样。我差不多四十年没有他的消息了。就是你母亲过世时，他也没露面。现在他自己活不了多久了，他这才联系我。”

“他认识妈妈？”

“我们几个是同一所学校的。你也认识他，就连佩内洛普也认识他。但那时候你们还是小不点儿。我们搬到凡尔赛的时候，你四岁，佩内洛普才两岁。你想不起他，唔……我自己也差点儿想不起他来了。”

“那起车祸，他写的那起车祸呢？”

“维勒布勒万。”我只说了这个地名，想起了我还没去读的那几张纸。那几张纸放在床头柜上。我还一直没有兴趣仔细去看看那几张纸。

让娜盯着天花板，嘴角耷拉了下来，她耸耸肩。“不知道。那是一场什么样的车祸？”

“1960 年 1 月。阿尔贝·加缪在那起交通事故中死了。他坐的车在村外撞上了一棵大树。”

“妈妈一再跟我们说过这起车祸！”她有几分释然道，“她说加缪就是在你们从小长大的村子里遇难了。我想我们在学校里面读过加缪的《西绪福斯神话》，我还记得，加缪在什么地方说过，最荒谬的死就是死于车祸。嗯，看来，你的朋友对这起车祸还一直无法释怀。”

“他不再是我的朋友了。”

“但他曾经是。不管你现在怎么看这个人,你应该做点儿好事,给他回个信。”

“我不清楚我怎么看这个人。我又不了解他。他就是个躺在一所什么医院里面的老年人。”

“你自己昨天还在医院里,我们还为你担心呢。你本人就不是个老年人,爸爸,你只是上了点岁数,这就是你。”

“我至少完全可以当你父亲了,”我说,“等等,难道我不是你父亲吗?”

她笑了。“真好笑。幸亏你没有老年痴呆症。还没有!——你该给他写信。写写信又会少点什么吗?”

“你觉得,你妈妈如果还在的话,她会怎么说?”

“她会说一模一样的话。‘给他写吧,别犟啦,我不喜欢太犟的人。’她肯定会这么说。”

“好,现在是二比一,我再去问问佩内洛普。”

“问吧。”让娜站起来,“问问她去。但你也要问问自己的内心,你是因为你的心脏才住院的。”

“你要我去听从自己的心声,”我说,“好吧。亲我一下。来,我的心肝。”

让娜留下我一个人走了,我听见她在楼下的钢琴边坐下,弹着琴,听着像拉赫玛尼诺夫的乐曲,如风一般哀愁,既轻盈又沉重,我又躺回枕头中,凝视着天花板。

我的思路渐渐模糊起来,直到我只能听到滴滴答答的雨声。我问自己,我有多久没有坐在花园里的白杨树下了。我拿过信封,仔细打量着黄色的纸张,看看邮戳是哪一天的。

莫里斯·拉乌的信是两周前发出的。在此期间你可能已经死了,我想着,打开了那几页打印得密密麻麻的纸。

3

一辆墨绿色的车从小树林中蹿出，往巴黎方向疾驰而去，它几乎要飞起来了。那是1月初的一个阴沉沉的午后，天上没完没了地下着毛毛细雨。光线十分模糊，远处公路边的空地和庄稼地里的零星乌鸦和喜鹊此起彼落地飞舞着。没有雪，没有阳光。汽车头灯的两对黄澄澄的光柱点亮了树林中的下层林丛，一下子将弥漫在树丛中的昏暗光线一扫而尽。那辆陌生的轿车飞速驰来，一头冲进冬日的寂静中，桦树的灰暗色彩就像是以同样的速度被撞爆了。

这是对所有人，对每个人来说都以十分温柔、十分无所谓的态度来面对的一天，就与这天之前和这天之后的日子完全一样——只是一个普普通通的星期一，如果它不是这一年的第一个星期一的话，它就更平常无奇了。1960年1月4日，一辆绿色的汽车驶过树林。车道十分湿滑。路面的沥青倒映着天空。路边的水沟里浮动着云块的倒影，几天以来这些云块不断地从英伦半岛涌来，将雨水洒向这片在塞纳河、马恩河和约讷河之间的土地上，是些来自萨默赛特和康沃尔的快速、低矮地飘过的云块。

从那里由远及近地轰鸣而来的，想必是重达几吨、架在四轮上的大炮，是一支掠过天空的火箭，它里面显然坐着要赶时间的人。这么想的人，他身着雨衣，脸都被淋湿了，眼镜上满是雾气，正站在路边，站在沿着国道修建的沟壑与两棵古老的悬铃木之间一块狭小的、脏兮兮的绿地上。保罗·卡塞尔，维勒布勒万当地的一个农民，他从自行车的车座上跳下来，跨在车架的横梁上，把自行车停了下来。这么巨大的声响打破中午的寂静，这种情况不常出现，就像是一架飞机一头栽下来闹出的巨响。保罗·卡塞尔曾在阿登地区打过仗。他在萨克森的战俘营里面待过。他在桦树林里面听到的巨响，就像德国的俯冲式轰炸机闹出的动静那样让他四肢颤抖，他一下子从自行车的座位上滑到横梁上。自行车停住时，他回过头去，往日的恐惧又擒住了他，他很好奇，到底是什么鬼机器能够闯入他身后的谢弗罗的林地中。

卡塞尔看见四道黄色的光向着他迎面扑来，四道光，左侧两道，右侧两道。他没见过带着这样头灯的车子。他是一个见多识广的人，读过不少书，自己还研发过奶牛挤奶机。他到邻村的维尔纳沃拉居伊阿尔去看他弟弟去了，一整个上午跟弟弟讨论带电篱笆。

6号国道在维勒布勒万附近的路段大约宽九米。车道两侧两百五十多棵悬铃木，在温暖的季节里，两棵树间距为三十米的空地上长满了各种杂草、荨麻、款冬等等。眼下公路边这些百年老树仍是光秃秃的枝桠上还悬挂着去年夏天留下的槲寄生小球。保罗·卡塞尔知道，有过一些间伐的计划，这样邻近的树可以有更多的呼吸和生长空间，但不单单是谢弗罗的继承者提出了异议。他们在这条桑斯和枫丹白露之间的路还是军用道时，就在道路的两边种下了悬铃木，路面没铺，而是撒上沙和废石渣，填平小坑，用陶器和玻璃的碎片填平被水冲得凹凸不平的路面。

吉尔贝特·达尔邦不了解这条路的历史，她打开转向灯，把她的雷诺车停在6号国道的入口处。这位来自里昂的幼儿教师来看望一位住在约讷河畔米锡的女友，这地方离维勒布勒万北部只有几分钟车程。她很少徒步，尤其是在连日阴雨的日子里，她更乐意驾车去教堂、市场等地方四处看看。达尔邦小姐这一天正好想出去活动活动，她把车上的收音机声音开得很大，随着收音机唱起了歌，这些歌的歌词她都会。

那个穿着红色雨衣，在主路上踩着自行车穿过树木的人，她已经发现了好一阵子了。她开车总是很仔细、小心，所以她一直留意着这个人，一刻也不敢让他脱离视线。她觉得此人是个男子，他位于她东边几百米，在她到达6号国道入口处之前，就已经把自行车停了下来，这并不让她感到奇怪，这让吉尔贝特·达尔邦松了口气，因为他停下来就不会对她行车造成危险了，她马上又忘记了保罗·卡塞尔。

从里昂来的吉尔贝特·达尔邦和卡塞尔老人并不是在1月4日这天首先看到那辆墨绿色的跑车以什么样的速度穿过维勒布勒万附近的桦树林地的目击证人。在小树林里有一辆木材运输车，车里坐着两个男人，一对兄弟。法国四台调频节目播送着一首由伊夫·蒙当唱的《相爱的孩子》[1]。那位幼儿园老师把这首歌用很大的声音播放出来，所以她没能听见从小树林中传来的巨大声响；两位林业工人兄弟罗歇·帕塔舍和皮埃尔·帕塔舍在大卡车驾驶室里也听到了蒙当的歌声，他们正在驾驭着满载的大货车穿过这片林地。罗歇坐在方向盘后面。他弟弟皮埃尔，人称皮潘，在副驾驶座上浏览着报纸。雨刷器吱吱嘎嘎地响着。罗歇·帕塔舍的脸时不时地扭曲一下，因为他的晶体管收音机中传出的歌让他想起了《恐惧的代价》中的伊夫·蒙当，虽说他的车上载的只是一些原木，但他真可以感受到电影中的那些运送硝化甘油的司机们的感觉。他可不会对自己生性纯朴的弟弟说起这种让他过上几秒钟电影明星瘾的白日梦。

这是运输的首日。谢弗罗家的后人们为什么决定要让人砍掉这一小片桦树林，这可是他们从小玩耍的地方，皮潘不清楚；就是说，他其实还是知道点原委的，因为罗歇都对他解释过了，为了重新归并土地，砍掉点树木是必须的。所以他在想，这片他这么熟悉的土地和树林，究竟为什么就要进行土地重划呢。皮潘一时却找不到答案。他也不愿意多问让罗歇烦，而且他们俩通过这些木材能挣不少钱，冬天里不好找工作，皮潘认真地读起了报纸，他仔细打量着引起他注意的几张图片。

罗歇先发现了飞驰而来的汽车，反光镜里面出现了光柱，然后越来越大。他想，那辆车大概会刹车，然后跟在他们后面行驶，至少在他们离开森林，到达公路之前会这样做。但他错了，就在这一刻，那辆车

① 歌名原文为法语：Les enfants qui s’aiment。

换到了另一条车道，消失在死角中，他说道：“看看那辆车：墓地，我来了。”

瞬时间这辆绿色的跑车从侧面出现在了这辆旧西姆卡货车的车前，又漂移回到原来的车道上，皮潘也看到了。

“喂！喂！”他笑了，“它载了多少东西啊！”

罗歇估计冲到他前面、直奔树林出口的车子的速度大概有每小时一百三十多公里，但这只是他自己的猜测。他在想着另外一个问题。这款车的车型他也没见过，他肯定，这不是一辆新款的梅赛德斯就是一辆美国产的车。

不远处沿着公路是一段通往巴黎的旧铁轨，一辆蒸汽机车做车头的午间列车正驶过桑斯，罗歇看到它拉出长长的一道烟，烟飘到了约讷河的桥上变得更亮，而后消失了。

“你看到了刚才那辆车了吗？”皮潘问道，“是什么车？”

罗歇告诉他：是雪佛兰。

皮潘扑哧笑了。雪佛兰……哪儿的话！刚才是辆法塞尔的维加。他拍了一下前额，陷入沉思。罗歇见那辆车到了林子的边缘，他看到了笔直的公路，那辆美国车正在闯上公路。

他的车上虽未装载一丁点儿硝化甘油，他却也把车开得蜗牛般慢吞吞的，为此他的心里涌上了一种酸楚的感觉；在同一瞬间，几百米之外的保罗·卡塞尔的内心也出现了对俯冲式轰炸机产生的巨响的旧日恐惧，这种恐惧迅速笼罩住了他，尽管下着雨，他仍停下自行车，靴子陷入烂泥中。

卡塞尔没有看到一辆停在6号国道东侧的雷诺车。“相爱的孩子眼中只有彼此。”[1] 伊夫·蒙当在收音机里唱着,吉尔贝特·达尔邦也跟着唱,这时她看到前面公路的尽头是一片小桦树林。树林浸入柔和的紫色中,或者更确切地说,它散发出柔和的紫色,这个林子就在前面。从树林中驶出一辆车子来,一辆开着同样明晃晃的前照灯的车子迎面朝她驶来,她吓了一大跳,还没来得及看清那个推着自行车的男人。那辆白顶绿色的车急速从骑车人身边驶过,掀起的风几乎要把那个男人摔倒,他打了一个趔趄,雨衣被风鼓了起来,卡塞尔骂开了,他恐吓地举起拳头。“他妈的!”[2] “一堆狗屎!”他朝着巨响喊道,他突然发现自己处于巨响之中,因为他惊讶地意识到,他听到的轰隆隆的巨响和吱吱嘎嘎的声音,不仅来自从他身边呼啸而过的那辆汽车,而且也来自那辆午间的火车,火车在通过约讷河大桥之前鸣笛警示,林子里面也传出了声音。罗歇·帕塔舍把车换到了一个较低的挡位。货车的动力系统发出一声响,适应了新挡位,西姆卡货车开得更快了,帕塔舍兄弟也到达了公路。

就此,谢弗罗的古老悬铃木之间的所有的人都到齐了:四个车祸遇难者,四位目击证人,还有十几二十只喜鹊和乌鸦。鸟儿们对这个偶然产生的几方人员的会面没有在意。它们在蒙蒙细雨中飞翔着,十分漫不经心而轻盈,就像那些视周围的人为空气的孩子那样,因为他们只是彼此相爱。

① 原文为法文:Le enfants qui s’aiment ne sont la pour personne。

② 原文为法文:Merde alors。

4

我问着自己，这里所说的孩子是否实际上指的就是我们——韦罗妮克、德尔菲娜、莫里斯和我。我从这段描写中认出了很多东西，谢弗罗的小树林、公路，甚至我还想起了帕塔舍兄弟的货车：那是辆蓝色的货车，但是车身上很多地方的漆已经从车皮上爆开，可以看见漆下面的近乎蓝白色的铁皮。这是辆很旧的西姆卡货车，变形很严重，莫里斯有次说，帕塔舍的货车看着就跟从飞机上扔下来的似的。

我在问自己，他是否后来又去过维勒布勒万，就为了跟罗歇、皮潘和老卡塞尔说说这场车祸。我父亲去世后，我母亲搬到了凡尔赛，我就再没有去过维勒布勒万了。我仔细算算，得出结论，保罗·卡塞尔很可能已经不在人世了。他那时候大概就有六十多了，跟我今天差不多大。

那时候我们跟普雷韦的烂俗歌中所唱的孩子们还是完全不同的。我们把别人都当成空气，是这样，老卡塞尔或者是比我们只大四五岁的皮潘·帕塔舍对我们来说都不存在，皮潘就像小松鼠那样寂寞之极，他从树林里抓到松鼠，关在小笼子里，挂在房子的后面让它们自生自灭。我们好像对彼此也不存在。我们相互爱过？莫里斯看来有点相信这个。我也信过。

我们的那段铁路。那段轨道。

我们真正爱过的是火车。我们觉得，那个发明火车轨道的人是为了我们而把轨道带到了世上，这就是世界，火车轨道对我们来说就是整个世界。

而从来没有火车在维勒布勒万停靠过，莫里斯和我在那个小村庄里生活的那些年里面从来没有过，后来我们各奔东西了，每个人都开着装满家当的车，加满了汽油，相互也没有告别一下，就离开了那个小村子，德尔菲娜和他先走的，不久后韦罗妮克和我也走了。

她坐在我身边。我们当年二十出头，已经有了两个小孩子，让娜和佩内洛普，她们坐在我们后面。我还能够很清晰地回忆起那个时刻，我开着从韦罗妮克的妈妈那里接手的那辆雷诺车拐上约讷河大桥，从桑斯开出的早班火车在桥面上迎面开来。这是我最后一次看到这趟火车。火车还是那种绿色车皮的车厢，上面的字是金色的。它是由柴油车头牵引的，以前是蒸汽机车牵引的。那个时候我也想起了莫里斯：他在哪里呢？他和德尔菲娜搬离维勒布勒万已经半年了，或者更久些。韦罗妮克肯定从我的眼睛里看出来了我在想什么,因为火车的咣哧咣哧声才刚刚过去,我们刚刚到达对岸,她就问我,是不是想起了他。我问,他指的是谁啊。她笑了很久。莫里斯,她总算说出了这个名字,她说起了莫里斯。

一列从南方过来的火车,例如午间火车,经过约讷河时,它要开过大概一公里与公路平行的路段,然后铁轨和6号国道公路才朝不同方向分开。6号国道公路在北部围着维勒布勒万村形成一个弧圈,而铁轨则直接从村子中间穿过,穿过两个运动场之间,经过教堂、墓地、露天游泳池和学校;经过莫里斯的叔公的房后继续往前经过农舍、花园、田野,穿过村子的另一端,枫丹白露的林子始于这里。与林子衔接的地方是一片由古老的橡树围绕的绿地和谢弗罗家族的颓败的庄园。这里就是莫里斯在信中提起的一段铁轨——那是他极力渲染的路段。因为这段铁轨对我们来说是神圣的,是啊,比神圣还重要。它是我们的退路,是我们逃离维勒布勒万的逃跑之门。在这个路段上我们练习着怎么消失。

自从读了信后,很多回忆涌上了我的心头。过去的就过去了吧——我不知道,我什么时候对莫里斯说过这句话,但我还是希望,它应当会是这样的:过去,过去。

我出院后的那一周,我的女儿们轮流来照顾我:上午佩内洛普来,下午让娜下了班之后来换她。如果让娜要在办公室里待得久一些,我的女婿就来看我,跟我下棋。每一局安德烈都赢,我也注意到了,虽然他几乎总建议我以西西里防御开局,这种下法其实我比他强。我很疲惫,但也还未疲惫得让他去享受一个故意输棋的人给他带来的赢家的辉煌。我坐在床上,他则坐在一旁的一张藤椅中,我们都默不作声，狠狠地在棋盘上挪动着棋子。我们可都不是好棋手。我们两人都倾向于戏剧性地、缺乏深思熟虑地弃掉兵以上的棋子，安德烈甚至倾向于让他的后走出自杀的一步，他大概还觉得这是天才的一招棋，我却觉得这步棋真白痴，但却不告诉他。我们两个都急着想赢，没多久一盘棋就下完了，他试着搅乱我，引用着他最喜欢的棋局中的招数："菲舍尔对局斯帕斯基，1972年在雷克雅未克！"或者是引用弗拉基米尔·纳博科夫小说中的句子："你这么走，我就这么走，马飞起来了。"他看来并不知道那封信，所以我也根本就不跟他提。让娜和佩内洛普看来已经忘掉了莫里斯的信，所以我也就对她们缄默不语，不告诉她们我心里在想什么。雨下个不停，下了差不多整整一个星期。我有一句没一句地听着安德烈在阐述问题棋局这个大题目下的"单王"和其他枯燥之极的例子，我几乎没有下过床，我的思绪飘到我能想起来的最炎热的夏日去了。

我想起了每一个细节。终于等到我一个人独处的时候，我就把枕头从床上扔开，把那些为下一盘必输的棋而摆好的棋子给推平，然后平躺在床上。我闭上眼睛，将两只手交叉在胸前，就这样打开记忆。过不了一分钟，那些画面、声音和所有其他的东西都出现在眼前，就像当年出现在那里一样：桥、铁轨、铁路路堤。露天泳池和学校的院子。拉贝热女士、拉乌教授、帕塔舍兄弟。车祸的那一天。阿尔贝·加缪！诺贝尔奖获得者死于维勒布勒万。我没死，不是诺贝尔奖获得者，我还活着，我在维勒布勒万。维勒布勒万在我心中。这整个小地方都在我的脑子中。

火车隆隆而来，雨在滴滴答答地敲打着窗户：火车，我记忆中的区域快车在过约讷河大桥，在恰好三公里半长的路上奔向森林边缘。

二者之间是维勒布勒万，没有火车站。这段路铺了双轨，那条旁轨原先是设计用于避让的轨道，实际上是一段废弃轨道，上面从来没有跑过火车。枕木都朽坏了，铁轨也已经生锈，上面覆盖着一层厚厚的、一块块的红色铁锈，碎石下面是布满过道、暗洞、仓库和坟茔的老鼠城，碎石不是灰色的，而是闪闪发光，色泽鲜艳，绿色，蓝色，到了夏天，甚至还出现紫色，是由藤蔓植物和苔藓造成的。

而这段废弃的铁路路堤是维勒布勒万所能找到的最好的东西了。暑假里，它就像这整个地方一样。一切都死绝了，荒凉和空旷。公务员和农民还留在那里，其他所有人都离开去海边了。看起来只有两个孩子留在维勒布勒万，偏巧就是莫里斯和我。我们即便是在学校上课期间，也整天觉得无聊至极。在夏天里，我们无聊得整天打呵欠。有几周，我们天天都是露天泳池的仅有的客人。毛巾、书、甜品和我的晶体管收音机，晚上我们干脆就把这些东西放在草地上，第二天早晨我们还能看见这些东西仍在原地，就像我们只不过为了凉快而去空旷的蓝色泳池里面游一圈回来一样。

暑假到底有什么好？只有一点还不错，整个学校都空了。只有一楼的校务主管为了让凉爽的空气进入房内，整天敞着他屋子的窗户。晚上十点过了很久后，如果我母亲进来，我就做出一副睡着的样子，她把灯关了，略高处的校务主管的小屋的灯还十分明亮，犹如宇宙飞船快要落地时候的样子。我再次起床，溜回窗边，看到村子里各家的起居室还是灯光闪烁。在我眼前浮动的绝对最耀眼的、晃得直到开始做梦前都眼花，确切地说是我睡眼蒙眬地溜回被窝前都眼花的亮光，是校务主管家里的大吊灯，灯很大，光芒四射，它其实更应该吊在学校的大礼堂里面。他肯定以前就有这灯，莫里斯这样看——他觉得什么东西该是怎么样,那就一定会是那样。他是个将全身心都投入到神奇事物中的少年。我可就小心多了,可能是因为我的想象力反而会让我自己害怕。据莫里斯说,校务主管拉贝热先生把他的年轻妻子作为一种校务主管的女奴养着,他们以一个随意瞎编的安全考虑把那个大吊灯从学校里给弄到自己家里的起居室里面来了,他们某次还把学校不再使用的陈列动物标本的玻璃柜子从生物室给运出来,拖进了他们的花园,然后就消失在他们家门后了。他们是否随后将不久前还摆满了狐狸头骨、填塞好的鸟类标本、鱼骨架标本供大家参观的玻璃柜子当成了他们家厨房的橱柜,这个我们就永远都闹不清楚了。但是我们觉得在拉贝热那里,一切皆有可能,这不仅仅是因为莫里斯和我常年来跟此人处于一种类似于星际大战的状态中。

某个下午,安德烈问我是否知道,谁是 1957 年也就是他出生那年的国际象棋世界冠军,那天让娜又有事留在出版社里面了。我既没听说过鲍特维尼克,也没听说过斯梅斯洛夫,两个俄国人,安德烈不厌其详地解说道,他们两人在棋盘上斗了几十年,终于在 1957 年两人都是世界冠军了,直至塔尔和彼得罗相,新的时代才总算……

1957 年,也就是我们开始制造伟大消逝的轨道车时,莫里斯和我都只有十三岁。我们上八年级,住在同一条街上,我们上的中学也在这条街。我父亲是一名内河船员。他对下棋毫无兴趣,就像他对苏联的计划经济丝毫不感兴趣一样。他很少在家,就算他在家,也很难跟他和睦相处。我母亲和莫里斯的母亲只要一碰上就要讨论我们的父亲。她们说,我们绝对不能成为我们父亲那样的人。当然我自己也从来没有想过去当个内河船员,莫里斯当然也不以在三十出头的时候在诺曼底被德国兵击毙为追求的目标。他和他母亲住在一座老宅子的第二层的三间屋里，这座宅子在维勒布勒万被称作拉乌大宅，其中的一间屋子很小、很安静，天花板上满是石膏纹饰，从屋子可以看到一个荒芜的后院和稍远处的铁路路堤。他们楼上没人住，楼上是屋顶，还有一间很大的空房用来晾晒衣物，这间空房我还历历在目。莫里斯和我当时很想搬到那间空房里面去，这样我们就可以完全独占这个空荡荡的、全木质的大屋。拉乌大宅是依据莫里斯的叔公邦雅曼喊开的，叔公一个人住在底层，莫里斯的妈妈照顾着他，他有糖尿病。你若问起莫里斯母亲的工作，她是个女管家，她有时也说自己是个钟点工。1957 年，就是安德烈出生的那一年，拉乌教授是否也对国际象棋感兴趣，对发生在斯梅斯洛夫和鲍特维尼克之间的棋王大战感兴趣？这我可不清楚。

如果我出其不意地走了一招棋，安德烈就会马上喊出来："Ssobáka！"这是什么意思呢？他向我解释，这是俄语，意思是"小狗"，完全是很亲切的意思。1972 年，鲍里斯·斯帕斯基在下棋的时候，对博比·菲舍尔喊过。安德烈一边说着，引用着《卢金的防守》[①]或者《洛丽塔》中的句子——"结束，我的朋友，结束，我的敌人。"——一边吃掉了我王车易位后的几个兵，这时我想起了几个难以忘怀的夏日午后。那是一天中最难熬的时刻。一个人永远无法知道，敌人躲在什么地方。上午拉贝热总是去清洁走廊和教室，中午他关上窗子，拉上窗帘。然后，据说他要睡上两个小时。下午在任何地方都可能撞上他。如果天不太热，可以在室外干活，拉贝热太太就叉开双腿，朝天撅着她那美丽的屁股，站在学校的花园里，从泥沙地里拔除野草。当时

---

① 弗拉基米尔·纳博科夫这部小说的译名为《防守》，有他本人编剧的电影名为《卢金的防守》。

学校的花园所在地曾经，也就是在人们把它挪到铁路路堤边上之前，是一个大球场。维勒布勒万镇还没有哪位女性像拉贝热女士和她的屁股那样占据着我们的幻想空间：她不仅漂亮，比她男人年轻许多；她还狂野、聪明、活泼、健硕、真诚，让人捉摸不透。魅力十足，棒极了。她通常将头发盘起来。莫里斯胡乱猜测：假期中她丈夫迫使她穿上一身鸽子灰的运动服，跟他的衣服一样，这样远远望去，就无法区分这两个人谁是谁。但只有拉贝热在用螺丝固定自行车棚的顶棚。如果发现我们犯下了所有罪孽中最大的罪孽，比方如果我们为了抄近道去铁路路堤，直接从学校的院子里面跑过，那么总是拉贝热在那里扯着嗓子骂。而他太太却不一样，她突然出现在我们面前，她会说："雷蒙和莫里斯。往哪儿去？十秒钟里我当你们是幻景，没看见你们做什么，然后我可就要叫拉贝热先生来了……"——她说着，就好像在遵守某项规定，她没有权力，而只有校务主管——这人碰巧是她男人——有权力更改这项规定似的。她的脸上长着雀斑和绿眼睛。她很爱出汗，汗味闻着甜津津的，闻着还像种什么气味，我说不上来，但这种气味让莫里斯发狂，我也一样。我们有时暗地里问自己，如果一个人，或者两个人一起来救她，她大概会怎样反应。

这座土黄色的楼伸展开来，几乎占据了整条街的左侧。除了中学之外，镇政府就位于这座楼里。三色旗挂在入门处的旗杆上，门和几米之外的一个安装着木门的车辆入口几乎总是关闭着，除非镇长的车要进来——或者出去。在雪铁龙 DS 车[①]的方向盘后面坐着罗歇·帕塔舍，他有时为镇长开车。罗歇曾经是莫里斯父亲的朋友，莫

① DS：雪铁龙汽车，1955 年的特别革新产品，引导了当时的潮流。DS 法语全称为 Deesse（女神）。

里斯的父亲死后，他有时来看看莫里斯的母亲，有时开车带她去枫丹白露看电影。雪铁龙的后挡风玻璃贴了膜，这样大家除了镇长的手或者一段衬衣袖子之外什么也看不到。

有时校务主管在学校前的草坪上剪草，或者把鲜花种在花圃中，罗歇将DS停在入口处紧闭的门前，开着驾驶座一侧的门，和靠在篱笆上满脸通红的秃顶丑男人拉贝热一起吸支烟。我们撩开窗帘，从莫里斯房间的窗子望出去，只盯着看那辆车。我们觉得，只要在那辆黑色的DS车后发生点什么，我们就很可能成为一个秘密行动的目击者。其实该问问，镇长怎么就不也下车来，他为什么自己就从来不跟校务主管说话，而是要派罗歇·帕塔舍去替他说，而这个罗歇除了对莫里斯的母亲科拉之外，就再没对其他人友好过。他叫她科拉，虽然她的名字叫科琳娜。

但是DS中从来都是什么也没有发生。罗歇把香烟弹到街上，从拉贝热那里回过头来，在走回到那辆车之前，有时也会看看我们。我们呢，我们就马上缩起来，转个身子就躲藏到窗台下面，就像镇长那样不会被看到了。镇长名叫莱奥，整段时间都躲在那辆专供老大坐的高级轿车里面，在等着。

该我下棋的时候，我看了一眼棋盘，就马上明白了，这盘棋我是没戏了。“你能不能，”安德烈问，“你能不能把1957年以来的世界冠军按照正确的先后顺序说出来？”

“不能。”

“等着，我就行……”——他搓搓手，望着天花板，“鲍特维尼克，斯梅斯洛夫，鲍特维尼克，塔尔，鲍特维尼克，彼得罗相，斯帕斯基，菲舍尔，卡尔波夫，卡斯帕罗夫，还有……”

"鲍特维尼克？"

他笑了一下，有些受挫地说："克拉姆尼克。"

我们等着，一直等到听见那边的DS的开进了院子，木大门吱吱呀呀地合上了。然后我们立马跳起来，向后奔去，跑到厨房窗前，猛地把它打开。房子里，荒芜的后院里，四处悄然无声。在我们眼前是一整个下午，空阔、漫长、炎热难忍。在我们下面，莫里斯叔公的花园门敞开着。我们从楼下也没听到任何声响，没人打鼾，没人在床上翻身，莫里斯的床的下方一楼的地方正好摆放着莫里斯叔公的床，一丁点儿动静也没有。拉乌教授在家，只是听不见他在，他总在家，因为他有很长时间都没出门了，就算是他想出门，他也胖得没法出门了。如果到处都静悄悄的，那么他就坐在窗前的一张特制的沙发中，那张沙发他坐着不会坍塌。他坐在那儿读着有关他十分敬仰的蒙莫朗西公爵的著作，或者自己为其著书，或者只是从那里向外张望着，街上到底出了什么事情。

但因为罗歇·帕塔舍和镇长莱奥不在家，街上就什么事情也不会发生。能够有点事情的地方，是在那个荒芜的花园的另一端，在高大的核桃树下，我们正等着呢。

我们称之为"逆向风"的事情，正式开始了。

"秒表？"莫里斯问，用手捋了一下一绺头发，这绺头发是金红色的，乱糟糟地时而朝一个方向，时而又朝另外一个方向翘着。我点点头，与他一样紧紧地盯着铁路路堤。

火车的汽笛声还没传到约讷河大桥，核桃树的枝叶就开始摇曳起来。从我们的绿色平台看去，也就是从拉乌大宅的二楼被常青藤围绕着的窗子望去，可以看到：树叶并没有沙沙作响，因为不见一丝微风。而让树叶瑟瑟作抖的是逆向风——树叶哆嗦着，颤动着，只有这时叶片翻转过来，可以见到叶片的亮闪闪的背面。夏天里当13:50开往巴黎的快车轰鸣着经过维勒布勒万时，铁路路堤上的树是银色的。

然后从桥上才传来汽笛声。那是当年还在使用的最大的蒸汽机车发出的刺耳长鸣。我们热爱这声长鸣，我们几个将它自行命名为"美丽的、奇妙的"，这个称号真是恰如其分，因为我们对它的感受就是如此：美丽而奇妙。

"嘘！安静！"接下来莫里斯肯定会说这话，其实，他根本用不着说。我知道什么事情最重要。我们希望没有任何声音打扰我们。我们只是仔细聆听着花园里沿着轨道一直到河边的动静。火车行驶时的咣哧声从那里传来。美丽、奇妙的汽笛声飘过大桥，我们知道，这时咣哧声会减弱一些，若有若无地减弱一点，而后火车头就到了大桥的另外一端，经过了道岔，一段旁轨从这个道岔分出，这段旁轨与那段废弃的轨道相连，而满载着前往巴黎东站的乘客的几节车厢还正飘在约讷河大桥上。

"开始！"莫里斯喊道，转瞬又问，"开始了吗？"他那张遍布雀斑的脸上，双眼睁得大大地盯着我。

我喊回去："好！开始了！"我为了证明这一点，把手中的秒表举得高高的，这样我们两个都能看见，秒针往前飞奔。

5

“将！”安德烈的喊杀声把我从意识朦胧中唤醒。“我想，你根本就没注意，你现在——有些——下棋下倦了，雷蒙。斯梅斯洛夫败北了，鲍特维尼克凯旋。”

我不得不承认他赢了，认可了我的失败。我祝贺他，他很高兴，同时也有些不快，他又赢了，他这是第七次赢了。

这样下去可不行。这么溃不成军。不管怎么说，现在天气好了。要缓和一下战败的颓然心态，我总算壮起胆子第一次走出卧室，身穿睡衣和晨袍陪着安德烈走向他的汽车。

他开车走了,我在树下的金属小桌旁坐下。我观察着自己,一切都在好转中,我觉得自己虽然没有痊愈,但是情况有了很大的好转,现在再说病痛就有些夸张了。

我若要给莫里斯回信,可不会去提及什么病痛了,更不必去说我已经——我自己觉得——治好了,因为我知道,他的情况很不好。不过情况就是这样:如果信中所写属实的话,我少年时代的朋友莫里斯现在奄奄一息。他跟我岁数一样大,但是我又一次逃离死神。

我必须承认,我觉得莫里斯是死是活,其实于我是完全无所谓的,当我认识到这一点后,我就觉得不给他回信,其实还更好些。我的排遣机制一直是这样运作的:我先承认一些事,这就与真相十分接近了,坦坦荡荡直到突然改变主意,然后我就突然变卦了——就像我的王,单王,孤零零地立在棋盘上。谁又能说,最好还是给莫里斯回信呢?让娜可能会这么说,我可不会。

让娜并不知道,我的脑子里都在转悠着些什么,但她从车上看见我坐在花园里盯着树冠。她把那辆敞篷车停在花园入口处,向我招手。她把购物买的东西放到家里后,朝我走来,她拿来一块小毯子,把它披在我肩上,亲了亲我的面颊。

"日安,爸爸,今天你觉得好些了吗?"

我告诉她:"好,很好。"

"你在这儿干嘛呢?"

"什么也不干。享受新鲜空气、绿茵和芳香。什么也不想。没有什么能让我担心的。这样真美。"

"我看你这样坐在这里,你知道我想到什么了吗?我们应该请大家吃顿饭。倒不必大吃一顿。但应当小小地庆祝一下你康复了。如果天气好，我们可以把饭桌搬到花园里面来。”

想到我不必一个人坐在杨树下，而是跟让娜和安德烈，还有佩内洛普和她的新男友蒂埃里坐在一起，我很开心。蒂埃里生活在加拿大，他现在正考虑着搬到莫利托门来，跟我女儿住在一起。我想象着，我们一起畅饮、吃饭、欢笑。但面对即将发出的邀请时，总会有一丝狐疑从我心中升起。韦罗妮克总喜欢挑选一些彼此能合得来的朋友来家里做客，或者是一些在饭桌上能很好地互补的朋友，虽然他们完全不是一类人；她十分热衷于自己设计邀请卡，然后去那家她最喜欢的小印刷作坊印制。她真的是位进行组织和准备的大师，每一个招待客人的晚上都不一样。

但我现在与被韦罗妮克称为“我们的朋友”的那些从前的客人中的任何人都没有来往。卡龙一家、罗伊一家、自命不凡的朱尔·穆勒、常年无子女的舒泽特、普罗谢一家以及富尼耶一家，富尼耶一家还带着两条每次都把花园弄得一团糟的万能㹴狗——所有这些人就像一下子都在一次飞机失事中栽入安第斯山脉中丧生那样无影无踪了。

韦罗妮克大概把雪茄盒子放在了她房里的什么地方。朱尔·穆勒送给她这个保湿烟盒。她用来盛卡片，卡片上注明了每个客人喜欢什么口味，有什么忌口，还有姓名和住址，并且按照人名的字母顺序排列好，只要在韦罗妮克和雷蒙·梅塞家里做过一回客人，就会被保留在卡片上。我很久没见到保湿烟盒了，也从未再用过那些卡片。

“那我该请谁呢？我可不愿意请我实验室里面的人。你、安德烈、佩内洛普还有她的男朋友。还有人可请吗？”

让娜拥抱我——

她吻了一下我的前额。

“忘了你的老实验室吧。我还想到了奶奶，”她说道，“我们把她接来，把妈妈的房间整理出来给她。你觉得怎么样？”

“好吧——只是还要考虑到她下午的桥牌局，还有她晚上有时要去看戏。老太太可是只有在乘坐车身饰满宣传海报的剧院大巴时才肯离开她的老人之家的。”

“我略施小计，就有办法把她引出来。还有就是我还想邀请索许女士。因为她总是在帮助你。你在医院里面的时候，她……”

我当然完全清楚，我的女邻居对我怎么样。但她是个寡妇，自从她先生突然死于心脏病之后，现在就没有索许先生了，这让我多少觉得有些不便。

想请就请吧。我同意了。

6

到了周末的时候，我的母亲玛格丽特和我的女邻居罗贝蒂纳一起坐在杨树下与我的女婿聊着天。安德烈在一家文化杂志工作，他帮我妈妈弄到了两张莫加多尔剧院的票：上演的剧目是萨特的《苍蝇》，票已经售罄。这大概就是让娜的小计了，为此我冲她点了点头。让她八十九岁高龄的老祖母开心，这可不是件简单的事情，我很高兴看到，这两个人在一起开怀大笑——让娜显然越来越像她妈妈了，虽然这让我多少有些伤感。

她妹妹则完全不同。佩内洛普看上去还是很年轻，为此她骄傲得像个孩子。她喜怒无常，跟着自己的想象和感觉走，而不是跟着理性走，她的姐姐想用理性使她免于跌入生活的深渊中去。让娜和安德烈一起生活了十五年，两人在三年前结了婚。她妈妈当时已经在化疗了，去教堂参加他们的婚礼时，还戴上了假发。

在凡尔赛，离圣母教堂几步之遥的地方，矗立着一所抗癌俱乐部的房子。韦罗妮克过世后的半年里，让娜和我还在每周三晚上参加在圣母路举行的集体心理治疗课，去听听讲座，了解如何面对悲痛：悲痛导致荷尔蒙系统、免疫系统、自主神经系统、心血管系统都会发生变化。一名个头矮小、满头白发的男人在作报告，他是索邦大学的教授，作报告时，他不断地将眼镜脱下戴上。这么一只干巴巴的盲鱼其实更应该去眼科医生那里，坐在我左侧的让娜悄声对我耳语道。坐在我右侧的男人哽咽着泣不成声，他说，他的妻子死后，他灵魂的一半变得暗淡无光。来自巴黎的这位教授说，所有的这些系统——这时他摘下眼镜指着我右侧现在嚎啕大哭的邻座作为他的例证——都完完全全地受制于大脑功能和神经递质。

佩内洛普也上过索邦大学，她在那里学艺术史。她获得博士学位之后，交过许多朋友，但从来没有跟哪位男朋友搬到一起住。让娜喜欢休假，而佩内洛普却相反，她喜欢周游世界。到了秋天，她会因为她去过的每个地方，脸上多长出一块雀斑来。她自己或者跟女友们在过去的三年里去了瑞典、卡累利阿、保加利亚、巴塔哥尼亚、墨西哥。她去练习瑜伽、跳爵士舞、锻炼盆骨底部、为自己的鼓乐静修进行辩解，尽管我从来没有明确表示过反对萨满教这一套。这些东西对我来说只是很陌生。现在她三十九岁了。冬天里，她去蒙特利尔看望过一位中学同学，在那里陷入情海。蒂埃里和她一样都特别喜欢德国浪漫派的艺术，画家卡斯帕·大卫·弗里德里希、菲利普·奥托·龙格这两个名字我知道。蒂埃里是布列塔尼地区的冲浪冠军。他的父母生活在布列塔尼，在阿旺桥。他开一辆旧萨博车。关于他，我就知道这些。

现在他也坐在我家的杨树下。他吸着安德烈的茨冈烟。这两人看来处得还不错。他们两个意见一致：氢动力拥有未来。

“旧萨博车肯定没有未来！”

安德烈开心地笑着，给了蒂埃里一张自己的名片，并且说，他知道可能有个工作适合他：蓬皮杜中心正在计划出一种新杂志，他的一位朋友还在物色一位对艺术多少有些见解的助手。

蒂埃里抬起手来，遮住双眼。嗯，不过，他真的合适吗……但他随后也从灯芯绒外套中抽出一张名片，在桌上抚平了一下，将名片推给安德烈。

我注意到，我的母亲在打量着这个年轻人，在他滔滔不绝地说起他的运动项目的时候，说起浪涌的形状、沙滩上的广告标语、大屏幕、网络摄像头等等。我觉得蒂埃里就是个毛孩子，妈妈朝我眨了眨眼。

佩内洛普和让娜在冷餐桌边争吵了几句，让娜对某项装饰表示不满。但随后我们就开始吃饭，我做了个小小的演说，关于我们，关于我们梅塞一家：我们的心脏，就是心绞痛也不能拿它怎么样。

在饭桌上突然谈起了阿尔贝·加缪。安德烈开启了这个话题，我马上猜到，让娜是幕后策划者。但莫里斯·拉乌的名字没有出现。安德烈高度赞美了为小人物而设的剧场，赞扬莫加多尔剧院，他们有勇气把一部萨特的早就被忘却的关于职业革命者的剧目搬上舞台。导演的名字我还从来没听说过。

我母亲说，她一向喜欢加缪胜过喜欢萨特，这绝对不仅仅是因为阿尔贝·加缪长得有些像亨弗莱·鲍嘉。但这个莫加多尔剧院，其实不过是个演闹剧的剧院。

“加缪的耳朵要小多了，”安德烈大声说道，并轻轻地笑了。显而易见，他的虚荣心被命中了，让娜得帮他说说话。他们可以去把票给换了。过些天要上演的是加缪的《卡利古拉》。

“都一回事，”妈妈拿她的餐巾擤着鼻涕，一边说着。

饭后，佩内洛普带蒂埃里去看了看客房小楼。他们往回走的时候，她亲吻了他，把他的脸用双手捧着。让娜意味深长地望着我。我看到，索许女士在整理着刀叉，当她注意到那两个人亲吻起来没完没了，就准备起身。

“老妹，过来帮我收拾收拾桌子行吗？”让娜问道。

我妈妈认为，应当容许表达自己的喜欢。她没读过多少萨特的东西。《恶心》是无法忘怀的，《戏演完了》令人感动，《字句》不过是些废话。可惜她的眼睛不好使了，没法多读些。

“然而有很多东西把我和加缪联系在一起，”她带着几分自豪说，“不管怎么说，他死的时候，我们在场。”

“阿尔贝·加缪死的时候，您在场？”蒂埃里近乎惊愕地问道，“他不是在阿尔及利亚死的吗？”

让娜开始收拾，罗贝蒂纳·索许在帮助她，把碗盘搬到家里来，而佩内洛普却动也不动。让娜让她妹妹的盘子就在那里放着。

“加缪是个来自阿尔及利亚的法国人，这没错。”安德烈说。他吸着烟，两只熏黄的手指夹着一个打开的烟盒递给蒂埃里。“但他并没有死于阿尔及利亚。他在雷蒙和梅塞女士当年生活的村子里面遇难了。在……”

“……在维勒布勒万，”我妈妈没好气地说，“我的天，对了，不可能全世界的人都知道这个。姑且不论，我丈夫也在维勒布勒万生活，只是他很少在家，因为他一个人要挣钱养活全家，在内河船运的工作很辛苦，在佛兰德人的一艘船上。他爱我们，也爱他的职业，安德烈，想想，都过去多久了。——请允许我问问，年轻人，你多大了？”

蒂埃里举起两只手掌来，很快地张开合上三次，然后歪着头，傻笑着。他留着长长的金色卷发，看着还远远不到三十岁。但就算他三十岁了，也比佩内洛普要年轻九岁。

安德烈也做了一个手势——这手势表明，他不必再多说些什么了。因为其他什么人也都不说话了，于是终于产生了一个令人难堪的冷场，这样的冷场韦罗妮克是绝对不会让它发生的，即使在她那位如同来自普罗旺斯的一种飞廉属植物般干巴巴的女友舒泽特身上，韦罗妮克也不会让这样的冷场发生。

“朱尔，今晚你可真不是个健谈的邻座。”韦罗妮克很可能会这么说穆勒博士，他是牙医，抽着古巴雪茄，吞云吐雾地污染着空气。因为他的生活中缺乏一位与他一起过日子的女人，他酗酒严重，而且抽烟抽掉了他靠着从别人的嘴里钻牙得来的一大笔家产。

“看来你夫人对我目前所具有的种种潜能评价并不高。”朱尔在这种时候习惯对我说这些。而对韦罗妮克本人，他只在非说不可的情况下才说几句话。她是他的病人，他了解她的舌头、嘴唇，我心里百分百地确定，他的那颗烂醉如泥的心非常崇拜她。

“让可爱的舒泽特开心些，求你了。舒泽特，别看我，看着医生！朱尔，跟我们说个故事好吗？来，服从命令听指挥，一，二，开讲。”

而后舒泽特满是鄙夷地听着朱尔的胡言乱语,要欣赏他那种令人疼痛不堪的怪诞,那可一定要有比舒泽特的幽默感更加强健的幽默感才行。不管怎么说,听完后,她还是笑了,全桌人与其说是咳嗽着为朱尔的毫无品位的牙科医生最新趣闻鼓掌,还不如说是为舒泽特的勇于开心鼓掌。舒泽特对着韦罗妮克开心地笑,其实她一定连哭的心都有了。

“诺曼底果酒,”让娜问,“谁还要来点咖啡?”

没有谁要什么,桌上没有人要,连我的鬼影子也不要,只有让娜除外,她还不想放弃。

她站在桌边。她脸上是微笑,双手背在后面,睁大眼睛巡视着全桌人。

我说,我累了,随后起了身。

“今天不了,宝贝。你们玩吧,我就不参加了。”

索许女士的声响从厨房里传到花园中,她正在把餐具放入洗碗机或是腾空洗碗机,以便把餐具放进去。我有些良心不安。每次开完派对或一起吃顿饭后,韦罗妮克到处收集着朱尔·穆勒的烟灰,把它积累起来作为瓷器清洁剂使用,这时我就十分良心不安。然后她就一声不吭地上床睡觉。不快犹如常青藤一样在一个人的心里攀缘漫开。

让娜用力将一把圆珠笔和一叠快易贴掼到桌子上。她转过身来,很不高兴地重重地走进家里去。

她六岁的时候就是这样,十六,二十六,三十六岁时也是这样。她就是八十六岁了,也还会这样,到时我早就死了几十年了,入土成为毫无怜悯之意的虫子们的猎物了。

佩内洛普转过桌角,桌上的蜡烛还燃着,她过来偎依着我。

"我爱你,爸爸,"她轻声说着。

蒂埃里吸着一支茨冈烟,安德烈问:"你下不下棋?"

罗贝蒂纳·索许告辞了,萨博车被开走了,让娜和安德烈一起走进了客房小楼,我在等着我母亲洗完澡。我们互致晚安,然后妈妈消失在楼上顶楼过道边上韦罗妮克的房间里。

花园里,只有桌子是唯一的光源。我看到桌上有一块黑白相间的图案,那是安德烈的棋盘,他把这张棋盘悄悄带到我这里来,就为了一周又一周地告诉我什么是失败。我坐下,点燃一支蜡烛,仔细地端详着棋盘:蒂埃里迅速地以王翼弃兵开局布开阵来,只走了几步,安德烈的阵营就溃不成军。"哎,有什么看头,我太衰了。"我女婿还在叽叽歪歪,下颌肌肉抽动着,他有些受挫,把白棋的王给扳倒。聆听着从小树丛里传来的夜的声音,我把棋子收拾好,放入箱子中。丁香和杜鹃已经谢了。金链花也坚持不住了,把黄色的花串抛撒在草坪上,就像拳击教练在拳击台上丢下败局已定的徒弟的汗巾。晚上的紧张消失了,这个感觉让人很宽慰,但我觉得自己现在又像在犯了心绞痛的那几个星期里一样疲惫。现在自己看来,住院的那段时间我的情绪低落,导致我变化无常,十分固执,尖酸刻薄。直到收到莫里斯的来信,情况才有所缓解。

但这种低落情绪并没有完全消失。它在我的心绪上扎根了,一直等待窥视着。我并非在这个晚上才第一次察觉到这一点。其实不请大家吃饭,对所有参加者或许更好些。在我的情绪把这个晚上给彻底弄糟之前,韦罗妮克若还在世,她大概会毫不犹豫地取消晚上的聚餐。

客房小楼里的灯光亮了起来。我马上察觉，让娜被惹急了。她挥着两只胳膊，来回走个不停。她肯定在跟安德烈吵架，绝对不会是什么其他情况。他走进房间时，我见到他，他光着上身，腰间围着一条毛巾，一屁股坐进沙发里面。让娜在对他说道着什么，喋喋不休，持续不断，跟她母亲似的劈头盖脸地砸过来一大堆道理。安德烈沉默不语。他有可能学乖了，但他太怯懦。就是我也不会反驳一句话的，毫无意义。我看不惯安德烈，但我习惯了他夸张地撅起的双唇、熏黄的手指还有他的自大，他用这种自大不仅在下棋时遮掩他的不自信。在一些方面我们很相似，他对让娜很合适。他对她本人从未察觉到的情绪上的波动逆来顺受，认为那是她天生的；他只是看着她，默不作声，等着，一直到她自行平静下来。在花园里面，听不到他们争吵的声音。当时安静得就像南极边缘的威德尔海，安静得有如在我的实验室中，我一个人夜间坐在最后一次结构传输的数据前，评估测算上百个光刻数据表。

在进行了我的小小演讲之后，我在饭桌上就几乎没说过什么话了。我没能够做到像韦罗妮克所做的那样，成为一个连接的环节将大家组织起来。她知道很多的，甚至所有的方法来避免争吵，而我只知道一种。正因如此，我才不给莫里斯·拉乌回信：直接躲开冲突，很简单。其实如果害怕冲突，作为父亲、实验室领导和一家之主从来并不轻松。这是所有冲突中最严重的，是成年的岁月中最大的一个挑战，比解决悖论更具决定意义，就如同通过不断缩小尺寸成功地提高平面半导体的集成密度。

我在一旁看着，让娜和佩内洛普，还有妈妈和安德烈他们如何碰撞在一起，我的漠然是自然而然的。花园很美，是我的安逸所在，虽然我的大女儿在几米开外的玻璃后面把她丈夫缩起来，成为一只蜗牛。另一个人的灵魂痛苦又会有谁在意呢？不过是大脑和神经递质的功能失常。我的灵魂痛苦又有谁在意？看来有一位，他正在奄奄一息中，我已经整整三十八年没有见过他了。那么因此我就得也必须马上去关注他的灵魂失常吗？

让娜在安德烈身边的沙发上坐下，用胳膊圈住他的裸肩。她时不时去拨弄一下他的头。此时，我坐在杨树下，享受着这份安宁。想象着，我的杨树在夏夜的微风中点头，倾听着。

我当时要是做出一个完全不同的饭桌演讲就好了。应该说说绝望而不应说不稳定型心绞痛。"看看我吧，"我应该说，"我完全垮掉了，你们的母亲去世两年半了我都没缓过来。"我应该说说疑心病，说说幻觉——这些年我有这方面的问题，说说我怎么尝试着自行解决这些疑心病和幻觉。好了！我该说说我的心力交瘁，而不该去说我那受病痛攻击的心脏；说说各种无力感、瘫痪恐惧、越来越力不从心、晕眩、头疼、对种种不确定的恐慌。应该历数一下各种症状，然后得出结论：这里并非关乎一种多愁善感的情绪状况，而关乎半个世纪以来被拖延的、由此活生生地被维持着的疾病所造成的灵魂上、躯体上的身心后果——我该说说莫里斯、德尔菲娜，说说我们和阿尔贝·加缪。说说维勒布勒万。所有的一切都如何消逝了，而只有痛苦留下。

只有痛苦留下。这痛苦绝非只是一种灵魂状况的表露和属性。痛苦可以用化学来解释，也完全可以用心理学来说明。但用数学也识得破痛苦的把戏。从算术的角度来看，它与无穷小的数字性质完全一样：它们与零抗争，永远不成为零或不会成为零。亚里士多德用无穷小数字进行运算，但却不相信它们。痛苦存在于世上，恰如同情也存在于世上一样,“痛苦与同情”这两者,正如大卫·休谟所说的那样,可以用诸多方式表达出来,对此我也从未产生过任何疑虑,年少时就没有,当时莫里斯和我坐在拉乌教授的沙发上,周围堆满了书,我们在翻阅着两册有关法国船舶客运历史的书,拉乌教授把书塞给我们阅读,这样他就可以不受干扰地对莫里斯的妈妈诉说着他的痛苦,莫里斯的妈妈在为他剪指甲,或者为他削去他那糖尿病人脚上的老茧。

“我就像个被所有人弄哭的肥胖孩子,”其实我在饭桌上也还可以这样说,就像老邦雅曼·拉乌一向喜欢说的那样,“我感觉到,我将被一片大海所吞噬,这片海不再存在,而同时又无限地持续下去。”——无穷小。

我的灵魂大概也有一半变得暗淡无光。只是这并不是我对韦罗妮克离世哀痛的表达方式。这种暗淡无光老早就开始了,韦罗妮克多年来一直硬扛着我的这种不幸的阴暗的一面。很残酷。而每一种残酷不也总是一种努力,将先前发生过的事情变成未发生过吗?如果人们具备识别一个人为什么那么不幸的能力,那么世间所有的滔天悲惨就会急速减少——这一点我从来都深信不疑——就像鼠疫和肺结核最终不是也从我们祖先的生活中消失了吗?但连韦罗妮克也无能为力,做不到这一点,那么没有人能够做到。每天,每时,每分,人们都以温和的微笑来责罚受难的同类,相互推入绝望的境地中,却毫不知情。韦罗妮克一再说的话是对的:沥青上长出了紫罗兰,我们中的痛苦才会云消雾散。

与那位在抗癌俱乐部里坐在我身边的人一样,在她离世后的那年里,我在任何时候都很可能控制不住自己,放声嚎啕大哭,老泪纵横。一天晚上,在宫廷公园的拉托娜泉池边,一个母亲领着她的小儿子和一条小黑狗在散步。我跟随着他们，当我看见，那个孩子把他的遥控汽车夹到腋下，妈妈和小狗急急忙忙跟着跑过去，我哭了。有一次我哭了整整一个小时，我在电视上看到一部关于草原上的土拨鼠的纪录片。我听音乐听得忘乎所以！我对音乐的喜好开始于韦罗妮克去世后不久听了《卡斯托与波鲁》中的一段咏叹调。我听说，作曲家于1737年为《悲伤的准备，暗淡的火光》[①]这首歌谱曲。他叫拉莫。在收音机中刚刚听了几个音符，我流下了内心深处的眼泪。这还仅仅是开始。还有很多这样的作曲家，我记住了他们的名字：库伯兰、德图什、吕里、马尔尚。对我来说，他们简直是最纯粹的恐怖分子。我听圣桑或者肖邦的音乐，就是听拉赫玛尼诺夫的狂想曲也从来不流泪。而在那五位作曲家面前，我彻底缴械投降。我站在厨房里面，望着窗外阳光中的花园，听着他们的音乐，陷入自怜自爱之中。

我觉得，我想一直这样坐下去，在夜色中坐在树下，什么也听不见，看着别人怎么吵架，怎么和解，怎么制订新计划。让娜吻了一下安德烈的头顶。我肯定，他一定连句有点儿内容的话也没说。他肯定说：好的，宝贝，好的，让娜；为了平息争吵，他可能说了一个1972年国际象棋赛的轶事来缓解气氛：斯帕斯基戴着墨镜出现在棋盘边上，而菲舍尔随即让人拿来一杯酸奶，咂着嘴用小勺把塑料杯里的酸奶吃完。让娜站起身。她打开了露台的门，走到花园中来，点上一支烟，多年来她每天只抽唯一的一支烟。

她发现我的时候，喊道，是不是我在那儿，我回答她后，她才从灯

---

①《卡斯托与波鲁》(Castor und Pollux)，拉莫作曲的歌剧。取材于希腊神话“卡斯托耳与波鲁克斯”，其中的咏叹调《悲伤的准备，暗淡的火光》(Tristes apprêts, pâles flambeaux)十分著名。

光中走出来，步入夜色之中。她蹲下，把头放在我的怀中。

“你在这儿坐了多久了？”

我回答说，我什么也没听见，请她站起来。草坪被夜晚的露水打湿了，她这样会感冒的。

“佩内洛普真是气坏我了，”她说，“她表现得就跟她还是十七岁那样，真是令人难堪。她把整个晚上都给毁了。”

我抚摸着她的太阳穴说，这是一个美好的夜晚。我对蒂埃里有了一个很好的印象，我妈妈拿到戏票很高兴。

“多么可怕，”让娜说，“这位蒂埃里就是个大男孩，而我丈夫除了让他时时感受到这一点，就没有什么别的更好的事情做了，而且他还跟奶奶呛起来了。妈妈如果还在，一定会钻到地缝里去的。”

她把烟扔到草中，想踩灭它，却没做到。

“让娜，让娜，”我说，“你是我的太阳。”

她又把头放在我的怀中，我接着抚摸她。我暗自问自己，她是否哭了，这时她突然间说，她原本想给我个惊喜，准备邀请我朋友的。

“你说的是谁？”

“嗯，就是莫里斯。”她说。她打电话到莫里斯住的那家医院去过，他已经不在那家医院里了，“他出院了。你后来到底给他回信了没有？”

“是啊，”我说，“可惜呀，”一阵燥热穿过我的全身，“不然还真是个惊喜啊。”

让娜转过头来，从下往上地打量着我。我的手抚过她的睫毛，感觉到手指尖是潮湿的。

“跟我说说他吧，”她说，“他的病况好转了，我觉得这是个很美好的想头。我整个晚上都想对你说这事儿。如果他的病好了,你也会好的。你说呢?”

安德烈坐在那头的灯光中,一动不动。

7

我告诉让娜，莫里斯和我是多么为火车发狂；告诉她，我们当年在通往铁路路堤的路上就像变了个人：只是我长得又高又瘦像棵豆芽菜，她的奶奶，我母亲有时候称我为“小鹤”或者“鹤鹤”。我告诉她，如果莫里斯的叔公心情好，就把他叫到自己的屋子里去，拿本描写蒙莫朗西公爵的新书给他看，书中的公爵与我们想象中的他十分相似：他拥有上百座宫殿，富可敌国，身强体健。在参加圣但尼之役时，这位公爵已经七十五岁了，与拉乌教授当时同岁，五处剑伤，两处棍伤，还有一处火绳枪的枪伤才把他从马鞍上拉下来。“在跌下马的过程中，”

叔公对莫里斯说,“一把剑的球形把手还因击中他的下巴而粉碎了。”然后他将肉嘟嘟的胖手搁在莫里斯的肩上,对他说:“现在跑开吧,你这废物点心。”

我们坐在花园里,天色越来越暗的时候,我告诉让娜,莫里斯和我当年可绝不像长腿鹤或废物点心,但尽管如此,我们还是做出一副样子,就像这些话道出了唯一的真实情况似的,一直装到我们跑向铁路路堤,那里有我们的棚屋。

“因为出现过这种情况,”我说,“快要跑到目的地了,还会有中学里的同学拦住我们问,要不要跟他一起踢足球。在球场上踢球,要么无聊得要命,要么就吵起架来,通常都是这样结束的。你知道吗,当时我很肯定,妈妈对我整天跟莫里斯往铁轨上跑这件事一点儿也不知情。但刚才我在饭桌上仔细端详过她,我确定,她很有可能知道。我当时错误地想,如果我跟她全说了,她肯定会禁止我们的行动,而我当时猜得不对,我那时在几乎所有的事情上都搞错了。比如在铁轨边上立着块牌子,上面写着:‘严禁入内!家长为孩子负责!’你猜,我看成什么了?‘严禁入内!否则不逮捕你而马上逮捕你母亲!’”

“真是奇怪,尽管如此你还为了她一天又一天地容忍着这个监狱。”让娜说。

她背对着客房小楼,这样只有我能看见,安德烈站起来,关了灯。

我说:“不过,我们在那个旧棚屋里究竟忙活些什么,她确实一点儿都不知道。我那时就觉得,要去铁轨那儿玩,要为妈妈办些什么事,够可笑了。”

我还能很清楚地记起来:这正是那种同样的令人迷乱的感觉,它明亮地照耀着我的内心,就像对面那盏耀眼的吊灯,如果拉贝热太太突然站在我面前，冲着我微笑，就好像她正希望我来拯救她一样，我就乱了；只是我对我母亲的感觉更加强烈，有时强得犹如我内心的吊灯着了火，突然发出一声巨响，在火焰中毁灭。但我没对让娜说这个。

"校务主管们都去睡了，"我说起了其他的事情，"那么我们就抄近道穿过学校院子。院子连着一块草地，草地上堆放着垃圾还有一些器具，拖拉机部件，一把旧铁耙，随处都是鼹鼠拱起的小土堆。这块草地是保罗·卡塞尔老人家的，你大概还能想起这个人吧。"

"不，"让娜说，"没有任何记忆，在保罗·卡塞尔名下是一片空白。"

"他不用那块草地了，或者把那块草地当成了垃圾场和堆放废弃物品的地方。我们的目的地是这块地方后面的一端。草地在那里向下形成斜面，铁轨从斜坡脚下穿过，棚屋也在那个地方。我们侦察了一下学校的院子，一个人发出口令，然后我们一起跑起来，消失在课间小售货亭后面的灌木从中，蹲在地上，喘着粗气。然后沿着一条壕沟接着跑。棍子、空罐子、橡胶靴子从烂泥中冒出来，苍蝇成群围着脑袋嗡嗡作响，我们一直跑到一个地方，然后跳下去。我们简直等不及了。在空中的这一秒，我们脱胎换骨了。只要到了壕沟的另一端，我们就成了进行伟大消逝的机器的制造者。"

我带着点嘲弄说这些，完全是对我自己的嘲笑，但也带着一种悲伤的基调，这个基调是真实的。

"这是个什么样的机器呢？"

我告诉她："一辆极为普通的轨道车。"

她知道什么是轨道车，但是从未见过一件实物。"这机器是什么样的？你们做成了吗？"

“嗯，那个，它看起来还能怎么样呢？我觉得，那是台手杆操纵轨道车。钢架底盘嵌有木板，大小足够让我们两个都站在上面。有四个轮子，与轨道等宽安装好。当然还有那个机械装置，这在轨道车中是最关键的，就是一种泵的把手。它的颜色是深绿色的，还有轮子也是同样颜色，我自己动手给它们上的漆。踏板用的木板是新的，用的是浅樱桃木。莫里斯和我把它锯好，很合适地安入框架中。”

“整个东西真的是你们自己制造的？”让娜再次问道，“然后你们就开着它跑了？”

“是的，我们自己造的。但也不完全是吧。我们在棚屋里面发现这辆轨道车时，它十分破旧不堪，简直就是堆废铁。我们一点一点地把它复原，这是这辆轨道车最神奇的地方。此外它就没有什么别的特别之处了。它看起来还相当难看。但它很好开动。好了，”我说着，然后站了起来，“我们也开过它。好几次呢。——行了。现在该睡觉去了。睡前故事讲完了。明天是新的一天。”

看来她一点儿也不着急回到安德烈身边，她试着反驳我，没有成功，最后才心有不甘地走了。她慢吞吞地踏着草坪，我朝房子走去。

我突然又想起了什么，喊了她，她还在那儿：她站在客房小楼的露台上吸烟。

“让娜，”我大声说，“别生我的气，因为我刚才没兴趣玩国王哑谜游戏。”

“我没生你的气，”她大声告诉我，“我以为，你会很高兴玩的——这是妈妈最喜欢的游戏！”

“下次再玩吧！说好了！”

“即使下次你的朋友也来了…… 晚安，爸爸。”

8

几天之后，罗贝蒂纳·索许送过来一只做午饭的鸡，还有她从邮递员那里巧妙地截留下来的邮件。我看穿了她的小诡计，不让她察觉我看到那个黄色信封上的笔迹时内心产生的波澜。

罗贝蒂纳是一个保养得很年轻、很惹眼的有吸引力的女人。她衣着简洁，穿衣色彩低调，她的衣橱里一定挂着几十套西服裤套装，而我每次见到她时，多少总有些惊讶，这并不是因为她穿了什么，而是因为她很懂得衣着搭配令我惊讶。在这点上她与韦罗妮克十分相似。两个女人相互敬重，经常交换杂志看，互相帮忙做饭，但她们并没有成为朋友，她们从不用你来称呼对方。[1]韦罗妮克从来不必出去挣钱，我挣的就足够了，我的实验室每年都在扩张。所以她待在家里，把整个人都交给了这个家，即使两个女儿都长大成人搬出去住了，她也不出去工作，她很满足。罗贝蒂纳曾当过法国航空的税务顾问，她也常帮我们整理账单，把一堆资料拿回家去，处理好了再送过来。后来我们的这家邻居——是他还是她我也不清楚——继承了一笔数目相当可观的遗产，罗贝蒂纳就不再去上班了。韦罗妮克向她表示过祝贺，但马上觉得，再接着使用罗贝蒂纳的无可争议的税收咨询的业务能力，就不太合适了。

另外她极其擅长烹饪。我们一起吃着她做的珍珠鸡，谈论着海边的天气，随后她走进厨房，烧了咖啡。那封信就放在我边上，没打开。我揣测着里面会写些什么。莫里斯为什么出院了？我很想知道，我是不是又撞上他撒谎了；很好奇，他现在还是跟以前一样会撒谎。这封信比上封信还要厚。信封上的手迹在我看来有些抖动。这回也没有发信人地址。

"天会一直这么好吗？"罗贝蒂纳从厨房里面探出头来问，厨房里咖啡机的声音吱吱咕咕地响着。

"但愿会一直好天吧！"我大声道，"天天下雨实在是够了。"

她手里拿着托盘进了这个房间。她让人觉得和以前不一样了，我思忖着，究竟是什么带来的这种印象。她那深灰色的短发很亮，衬托着她柔和的面部线条。

罗贝蒂纳坐下，给我倒了咖啡。"一会儿这样一会儿那样，海边

---

① 在西方"你"用于称呼朋友、亲戚、同学、晚辈、级别相差不大的同事等；"您"为敬称，称呼陌生人、长辈、教授、上级或警告对方，以及用于保持与他人的距离。

的天气想怎么样就怎么样。雷蒙,您自己加些牛奶吗?佩内洛普什么时候走的?”

佩内洛普和蒂埃里一天前去布列塔尼玩冲浪去了。他们想在那里待上十天,住在蒂埃里的父母家里。

“如果我没记错的话,昨天走的。”我说。

“他们肯定会玩得很尽兴。佩内洛普特别紧张。这是她第一次玩冲浪运动。我现在还能想起来,我丈夫和我第一次在罗讷河上划皮划艇的情形,我那时紧张极了。您一点儿都不担心吗?”

我为什么要担心呢?

“家长都担心。”我答道。

“她知道自己做什么。她是一个野姑娘。那么漂亮。她真适合留短发。她很爱她男朋友。蒂埃里。我觉得他很可爱。有礼貌。在国外待那么久时间,这并不那么容易。”

我喝着咖啡,听着罗贝蒂纳·索许讲话,就像几天前我就这么听着雨声那样。一切都很好,很美,很棒。

“是啊,我也觉得,他是个好小伙子。”

“他有那么一点儿地方让我想起了贝特朗,那时他还年轻,我们刚刚认识。”她很认真地说。她眯起眼睛的时候,我看到她的浅蓝色的眼影。

“青春不会改变。每个人都亲历青春,青春总是会消逝。但又能做些什么呢?”

“无事可做,”我说,“这是万物的进程。”

“是这样。每个人都要做好自己的事情。”

就这么东一句西一句地聊下去。她总算是什么时候站了起来,问我对不对胃口。

“好吃极了,罗贝蒂纳,非常感谢。”

“别客气。贝特朗也喜欢这道菜,他经常要吃这道菜,都有些太频繁了。有时到了这个程度,一大早起来带着狗就到地头上去了,就为了打两只珍珠鸡,好让我晚上做好端上餐桌。这个疯子。——雷蒙,要甜点吗?”

“不用,谢谢。这么说您以前养狗了。”

“一条德国短毛大猎犬,一条魏玛猎犬。要不来点儿水果吧?我那边有些新鲜樱桃。还有香蕉。”

香蕉——我。我最讨厌吃香蕉。但她又哪能知道这个。

“不用了,谢谢。罗贝蒂纳。——您把东西就那么搁着吧。让娜过会儿就来了,她会收拾得好好的。”

“这可有些过了吧。让娜有那么多事情要做。我可不会把我自己用过的杯碗就这么放着,肯定不会。等我把这些放到洗碗机里面,然后你就摆脱我啦。”

“您来这里坐坐,真是太好了。”我有些言不由衷地说着,听着她在厨房里面笑出声来。

“好了,我还没走呢!”

一会儿就听到房门滑入锁中的声音。我撕开了信封。

这封信与第一封看起来相同,只是比第一封长一些。用黑墨水写的。没有日期。还有七八页打好的稿子,塞在一个信封中,这回稿子上有个标题:**热爱生活的可能性**。

我马上想,他很健康。莫里斯·拉乌,他被治愈了,作为一个健康人出院了。我又仔细看了一下信封上的邮戳是什么时候的。昨天。

“亲爱的雷蒙，这些天里，很多我担忧的事情都得到了证实，也包括对你可能不答复我的去信的担忧。不回信的原因我想我能猜出来，大概就是我希望能跟你谈开，请求你原谅的那件事情。

“但我现在的身体状况使我没法去看你，就是给你打个电话，我的身体状况也不许可。我现在的生命靠一台机器维系，可以说这是我自己的伟大消逝的机器。我们之间的几十公里的距离对我来说是无法克服的。

“虽然我想告诉你的事情并不能解释什么，也不能补救什么，但你还是应该知道：德尔菲娜和我之间没有任何联系了。我们在二十多年前就离婚了。我们之间没有共同的孩子。也可能正是这个原因，我们之间不久后就没了联系。

“德尔菲娜和她丈夫在巴黎生活，她有个儿子，我就知道这些。她现在的夫家姓是佩雷斯。

“医生告诉我，我现在的病是没法治疗了，而且我的时间也不多了。我试着整理我的东西，用我的身体还允许我工作的几个小时，来写完我的文字，这将是我最后的文字了。

“我若早些开始写维勒布勒万，我还有可能克服当年我离开时就一直背负着的障碍。但我没能这么做。没有任何机会，去手写我们两个，去写我能重新认出你和我当年样子的文字。你和德尔菲娜——韦罗妮克和我——学校，铁轨，我们的轨道车——我曾经月复一月地把字母码在一起，想着让一些东西再次鲜活起来。

“我在阿尔及尔的那段时间里，仔细地研究了加缪和使他遇难的那场车祸，我打算写出来，车祸这一天怎样改变了我们所有人的生活。我想叙述你母亲和我母亲，叙述拉贝热和我们在棚屋中所花费的无数个小时；我还要把我们的轨道车仔仔细细地描述一下，我们怎么干的，让它又能开动了，还上了铁轨。我把所写的东西全部删除，一个句子也没留下。我自己的回忆犹如云朵般看着十分美丽，却又毫无意义，后来我就舍了这个题目转而去思考那场车祸，我试着去揣测，那八位亲历车祸的目击者的心路。

“我希望的是，你的情况不一样。我设想，你还能够想起来——想起德尔菲娜，或许还能想起我来，尽管这可能有点要求得太多了。但我想象着，当你读到这些的时候，你的回忆与我的描述，二者究竟会怎样拼接起来。

“你不必回答我，雷蒙，反正也很难解释明白，究竟什么使我们俩人成了陌路。我应当为此负责，这点没有问题，这我清楚。所以我想接着向你叙述，至少只要我的状况许可我这样做，我就去写一下那场车祸。如果你不那么十分厌恶我，就祝我书写顺利吧，同样我也祝你一切顺利。

“莫里斯。”他签下自己的名字，这一页的最下端写着他的地址，我很熟悉的地名，人人都知道这个地名：

莫里斯 · 拉乌
杜比尼路 15 号
95430 瓦兹河畔欧韦

文森特 · 梵高就是在那里开枪自杀的，也葬在那里，这从来没有让我特别感兴趣过。我父亲经常驾驶着“亨丽埃特”号船经过瓦兹河，他尤其热爱这条河道。而我，我却从来没去过欧韦。

我从桌边站起来，拿着信和那几张打出来的稿子到了花园里面。

三点多了，再过一个多小时让娜就要从出版社回来了。我看见，罗贝蒂纳·索许也在外面，她戴着绿色的、过大的橡胶手套，用园丁剪修剪着茶藨子和黑刺李子丛，显然是因为这些灌木生长茂盛，越过了篱笆。这些灌木丛又该在哪儿长呢？在秋天里，韦罗妮克总用这些浆果来烧制果酱。

我慢慢地走过草坪，走向客房小屋，沉浸在阅读那几页稿子中，我刚才只是浏览了一下。

“雷蒙，看看这儿，今年的收成该会多么好啊！”我听见了身后的喊声，却做出一副聋了的样子。

太阳洒在稿子上的强光直晃我的眼睛，我一边读着，一边走过温暖的空气，我自己也没弄明白，我是真的在读莫里斯写的东西，或者我只是做出一副在读的样子：**热爱生活的可能性**。

9

这座客房小楼是韦罗妮克亲手设计的。底层是一间有壁炉的起居室，一间小厨房，一个过道连接着车库，自从我把那辆罗孚车卖掉，车库就空了。客房小楼建好以后，韦罗妮克已经病倒躺在癌症病房里面了，她只来客房小楼看过一次。在一个下午，我把她接回家里来，她仔细地端详着一切，每个房间、露台还有刚刚播下草种的草坪。

有一阵子我犹犹豫豫地走过房间，走上台阶，步入第二层楼，楼上是卧室和洗浴卫生间。阳光把卧室烤得暖洋洋的，室内空气比较闷，房间里只能摆下一张双人床和一个简单的衣橱。

陪着韦罗妮克一起来的护工把她背上楼梯,放在那张床上。他随即就走下楼去,让我们单独待一会儿——那是个扎着马尾辫的年轻人,后来我给了他很多小费,多得他都有些不好意思起来。

衣橱门上的镜子还是那一面,她当时看着镜子说,镜子里面的人简直都不是她了。

我在床边坐下,拿起床头柜上的电话,让前台接通安德烈编辑室的电话。

"雷蒙!"秘书把线路接通后,他细声细气地对着话筒说话,"你怎么样?一切都好吗?"

"一切都好!你们回家途中很顺利吧?"

"很顺利。"他也说,"让娜觉得,她得了每年夏天必得的感冒了,但我觉得,她有些睡眠不足。出版社里的工作有些累人,跟一个翻译历史烹饪书的译者打交道也有些麻烦,你想想!她应该很快就要到你那里了吧。现在几点了?我的天啊,都三点半了。"

"所以我给你打电话啊。我想请你帮个小忙,安德烈。但你可不要告诉让娜这事,这点我觉得很重要。"

"什么事?我会沉默得像坟墓一样,只要不是我自己的坟墓就成!"

"这跟让娜没有什么关系,主要是,我不想让她不必要地去担心。"我费事地回应他的傻呵呵的玩笑话,"我想请你去找找一个我从前的朋友的信息。他是个作家。"

"就是那个莫里斯?"

"是的。我很想知道,他是怎么生活的,他在过去的……呃,三十年里面做了些什么,只要大体上知道一下就行了。或许你能够给我找齐他写的书的书目。”

“应该不会有什么问题。”

“还有我有些想知道,他现在的样子。当然会有他的比较新的照片,互联网上一定会有。”

“应该不会有什么问题。”安德烈又说了一遍。我听见背景的说话声。一台电话尖声响了起来,接着另一台也响了。安德烈是巴黎一家名为《里沃利》的文化杂志的编辑,这份杂志得名于它就位于里沃利街上。从话筒里,我听见从他窗前鸣笛呼啸而过的救护车。

“上个星期我还让我们这里的一位年轻姑娘做过类似的调查呢,”他说,“她在搜寻这类资料方面是把好手。你得告诉我你的朋友的姓,还有你什么时候需要这些数据。”

我说,不着急,然后告诉他莫里斯的姓怎么拼写。

“从没听说过这个人,”他说,“很可能不是一个很有实力的艺术家。给我点时间直到周末。如果我们在周末前没见面,那我跟你联系一下。”

“好极了。”我说了声谢谢,我有些自得,让他来帮忙真是个好念头。

“小菜一碟,不足挂齿。我要谢谢你的信任。让娜跟你说过,我已经不吸烟了吗?嗯,我自己都觉得有些玄,不知能坚持多久。她跟你说过,这个周末我们要去海边了吗?起先她想去布列塔尼,去看看佩内洛普他们冲浪。可是她叽叽歪歪地吵了一架后,我担心……”他没把句子说完。

我停顿了一下说,佩内洛普和她的男朋友不被别人观察,当然会更好些。安德烈同意我的话。我问,那他们想去哪里呢。

他们现在也还不清楚要去哪里，他的情绪有些低沉地说，看天气吧，去诺曼底的卡昂，或者也可以去圣马洛。

“好好，我就来了！”他在电话中对什么人喊道。

不管去哪儿，我都会事先从他那里知道的。

我眼前出现安德烈的身影，他的目光总是带着些许惊诧。他的眼睛狭长，被厚重的眼皮半遮着，让人总觉得他置身于无处不在的微尘中，要半垂着眼皮保护眼睛似的。透过这种不确定的微尘，他那双棕色湿润的眸子闪闪发光，这双眸子中有一丝慌乱，但同时也有一种吸引力。我突然间来了兴致，逗他来捍卫一下自己。我问，那次不声不响就覆灭了是否伤着了他。

“不清楚，你在说什么。”

“蒂埃里。以王翼弃兵开局的棋局。”

“哦，我下棋输了，你清楚，”他干巴巴地笑了起来，“如果生活中只是下棋下输了让我头疼，那就好了。”他祝我一切顺利，又向我保证了一遍，会跟我联系的，随即我们就挂了电话。

我打开了小窗，在吹进来的气流中，把鞋子脱掉，躺在床上。

外面一只黄鹂在轻声鸣唱，园丁剪的咔嚓声一再打断它的歌声。一块四方形的蓝色天空出现在小窗上，看不见一朵云彩。莫里斯来信中的画面出现在我的脑海中，我又拿出信来，再次读了一遍这一处，只读这一处：“我自己的回忆犹如云朵般看着十分美丽，却又毫无意义。”

我合上眼睛，思忖着。

德尔菲娜·佩雷斯，我想着，德尔菲娜·佩雷斯，德尔菲娜·佩雷斯，一遍又一遍，最后我大声说了出来：“德尔菲娜·佩雷斯，德尔菲娜·佩雷斯,”如同这个名字自行脱口而出,“德尔菲娜·佩雷斯”。

我在客房小楼的双人床上躺了几分钟,目光穿过天花板上的窗子盯着夏日的天空,嘴里不由自主地喃喃地念叨着德尔菲娜的名字,还有她的新夫家姓。终于我意识到自己有些可笑。

“我要,”韦罗妮克在这间屋子里对我说过,“中断化疗。不然我就彻底失去我自己了,我不想这样。我要保留自己。”

我应当好好想想韦罗妮克的这些话。但尽管如此,我的思绪飘得更远,一直在想着德尔菲娜,“德尔菲娜·佩雷斯”,直到我把打出来的莫里斯的稿子拿在手上。然后开始阅读:**热爱生活的可能性**。

10

后座上，斯凯㹴狗蜷缩在两个女人中间。它时而在雅尼纳·伽利马的手中抽搐一下，因为这个毛茸茸的小生灵在做梦。在桑斯的市中心吃过午餐后，阿努什卡到一个公园里面遛过这条被唤作弗洛克的狗，它的卷毛上还散发着雨的气息。

这辆大型的运动跑车虽然装备十分奢侈，但在车厢下部放脚的空间并不大，所以雅尼纳和她的女儿就只能紧挨着坐在驾驶座和副驾驶座的后面。她们渴望看到任何足以吸引眼球的东西。外面没什么太多可看的，平整的原野，农田，雨，雾中的几只乌鸦就像飞碟似的在空中盘旋，路上没有多少迎面驶来的车，一条旧军用道路，上面就是灰沉沉的云层。从沃克吕兹省的卢尔马兰到他们过夜的位于马孔附近的图瓦塞的客栈，他们昨天已经行驶了三百公里了。今天他们也开车驶过了同样的路程，到巴黎蒙马特区，阿尔贝在那儿有约会，如果不休息的话，至少还要驱车一个半小时。因而米歇尔·伽利马想活跃一下气氛，尤其是想让后排座上挤在一起的女士们高兴起来。

"我亲爱的，狗狗有些臭哦。阿努什卡，把窗子摇下来，把狗扔出去，好吧？"他干巴巴地说。

没人笑。她们都有些困了，所有人都吃得饱饱的，有些撑了。尽管午餐还沉甸甸地梗在胃里，他其实更乐意活动活动腿脚，但他觉得自己有责任让车里的气氛活跃起来。因为毕竟是他坚持让大家一起驱车前往巴黎的。他虽然不用专门去说服阿尔贝，但是他毕竟让他的朋友觉得让揣在口袋里的那张火车票作废是值得的——为了庆祝一下阿努什卡的生日，他们在图瓦塞的沙蓬芬餐厅[①]里美美地吃了一顿大餐，还可以讨论一下新小说的手稿，还有阿尔贝在阿维尼翁的戏剧演出计划，法塞尔车[②]很舒适，开起来一定很爽，起码对坐在前排的他们来说。

但是天阴沉沉的，光，都已经配不上这个称呼了。几天前，他还和女人们一起在格拉斯，春天已经从地中海悄然而至，海平面湛蓝湛蓝的，平整得犹如飞机机翼，在阳光下熠熠发光。真是个阴郁的中午

---

① 沙蓬芬餐厅（Chapon Fin）为米其林一星餐厅。米其林是历史悠久的专门评点餐饮行业的法国权威鉴定机构，得到米其林的星级评定，属于欧美餐饮界很高的荣誉。

② 法塞尔（Facel）是一个独立的法国汽车品牌，从 1954 年到 1962 年之间陆续推出新车型，其豪车当时可以与劳斯莱斯齐名，后因其自主研发的入门级四缸发动机存在着太多技术缺陷，不得不于 1964 年宣告倒闭。

啊。米歇尔稍微加快了点速度，同时除近光灯之外还打开了雾灯。

“呵，好孩子，”加缪在他边上说，“我们没有那么着急。”

米歇尔没吱声，但也没把脚从油门上挪开。6号国道上没什么车，道路笔直，虽然在下雨，但也只是毛毛细雨。他再一次又试着活跃气氛。

雅尼纳和他许诺送给阿努什卡第一辆她自己的车作为她的生日礼物，回到巴黎以后，如果她肯去挑一辆的话。从昨天晚上开始她就一再向大家表明她最新的考虑结果并透露说：其实她偏爱某个特定品牌的车，一个德国牌子的。

“一辆保时捷。”米歇尔立刻说。

阿努什卡回答：“对。”

“哼！”她妈妈随即反对，“根本不予考虑。”

“我们回头静下心来好好商量商量。”米歇尔说，他在加缪的腿上拍了一下，“阿努什卡、阿尔贝和我一起来一次试驾，阿尔贝坐在后面！”

“好啊。”阿努什卡对这个答复很满意，她像是克服了一个重要的障碍，说，“如果那车没有后排座，行吗？”

“没有后排座！”加缪很恼火，“雅尼纳，你听清了吗？米歇尔不光要为这辆车掏一大笔银子，回头他还得让人再加上后排座。啧啧啧！烧钱取乐呀。”

“如果没有后排座就一直没有，那没问题。”米歇尔说，他从肩头瞥了一眼继女，“我只是担心，你母亲不会乐意的！我们反正也要让人把发动机拆下来。你看呢，阿尔贝？”

“嗯，我也这么看。雅尼纳一定会坚持要辆用脚来踩的车子。”

"你们只管拿我寻开心。等着吧,你的双胞胎长大了,你大概也会用跑车来劝说他们别买摩托车的。"雅尼纳说。

加缪不做声了,他从侧窗看出去,雨水在车窗玻璃上拉出了长长的雨丝,飞快地流淌着,闪着光,像水银。

阿努什卡有些不快地叹了几声,看大家都没有反应,便说道:"我现在到底是十八岁还是十三岁啊?是啊,那可一定是个噩梦。我十三岁,幸好还远远没有长大,还远远没有僵化。十八,"她自顾自地嘟嘟囔囔着,"大家都把这个年龄很神奇地夸张了吧。以前我还一直以为,如果不到十八岁,就什么也不算。"

"太对了,"米歇尔说,"十八岁以后完全是这样。"

他说起了速度快的汽车、运动飞机、游艇,所有一个大出版商的接班人所能够买得起的,而且也买了的东西。米歇尔以同样对生活餍足,但并不让人觉得不愉快的方式说起了光阴飞逝,这是他最喜欢的话题。与他的朋友加缪不同,他在德国人占领期间也未经历过困苦,但一种感觉越来越频繁地涌上他的心间,他实际上并未真正知道,财富究竟意味着什么……有钱,有很多钱对米歇尔来说只是有了一种热爱生活的可能性。而加缪为此却并不需要钱,这一点让他很钦佩。而这种悄悄的敬佩让他感到很快乐,正是这种快乐把他跟加缪紧密地联系起来,比与其他任何一个朋友的关系都要密切。

还有别的东西把他们联系在一起:他们两个都患肺结核病多年了,肺结核可能不会让他们活到很老的岁数。米歇尔随身总是带着两封信,在一封信里面,雅尼纳——当时还是他表兄的妻子——向他表白了她的爱情;另一封信是加缪十一年前从阿尔及尔写给他的,他差不多都会背这封信了,他自己也记不清楚读了多少遍信:"伟大的圣米歇尔,我回顾了一下你总抱怨的那种种的病痛:肺结核、不育、日趋逼近的性无能、坐骨神经痛、痔疮、梅毒、前列腺炎。这个列表令你沉浸在那种异于凡俗之辈的忧郁中,却只是引来了我的一通嘲弄的狂笑,我在此请你原谅我这一点。”不,除了天气之外,他真没有什么缘由去抱怨。没有人热爱自己的健康,所以他实际上也真不必去舍弃那些他心里面真正喜欢的东西。他很有运气,什么也不缺,所有在他眼中能够让生活更值得去活的东西他都不缺少。他驾着车,行驶在他成长的土地上,在这块给他世界上任何东西他都不愿意交换的土地上,就在这辆车上,就是这辆五米长的车皮内,几乎聚集了他最珍惜的一切:他所爱的同时也爱他的女人、她给他带来的家庭、一生的挚友。“因为有那么一种平衡,”阿尔贝的信里写着,“福祸相依,每一件背运的事情总会有一件快乐的事情相抵过来,最终只有对生命的热爱才证明人不枉此一生。伊壁鸠鲁说过,死亡跟我们没有什么相干。但对生命的热爱应当理解为放纵狂欢、布吉伍吉[①]和以时速一百五十公里狂奔驱车这类行为的反面。”米歇尔对此的看法有所不同。在圣保罗德旺斯他最喜欢去的奥利维耶餐厅,吃一顿饕餮大餐,狼鱼是必备菜肴,佐以茴香、洋蓟、罗勒和百里香烹制而成,再饮一杯布里尼—蒙塔榭一级葡萄酒,为了这些他可以把不少东西抛下,扔在脑后。禁止阿努什卡在周末和安托万以及她的摇滚乐队[②]跳舞跳太久,在他看来就像是把她囚禁在巴士底狱中一样。至于开快车,法塞尔·维加[③]现在

---

① 布吉伍吉(Boogie-Woogie)是早期爵士钢琴的一种风格,兴起于1910年代左右,基本上根源于蓝调钢琴弹法,音色厚重,曾被广泛应用到为歌舞表演的伴奏中。

② 原文为Clique Rock'n'Roll,指的是盛行于1950年代的摇滚乐初期乐风。

③ 法塞尔·维加(Facel Vega)是法塞尔旗下的一款豪华跑车,产量极小,价格相当昂贵。

有八个汽缸，两百六十马力。他想象着一辆马车，前面套着两百六十匹黑白骏马在拉车。要驾驭控制着这一大群黑白相间的、向前奔跑的马阵，这才是最有意思的。

姑且不论，他在眼下不是以时速一百五十公里飞驰，而只是以一百三十五公里。车轮在潮湿的沥青路面上唱歌。如果他正确理解了阿尔贝的意思的话，那么秘密在于某一种爱、某一种游戏、某一种英雄气概、某一种明辨的坚持中。米歇尔认为所有一切都在这一刻消散了，这一刻他坐在方向盘后面，疾驰过勃艮第地区，边上坐着阿尔贝，背后是雅尼纳和阿努什卡：这个秘密联系着他们，就像车子行使中持续的轻微震动联系着他们一样，他喜欢这种轻微抖动。

大家都沉默不语，昏昏欲睡，米歇尔的话打断了沉寂："我觉得，我现在要下定决心，下个星期跟老热尔曼谈谈，办个人寿保险。"

雅尼纳嘟哝了一句算是回答，她用这个方式来表达对米歇尔引入的新话题的不快。

"或者你们怎么看呢？总要给自己所爱的人们一些保障吧。"

加缪认为："去做你一定要做的事情吧。我从我自己的角度觉得很难以接受，如果我设想，弗朗辛、孩子们或者我妈妈每个月收到一张增长的红利的支票。上面没写数额，而完全可能写着：嗨，他死了，给你们留下了些什么呢？"

"嗯哼，钱，不管怎么说！"米歇尔笑了起来。

阿努什卡拉长声调，打着哈欠说："大多数人什么也没留下，他们往往还不知道，该怎么支付殡葬费。"

雅尼纳建议，说点别的。她说起了狗，狗现在醒了，在她身上来回乱动，显然狗很想从车窗看外面："弗洛克，趴下，再躺下。弗洛克，听话！”

“好好说它不听。撅掉它的一条腿。”米歇尔说。

加缪又开口了：“我刚才说的那些，其实根本就不是因为钱。当然留下来的人需要有收入，他们也不会白白地拥有那些权利。我只是觉得，在你死后他们一小笔一小笔支付的钱，无论是红利还是保单，都让你成为一种一再出现的支付者。最后他们终于做到了一点：他们把你给干掉了，但是在他们的数字中你还接着活下去。”

“金融僵尸。”阿努什卡说着，闹出一种吓人的怪声。

米歇尔不觉得这有什么问题，目前，他说，他本人也已经就是了。“至少我觉得是这样。比方弗洛克，它会把我们吃得干干净净。你根本没法相信，阿尔贝，一条这样的小狗能吃多少。它是个不折不扣的钝吻鳄。”

“天底下最可爱的钝吻鳄。”雅尼纳说。

米歇尔说：“对。也是最能吃的。我跟热尔曼谈话时，无论如何会把阿尔贝的顾虑记在心里。实际上我觉得只有一点最重要，我要在雅尼纳之前离世，因为，我的宝贝，没有你我就不想活下去。”

而雅尼纳答道：“谢谢。我无论如何要活下去，有你也好没你也罢。”

“她们就是这样，女人们，全无恩义，”加缪说，“你知道，这意味着什么。我们昨天已经讨论过了。”

米歇尔说：“哦，对啊！我们两个必定会死在她们前面。我要请求那位老热尔曼，对我们进行防腐处理，他会把我们的灵床摆在起居室里面，而你，亲爱的，会不分白天黑夜地跟我们说话。但我们，我们将一声不吭了。”

“你们太恐怖了，这就是你们，”雅尼纳说，虽然她在笑，“在孩子面前说这些！”

“这孩子已经成年了。”阿努什卡说，又打了个哈欠，“现在这个孩子想听会儿音乐，我们能不能把收音机打开？拜托，拜托！”

加缪的手中拿着一串钥匙。他把钥匙从右手倒到左手，向前弯了一下腰，打开了收音机。

“听呀……这首歌好听！”他说，“歌词是普雷韦写的。”

伊夫·蒙当在唱。一声汽笛闯入这首歌中，接着他们看见与他们有一定距离的地方有列火车，由旧型蒸汽机车牵引着。随即他们驶入一片小树林，看不见火车了。他们的目光转向树林里面，欢愉而宁静，水珠在树林里闪烁发光，在他们四周从玻璃表面上流下来。弗洛克叫了起来，雅尼纳捂住了它的嘴。她亲了亲狗的小脑袋，狗的长毛从额头上垂下来，遮住了眼睛，还散发着雨的气息。

11

我醒来的时候恍然间觉得，韦罗妮克背对着我坐在床边上。我问自己，我们这是在哪儿，她和我，在哪个房间，哪座饭店，哪个地方。一时间我觉得能够感受到轻微的晃动，我觉得，我和她是在“普卢扎内”号邮轮的甲板上，还在冰洋上乘坐豪华邮轮度假。而让娜转过身来，发现我已经醒了。

她朝着我弯下腰来，抚着我的手臂，有些好笑地问我：“你在这儿做什么呢？你怎么没在那边你的屋子里睡觉？嗯？”

“我原来没想睡觉，”我说，“但是这里这么安静。你在这里很久了吗？”

“有几分钟了吧。日安，爸爸。”

她吻着我的面颊。然后她的脸变得很严肃，她垂下了目光。

“爸爸，你为什么要哄我呢？我告诉过你，我想让你高兴，所以打电话到医院去，想去邀请你的朋友。你告诉我，你给他回过信了。”

我把头扭到一旁，看见放在床上的莫里斯·拉乌的信。

“信是今天中午到的。”

“这并不能解释，你为什么要骗我。”

“我并没有骗你。我给他回信了，只是没有把信寄出。”

让娜直视着我，目光有些逼人。

“爸爸！”她说，“行了！”

“什么行了！？”

“行了，别再骗我了。我只是为你担心。”

“究竟是怎么回事，年轻的女士，您竟然阅读了我的邮件？”现在我冲着她微笑。然后我把手臂拿开，坐了起来。

“因为我在担心你，因为我想知道，你在忙活些什么，这样我才能帮你。现在，我读了这封情绪低落的信后，更加担心了。”

我站了起来，走到天窗下面，朝上看着湛蓝的天空。她不必为我担心，我说，我很好，一天比一天更好。这封信跟我没有什么关系。写信的这个人现在根本就不懂我了，他从记忆的博物馆中掏出点东西来，那些东西都是半个世纪之前发生的事情了。这些胡言乱语就像在回忆与描写中建立起一种联系。就是酸腐文人脑子里憋出来的东西。德尔菲娜·拉乌，我想着，德尔菲娜·佩雷斯，脑子进水。

我关上小窗，窗栓发出一声响，整扇玻璃颤动着。

让娜还一直坐在床上。她把信和那几页稿子折起来，塞进信封。

“来，我们到那边的房里去，”她说，“晚饭我准备了些好吃的。”

“你能待上这么久吗？”

“能，我想，我要在这里过夜吧。”她站了起来，走向楼梯。“我不想争吵，爸爸，不在这儿也不在家里吵。原谅我读了那封信。我错了。”

我把索许女士端来的珍珠鸡告诉了让娜，但同时也告诉他，这女人把她妈妈的黑刺李子丛给剪掉了很多，她用一把很大的园丁剪来修剪，在我看来，那剪子都赶上日本武士刀的长度了。让娜准备了日式晚餐，生鱼片和用紫菜卷起来的米饭。她把红色的头发挽成一根马尾辫，她在切鱼片，我看见那些放在操作台上的小圈摆成了星状，我觉得很漂亮。她听着我在说话，笑了，她觉得，或许我应该到邻居家去，把索许女士请来，这是很合乎人情往来的。她敢肯定她还没有吃过寿司。

吃晚饭的时候，我们在讨论日本。让娜逐一告诉我们摆在面前那些装在白色四方形盘子里面的菜品叫什么名称：金枪鱼、鲍鱼、旗鱼天妇罗。罗贝蒂纳说起了朋友近期要结婚的儿子，他曾经去神户出过几次差。她问让娜，是否知道欧洲的李子树实际上是日本的樱桃李树跟中欧的黑刺李子杂交产生的品种。这顿晚餐充满异域情调，但好吃极了，学无止境。她说了这些客气话来感谢邀请。

“不可思议的园艺家，这就是他们，那些日本人。”让娜说，随即换了个话题。

我接着听她们聊了一会儿，然后我就致歉告辞，让她们自己聊去。我上了楼，走进浴室，打开门，让水龙头哗哗地淌着水。我让水就这么流着，仔细地在镜中端详着我。女人们在说着话，我听见，让娜在三角钢琴上演奏了舒伯特奏鸣曲中的几个小节。我等了一分钟，然后走入韦罗妮克的房间中。

让娜的羽毛球拍袋立在书架前面的地毯上。袋子是开着的，里面装满了折叠得整整齐齐的换洗衣物和书籍。我从过道朝浴室看去，这才注意到，她的洗漱用品就放在镜子前面的小搁板上。床下有双结实的鞋，床上是她的睡衣，在床头柜上是一叠厚厚的、翻得有些破损的稿子，手稿上是让娜的自来水笔。

封页上写着《利立浦特的烹饪技艺——与莱缪尔·格列佛一道减肥》[①]，上面还有个英国女人的名字。

我回到了浴室中，关上通向过道的门，为了赢得时间，还摁了一下冲水马桶的按钮。

“爸爸？”让娜在楼下问，“没什么问题吧？”

“好着呢，”我大声回答，“我马上来。”

我把球拍袋放在一边。韦罗妮克去世后，我再也没有碰过她的任何一本书。在医院里她还能够阅读时所看的那些书都被佩内洛普和让娜给收集起来了，她们把书拿回家里来，很可能放在书架上的什么地方了——究竟在哪个书架上，我也不清楚。

旅途中，夏天里在露台上，晚上睡觉前，她读了不少书。她最喜欢美国的经典侦探作品。书柜是按照字母顺序排列的。在字母 H 下

---

① 利立浦特是英国作家斯威夫特的小说《格列佛游记》中的小人国国名，作者借主人公外科医师莱缪尔·格列佛之笔，透过一系列奇妙文化之旅对当时的科学家及政客进行辛辣的嘲讽，揭示人类的劣根性。

面摆着她最喜欢的作家达希尔·哈米特,《玻璃钥匙》,她最喜欢这位作家的这部小说,有好几个法语和英语的版本。我找到了字母R。在这个字母下面没有发现莫里斯的作品。在成排成排的书后面也没有找到什么藏起来的书。不管怎么说,他有可能用其他名字来写作的,我猜想着,飞快地浏览着书脊。这时候,有人敲浴室门。

“爸爸,你好吗?”

我看见,在书架上有整整一列书,书脊上作者的名字是阿尔贝·加缪:《局外人》、《堕落》、《鼠疫》都在里面,肯定还有好几本其他的书。我走回浴室。

“让娜,我说过了,我马上就好了。我在自己的家里难道还不能安安静静地……”

“对不起。”她在门后说。

我想不起来,自从发生那起车祸后,是否又再次跟韦罗妮克谈论过加缪。

12

罗贝蒂纳·索许走了以后，让娜收拾完厨房，我们一起坐在起居室里面。在从穿过露台门吹进来的柔和夜风中，我们喝着葡萄酒。我既没有兴趣去阅读，又不想看电视，于是让娜把电视节目杂志放到了一旁。

她从杯中啜着酒，将杯子在手中轻轻地来回摇晃着，轻声地问："你怎么了？"

"我能怎么了？没怎么。"

"没怎么？你完全变了！你真应该听听，你自己的邻居是多么怕你。你干脆让她跟我坐在一起，就那么根本不闻不问，最后她只好走了。我真不知道……如果这还不算失礼！”

“我本来也就不怎么喜欢她。”

“我也一样不喜欢她，”让娜低声说，斜眼瞥了一下敞开的露台门，“但这并不是一个你就应当让她察觉这一点的理由啊！”

“她是个十足的神经症患者，”我大声地说，“她每一次握手，真的每一次，都是一次表白。假如我对她说：罗贝蒂纳，我真高兴是您的邻居——那么她第二天就会搬到我这里来，那样地狱就降临到我身上了。”

“你胡说八道。”她不由冷嘲地笑了。但随即又十分认真地说：“这位莫里斯的来信对你真没什么好处。我感觉得到，这件事让你心神不宁。你知道吗？现在连我都知道是怎么回事了。他写到了妈妈，就像妈妈是他的财产似的，就像是只有一个韦罗妮克，而就只有他认识韦罗妮克似的。我的母亲！你要给他回信吗？”

“不。”我说，突然我觉得最好还是别让她继续不知所措。很显然，她和安德烈之间出了问题。

“我今天下午跟你丈夫通了电话，我请他帮我找一些关于莫里斯·拉乌的材料。我先等着，安德烈能带来什么信息。我下面该怎么做，将取决于这个。”

“这倒是新鲜，”让娜说，“安德烈究竟能够找出什么东西来，难道我就不可能也为你找出来吗？”

“或许你还是先跟我解释一下，你出什么事了？”我说。

她回答：“我，我还能出什么事？”

她站起来，噼里啪啦快步地从过道走向衣帽间。她的头发就跟红色的裙摆似的。让娜在家的一天里，我可以到处从地板上收集到她落下的长长的发丝，一团红色闪亮的乱麻。这可真是个数学之谜。她掉下来的那些头发，不可能在同一天又长出来，但是让娜的头发看着从未有什么变化，它总是闪亮，发着红光，十分茂密。

她将香烟衔在嘴唇之间，又回到了房间。她站在露台门里面，我听见打火机、燃气、火焰的声音，听见她吐出了第一口烟。

“谁是德尔菲娜？”她问。

我告诉她：“谁也不是。她是一个青少年时代的朋友，一位姑娘，一个维勒布勒万的中学同学。”

“你从来没说起过她。妈妈也没说过。”

“当然是有充足理由的。也没什么可说的。”

“啊哈，真的？”她笑了起来，“你那轨道车朋友可完全不这么看。”

“你现在发脾气了，让娜，你发起脾气可就不讲理了。我一直对你和佩内洛普说过，如果你们开始不讲理，我们的谈话就结束了。就是现在，这一点也没有任何改变。”

“是你不讲理。”她在露台上说，并踩灭了香烟。

“请把烟头捡起来。”我说。

她说：“我已经拾起来了！我现在把烟头拿到厨房，扔进垃圾箱里面，我亲爱的！”

我说：“先用冷水冲冲！你说过，你不想吵架。如果你想吵架的话，还是开车回家到你丈夫身边吧。”

她一下子坐入沙发中，马上坐直了，给自己又斟上了一杯葡萄酒。她的眼神很疲劳，她的脖子也红了，出现了一块块红斑，这是她从她妈妈那里继承的。

“我不会开车回家的,今天不会,明天不会,周末也不会。我就在这里待着,在我的亲爱的、年迈的、患病的父亲身边待着。你真可恶。”

“你在出版社里面有些麻烦,安德烈跟我说了。”

“出版社里有麻烦,”让娜说,她的怒气爆棚,火冒三丈了,“我在跟一个疯子作战,他觉得应该通过翻译一本烹饪书来重新发明法语。安德烈说得可真轻巧。就是因为他我才遇到这个混蛋！我试过了,想向他解释一下。他就充满怜悯之意地盯着我。”

“在每个行业中都会有些自以为聪明的人在找麻烦,经历这些人才会变得更成熟。”我相当明智地表明看法,“你认识这个人吗?”

“我认不认识这个人?我当然认识他了。安德烈向我推荐了他——他是《里沃利》杂志有头有脸的人物,据说,是个很有档次的翻译家。哦对了！我们见面了,三个人一起起草了一份合同。从那时候起,我就觉得,我成了他的编辑。这位伊万·卢瓦克大概把我当成他的女秘书了。伊万·卢瓦克·米科。或者就像他喜欢自称为ILM一样…… il aime! 他爱! [①]——这是本在美国和英国卖得很火的书,一本就《格列佛游记》而写的烹饪书。他完成翻译已经有三个星期了。但他把这本书给糟蹋了,译得乱七八糟,这书根本就没法读了,但他——他坐在那里,简直就是恬不知耻这个词的人形具体体现,傻呵呵地笑着,盯着我的领口看。”

“哎呀,我没法判断,”我说,“但是这本书听着是个不错的主意。这个米科,这位译者,他真的就像你说的那样无能吗?还是说,他爱上你了?你是个漂亮的女人——”

---

① il aime! 与 ILM 的读音相近。

她盯着我看，继而缓缓地摇了摇头。

“爱上了，”她说，微笑着站了起来，“此人只是爱上了他自己。”她又走到了过道中。“爱上了！”她在那里又说了一遍，“真是不赖。你识人的本事真是令人瞠目结舌啊。”

我听见她站在我背后，在露台上，打火机，火苗，还有她吹灭了烟。

“有时候我觉得，你已经彻底地失去了任何跟其他人交往的感觉，”让娜说，“不然我就根本无法解释，你怎么能够那样怠慢索许女士。”

“别那么大声嚷嚷，”我说道，“她听着每一个词呢。在那边，她很可能在夜色中拿着她的园丁剪站在窗前。”

让娜冷笑：“当然啦。我差点忘了。你的女邻居正时时刻刻地等着来收服你呢。一把日本武士刀！真是可笑。而在我的十五年职业生涯中遇到的最恶心的人却爱上了我。”

她的手机在桌上闪起了蓝光。随即这个小机器仅发出了唯一的一次响声，就跟什么东西掉入水中似的，一把钥匙或者是手机本身掉入水中。蓝光消失了。

“进来吧。”我说，“我怎么能知道，这位米科心里打什么算盘，或者罗贝蒂纳·索许心里又在打什么主意呢！但是——你是对的：我对这些也一点都不感兴趣。我只想着，我的孩子们能过得好。还有我的母亲。”

没人期待我会有什么大举动，让娜说。我只是别自暴自弃。她走了进来，站在我身后，把手搁在我的肩上。我指了指手机。刚才它响了。

“如果问问我，这么个机器是怎么运转的，”我说，“如果问问我晶体的对称结构，我还能对你说出个一二三四来，现在是这样，以前是这样，以后也还会持续这样。我亲眼见过上千遍了。失礼？在显微镜下面可没有什么礼数，在那里从一开始就是失礼的。什么东西不知道爱、孤独、绝望，你说呢？”

“石块？”

“半导体。”

“我们又不在实验室里面过日子。”她说道。她一边绕过沙发，坐在我身边。“我既不是晶体又不是半导体。”

“我要对你说的就是这个。人与人之间很难运转。我现在六十三岁了，还一直没弄明白，两个人之间为什么会相互憎恶。可惜我没有经验。我只是有时恨我自己，但这会过去，过后也不能解释什么。”

“是吗，爸爸。”让娜拿起手机。蓝色的光又亮了，她读着短信：“佩内洛普发来的。一切都超级棒。天气好极了，蒂埃里的父母超赞。还是那个房间吗？你知道钥匙在哪儿。爸爸好吗？亲你，爱你。——你看看。”

“谢谢。你回复短信时，回致一下问候。你妈妈一再说的话是多么贴切：爱情劈头盖脸砸来的地方……”

“‘……寸草不生，那个地方要用来盖房子了。’”让娜接着说。她脱掉了鞋子，把腿蜷起来，把头靠在我肩上。我们就这么坐了一会儿，跟那台陪伴我们的施坦威钢琴一样沉默。

“你在读什么？”她终于打破了安静。

沙发桌上放着一本自亚里士多德以来关于无穷小数的书，《数字与虚无》。

"数学。"我情绪低落地说。

"你知道我注意到什么了吗？"她突然间问我，"他写道，他跟这个名叫德尔菲娜的女人结婚了。但他后来又说，他一直没法下笔写你们的事情，写关于德尔菲娜和你，韦罗妮克和他自己的事情。这听起来就好像他跟妈妈好过，而你跟他后来的妻子也好过。是这样吧？听起来是这么回事。你们就因此吵翻了吗？因为妈妈和这位德尔菲娜·佩雷斯吵翻了？"

"不，"我说，"是。也是也不是。我现在闹不清楚了。也无关紧要了。"

"那你怎么认识她的呢？"

"我们几个上同一所中学，这我告诉过你了。"

"但你不会跟你班上的每个姑娘都好过吧？或者你会？"

"她不是我那个班的。她是隔壁班的。"

"那妈妈呢？"

"是我班上的。"

"那莫里斯呢？"

"是另外一个班的。"

"你和妈妈在同一个班上，那你怎么没有一下子就爱上妈妈呢？你的朋友和这位姑娘在别的班上，他们也没有互相爱上？而这其实是多么自然而然的事啊。"

"你觉得？这叫什么话！我们当年又不是实验室里面的试验品。你也有过十三四岁的年龄，不是吗？那时候，你也爱上过男孩子了吧？我的意思是，真正地爱上了？"

"哦，怎么说起我来了。"

“我没爱上谁。后来可能爱上女孩了，爱上你妈妈了。那时候我的脑子里在忙着别的东西，脑子里面一团乱糟糟的，比后来亲嘴时还迷茫，或者说比我斜眼——就像你那个翻译先生似的——往姑娘的领口里面瞄还要迷茫。那时候实际上也不可能去偷偷瞅——姑娘们都跟甲鱼似的裹得严严实实的。德尔菲娜理解我脑子中这乱糟糟的一团。就是这样。”

“德尔菲娜理解你。那妈妈呢？”

“妈妈，妈妈。韦罗妮克那时是莫里斯的女朋友，她理解他。那时候这个情形是对的。”

“这些男人！”让娜有些恼怒地说。

我说：“我们现在说的事情，都是发生在多少光年以外的了。难道你还记得，第五十九任国家总统是谁？”

“这还能是谁啊。戴高乐。”

“那外长呢？”

她耸了耸肩：“德尔菲娜·佩雷斯什么时候成了你的女朋友？”

“那时候她还不姓佩雷斯。——我也不知道了。有一次去郊游，我们第一次说上话的。我那时还从来没跟任何一个女孩打过交道。班里的几个留级生有时在吹牛炫耀，他们都见过、摸过些什么。从他们那儿，我才大概知道，我将面临着什么。我这个年龄段的姑娘们都长得更高些，她们都那么健壮匀称，简直让人害怕，心里惴惴的。她们可不懂得玩闹。我喜欢德尔菲娜，因为她完全不一样。——顾夫·德姆维尔，戴高乐时代的外长姓这个。就我所知，你出生的时候，外交部长还是他。我甚至还觉得，他的名也是莫里斯。”

“我为他高兴。她长得怎么样？”让娜问，“她漂亮吗？”

"很漂亮。至少我这么看。她没有你妈妈和你还有佩内洛普那么美,但是她显得很活泼、淘气。你妈妈会说'冒冒失失'。尽管她其实很静。她有种温暖的、充满阳光的气质。她跟我一样高,金色短发。"

"哦,对了——珍·茜宝。"

"珍·茜宝,可以这么说吧。跟十五岁时的珍·茜宝也许像。"

"跟我说说那次学校郊游吧,好吗?"

"我们一大早就乘车去枫丹白露。从那里步行走回维勒布勒万,这段路可不算近。我们要花上一整天时间,到处是树林——到处是树木、树木、树木。那是秋天,我们有两个班。不知怎么回事,我们落在别人后面了,只有德尔菲娜和我,有段时间我们慢吞吞地跟在他们后面。我们开始互相询问对方,觉得什么最重要,最喜欢什么,将来想当什么。最美好的瞬间是,我们竟然一致地认为,我们没觉得什么重要,什么也不爱,什么也不想当。德尔菲娜告诉我,她从来没有过最要好的女友。我回答她,我从来也没有过哪怕是一个最好的男友,她立刻明白了,她甚至很肯定地知道,原因在哪里。原因就在于,友谊这种东西在这个世界上根本就不存在。我同意她的话。"

"但是你不是跟莫里斯成了好朋友吗?你们还一起制造了轨道车,她肯定听说过你们之间的友谊。"

"那是另一回事。那是一种游戏。现实根本不算。我们并不互相欺骗,你明白吗,我们干脆把生活中我们能够想起的一切都减掉,然后看看,还剩下些什么。我说,我不怎么乐意运动,也没什么兴趣去追逐其他爱好,也不喜爱某种音乐,摇摆舞或是比博普,或是摇滚,鬼知道,当年大家还热衷于其他什么东西。德尔菲娜说,她从来就对古典音乐不感兴趣,在学校的合唱团里,她一直只不过动动嘴唇。从这时候开始，我就一直看她的嘴，我们在树下穿行。轻便摩托、跑车、坦克和飞机对我来说绝对无所谓，我告诉她，我从来就不是足球迷，既不会下棋又不会跳舞。德尔菲娜说：帆船和滑雪，棒极了，但是别指望她参加。不知什么时候我们停了下来，可能我们用靴子把树叶给聚拢到一起，在什么地方有只啄木鸟在梆梆地敲着，我都记不清了。但我还记得，我们在等，等着其他人的所有大呼小叫声都听不见了。我觉得，这就是那个时刻。从这一刻开始，我要她成为我的女孩，我的女朋友。我要和她单独在一起，她看来也想单独和我在一起。德尔菲娜说，她既没有一个职业的梦想，也没有一个梦想的职业。她今后根本就不想工作。但她也不想要孩子，她最好什么也不要做，只要在周边四处闲逛——如果累了，就做做梦，睡睡懒觉。然后我们就接着往前走，我问她，读点什么吗？她的回答是，她还从未将一本书读完过，也从未打算把一本书读完。树木、蘑菇、野兔，我记不起来了，她还列举了什么，她把整个动植物世界都提到，都了解过，但却那么漫不经心。她又何必全心投入呢？我不知道答案，我只是在想，可能也是德尔菲娜的名字与我一直喜欢的动物同名，所以我才那么喜欢她。”

“你没有问她，她对海豚[①]是怎么看的？”——让娜不由咯咯笑了起来，继而又打了个哈欠，“或许她会问你，海豚有什么好的？”

“我不觉得。我没有问过她，只是因为我不敢。若问了，她一定会说出一些更加奇怪的话来。我们对世界的想象都是空洞的，通过这一点我觉得自己与她联系在一起，尽管如此，在这个世界中我们依然可以很快乐。德尔菲娜也有同样的权力。一切都有这个权力，一切都

① 德尔菲娜（Delphine）与海豚（Delphin）的复数形式拼写相同。

生活在其自身的世界中,却彼此互不了解。"

"一个很奇特的想象,美丽同时又恐怖。在我听起来,很可能她生活在一个不完整的家庭中。"

"很可能。我不是心理学家。如果我没记错的话,她的父母是医生,但我不能完全确定。她出生于当地最古老的家族之一,是一个拥有庄园的家族。不管怎么说,我们到维勒布勒万时,我们的聊天给了我很大的激励。我们沿着火车的铁轨跑进村子,跑向我们集中的学校校舍,我第一次单独和她一起穿过这个村子。我的全身都在发抖,自豪得不得了。老师、校务主管、我们的班级,大家都在等我们。他们看见我们时,发出了一阵欢呼。别理他们,德尔菲娜跟我说,所有的人总有一天都会变成汉子和婆娘。我倒觉得,算他们倒霉,他们跟余下的人类一样没了我们也还必须继续下去。而德尔菲娜还认为,是的,因为爱是一种发明,根本不存在爱。然后我们分开走了。"

"这就是说,你们根本就没亲过嘴儿,没拥抱过,根本就什么也没做?"让娜在我的肩头上轻声地问着。

"我们俩互相连碰都没碰一下,一整天都没有。她走到她的班上,我走到我的班上,那伙男孩子们用各种怪论从拉着小手儿到舌吻把我的耳朵给灌得满满的。"

"毫不奇怪。这就是整个故事,对吗?你原来还不肯跟我说。妈妈和你的朋友呢,他们在哪里?"

"他们也在场,在其他人那里。"

"在其他人那里。而你和德尔菲娜·佩雷斯……"

"她那时姓谢弗罗。她嫁给莫里斯的时候,姓拉乌。现在,她姓佩雷斯,我也是今天才知道的。德尔菲娜,就是这样。"

“那么造成加缪遇难的那场车祸呢，那时候已经发生了？还是后来发生的？”

“几个月之后，元旦过后不久。让我站起来一下。”

我摆脱开她，站起来后，马上觉得自己眼前有点模糊，我看见了那只空酒瓶。真是奇怪，现在我没觉得难受。我有好几个月没喝过酒了。

“他的文笔怎么样，你那位朋友？”让娜问，她又打了个哈欠，“他把车祸写得十分形象吗？”

“十分形象？可以这么说吗？就跟说整形外科似的。——不清楚。他还没写这么多。但我会知道他写得怎么样，他要继续把这部绝笔之作寄给我，死而后已。莫大的荣幸啊，不折不扣。——我要上床睡去了。你也去睡吧。”

我站在楼梯上，向下朝她看着。让娜的头发从沙发扶手上垂下来，头发很长，都快要触到地毯了。

“就去睡。我再吸一支烟。睡个好觉，爸爸。”

“让娜，你们怎么了？”

“我们？”她说，没有转过身来，连身子都没挪动一下。“没事。安德烈把这个疯子推荐给我的时候，我真不该听安德烈的话。你想象一下吧，有些事情即便是自己的丈夫也不知情。此外呢？一切如故。安德烈生活在他的世界中，我在我的世界中。”

她站起身来，从楼梯下面穿过，走到过道中。我听见她在那里说：“问题只是，哪个世界更加空虚一些。”

13

在让娜睡在她母亲房中的许多个夜晚中的一个，我第一次梦见了莫里斯。

我梦见，我们跑过保罗·卡塞尔位于维勒布勒万的废料场的草地，我们的身体是正在发育的男孩的身体，脸庞却是两张老人的脸。我们要抓一只小狗，狗从我们身边跑开，突然改变方向，平躺在地面上，我们两个中的一个就要抓住它了，它又连忙跃起身来跑掉了。

草地的上方飞着一只鸟，一只巨大的喜鹊。它焦躁不安地来来回回地扇乎着翅膀，一会儿冲着我，一会儿冲着莫里斯进攻，同时在喳喳地叫着。突然间我把这只小狗抓在了怀里,紧紧地抱住它,避开二者,避开了莫里斯和鸟,躲在一片小树丛后面,树丛开满了耀眼的蓝色花朵。在那里我蹲在地上,把狗紧紧地抱住,心头涌上一股强烈的恐慌。我看着头上的灌木,这才注意到,那些花朵与眼睛相似,尽是些蓝色的大眼睛。喜鹊就停在这些眼睛中,就在我头顶上,盯着我看。一瞬间花朵绽放,眨个不停,都用莫里斯那样的蓝眼睛看着我和我怀里全身瑟瑟发抖的小狗。

我带着一种十分压抑的感觉从梦中醒过来,但这种压抑感很快就消失了。挂满眼睛的灌木丛的画面,莫里斯的眼睛,突然间又清晰地出现在我面前,直到我去花园里面仔仔细细地去查看韦罗妮克的黑刺李子丛,其他什么也不去想,这些幻影才消失。让娜这天比平时晚一些从出版社出来。我们晚上坐在电视机前,电视上演着一部关于飓风的纪录片,新奥尔良的毁灭。我们吃了点冷餐,很少说话,关于那个梦,我一字未提。

为什么梦见那片草地?为什么不是棚屋?铁路路堤或铁轨?因为那片草地是老卡塞尔的?他也目睹了那场车祸?那么同样,莫里斯的描写中出现过喜鹊;同样,雅尼纳·伽利马抱着一只斯凯㹴小毛毛狗,弗洛克。

梦什么也不会讲述。我在哪里读到过,梦就是大脑的烛光的火焰。如果信任这个比喻,那么就该问问,这支蜡烛的蜡是由什么构成的。它是由沉睡中的大脑在白天不能处理的经历构成的吗?无论如何,显然让娜说对了:莫里斯·拉乌的信件让我心神不宁,闷闷不乐。

第二天我又自问,这一切究竟有什么意义呢?把我的回忆和他那些硬挤出来的描写扔到一起去，又有什么意义呢？只是要帮他的忙？为了能想起点什么其他的东西，我决定，在心绞痛发病之后首次进行一次较长时间的散步，穿过城市，去宫殿那儿。天很热。露台上的温度计升到了三十二摄氏度，但那是因为太阳直射着温度计。我确定了一下，自己带足了钱，回来的时候可以打辆车，带上了我的心脏病药片，然后给让娜留了一张纸条，万一她提早从出版社回来。

穿过周末的交通高峰，走在德格拉蒂尼大街上时，我心里很清楚：只有我们两个，莫里斯和我，都能够从中得到什么，我们两个见见面，聊聊天才会有意义，就是说我开车去他那里，去拜访他，或者我自己从我这一方面写下来，我能回忆起什么，然后寄给他。但我根本不去考虑前一种情况和后一种情况。

许多年以来我们有一个共同的梦想，但那些年月，大概有四到五年时间吧，已经是过去了，现在流逝的时间有这段时间的十倍之多。梦想消逝了，就像我们想要跟我们的轨道车一起消失那样消逝了。就像在我梦中那样，我们成百上千次地跑过保罗·卡塞尔的草地，跳下铁路路堤的斜坡，等到天黑后，在棚屋中来回胡乱地检测着轨道车。我还能记起每一个细节、每一种气味，我们设计图纸上面的每一个零件、每一颗螺丝、每一句话、每一片树叶，秋天里树叶在露天游泳池的水面上漂浮着，我们在黄昏时爬过篱笆，脱掉油腻腻的衣服，然后跳进这面平滑、蓝色的镜子中去。我还记得，我们当时有什么样的感觉，至少我觉得，在我在核桃树的落叶间游泳时，在最后一缕光线中，身边是莫里斯，这个背叛者：我觉得我是自己未来的发明者。这一切都过去了，四十六个秋天，四十六个冬天，还有一个颁发第一百届诺贝尔化学奖的夏日。

我们的梦想当时也消失了，但是我们永远不会消失。一直到了九年以后，1969年，阿尔贝·加缪的交通事故以及我们尝试消逝的九年之后，我们两人，我们四个，莫里斯和德尔菲娜，我和韦罗妮克才离开维勒布勒万。不过那时，我们已经放弃这个梦想很久了。凡尔赛的公寓，在沙莫尼的假期，凡尔赛的幼儿园，到柏林去旅行，在凡尔赛的房子，在南极海域的豪华邮轮游，凡尔赛的实验室，在凡尔赛的带着花园、杨树以及客房小楼的更大的房子，这一切也可以都在维勒布勒万出现，一切也都能开始于维勒布勒万，结束于维勒布勒万。我已经恢复了内心的平静，先是面对维勒布勒万，然后面对凡尔赛，面对凡尔赛的市场大厅，凡尔赛的城市别墅群和为奔波的工薪族建的小房，我从那些房前走过，沉浸在自己的思路中。我从来没有再次觉得本人是自己的未来的发明者。但我知道，我做过什么，我错过了什么；我到过了什么地方，没到过什么地方；什么是我的过去，什么不是。就像那些每年都蜂拥而至的成千上万的游客，来这里惊叹太阳王的王宫那样，我穿行过凡尔赛，忆起了我在维勒布勒万经历过的成千上万个瞬间。莫里斯·拉乌回忆起什么来，对我来说完全无所谓，而他的周围满是些蜂拥而至，到瓦兹河畔欧韦前来朝拜梵高墓地的游客。

我眼前十分清晰地出现，黄色的、小碟子大小的核桃树叶在水面上漂着。我听见树叶在晚风中沙沙作响，树荫下是露天游泳池，我看见那些蝙蝠忽闪着翅膀从一只树冠飞到另外一只树冠。我还能感觉到皮肤上的水滴，我们在夜色中游着，莫里斯说，再有两三个月就差不多了，大概在圣诞节和元旦之间，最晚不会超过1960年的1月初，那时我们就组装好了轨道车，可以把它推上铁轨了。他说这话时的声音还在我耳畔回响，非常庄严，声音中还有一丝颤抖："推到铁轨上去！”

我看见我们奔跑过卡塞尔的草地。我还知道，就是在跳下壕沟，接着跳下铁路路堤上的斜坡的这一刻，我们成为了伟大消逝机器的发明者。斜坡很陡，秋天里斜坡的草丛中满是蜗牛。我们觉得双脚触地的时候，就马上抓住篱笆的网眼。这样才能保持住平衡，不会翻倒在地。我还看见我们站在篱笆前面，看见我们紧紧地抓住篱笆，屏着气，警觉地聆听着。能听到的唯一的声音是棚屋中的木材在阳光下膨胀的声音。

我们扒在篱笆上很久，然后走几步就到了一个豁口，一个人压住生锈的铁丝网，另外一个就溜进去。这块地上长着高高的、黄色的、难看的草，到处都长满了荨麻。

棚屋面向铁轨的门是两扇，还有一个红色的小侧门。我们在桑斯的火车站把一块警示牌给卸了下来，并把这块牌子安在了棚屋门上："严禁闯入！有生命危险！火车站管理处"。进门后就是一股扑面而来的臭味，臭味无处不在，地面十分泥泞。我们熟悉这里的每一厘米。在这里什么也握不住，木墙上长满了青苔，黑暗中有菌类在闪烁，蜘蛛、黑壳甲虫满地爬，这里还有成群的鼻涕虫，棕色的和微蓝色的，拉乌教授称它们为"马蜗牛"①。莫里斯有时会带一只特别大的给他，举在他鼻尖下让他看。

1959年冬天，我们的轨道车组装好了的时候，教授去世了，他的遗体要举到窗口，从那里运出来。在维勒布勒万，这类特殊的任务一向都是由帕塔舍兄弟二人完成的，我看见他们，罗歇和皮潘，穿着黑

① 英语是 horse conch，指的是一种海蜗牛"天王赤旋螺"，又称"马康克螺"。

西装在前面领路，跟莫里斯的母亲科琳娜或者称科拉步履沉重地穿过拉乌大宅冬季中的花园。我还看见，墓碑的残块和风化了的墓园的围墙从地里冒出来，这时开始下雪了，在古老的墓地里，在撒上了雪粉的草根间突然在我眼前显示出房屋的轮廓，门口过道，走廊，小屋。我父亲、帕塔舍家的两兄弟，还有拉贝热，将莫里斯叔公的棺材缓缓地放入墓穴中，这时我就像在一个寒冷的梦境中一样步入我想象中的那些房间中，在那里雪越来越大，我想象着，在墓地那个地方也住过一个年轻人，他可能和我雷蒙或者与我的朋友莫里斯叫着一样的名字。

14

椴树下，一排排汽车和轻便摩托车围绕着和平广场转圈，就像在通往王宫的路上非要尽可能地超过更多的德国和荷兰的旅游车不可似的。我向右转，进入了弗朗谢·德斯佩雷大街，很高兴摆脱了噪音、喧闹、炎热这些压抑着我的情绪的东西。这条大街满眼绿色，很安静。在这条街上与城市里其他地方一样，步行道两侧的椴树都被整整齐齐地修剪成了长方形。宫殿花园的水池和喷泉的绿化也是这一风格的，宫殿花园一个挨着一个一直延续到勒谢奈、罗康库和维洛弗雷。无论在此期间在这座城市里增加了多少家商店、精品店或者加油站，整个凡尔赛都还一直是这个宫殿的组成部分。连翘和小檗在家家户户的篱笆边生长，散发出沁人的香气。现在它们开着黄色和深粉色的花，深粉色跟黄色交织在一起，这些花都快要谢了。我从医院病床上往窗外看时，这些花还开得正盛。

在经过绿门医院时，我停下脚步。我把手搁在被漆成绿色的篱笆栅栏上，抬头望着一排排窗户。哪个是我住院时候的窗子，我现在已经记不清了，所有的窗子看起来都一样。院门口围绕着一根银色的圆柱站着三个身穿运动服的年轻人，吸着烟。我想起了让娜，想到，她现在吸烟又吸得比较猛，比她以前每天晚上只吸一支烟要多多了。她越不快乐，吸烟就越多；吸烟越多，也就越不快乐。我问自己，她干吗就那么不快乐。

救护车慢慢地驶离了医院的院区，与此同时，两位年轻的身着白衣的女士缓缓地踱步经过公园，护士宿舍坐落在那里。我觉得认出了其中的一个，但又不确定。她们在入口处与那几名吸烟者说了几句，那些人笑了，五个年轻人最后一起走进去。这种投入，这种遇到紧张压力时猛然间燃起的、让她在几周之内对自己全身体力的损耗性的透支，我思忖着，这种自我毁灭的狂乱，这种情形与她多么不相称，她很厌恶别人身上出现这种狂乱，而让娜是从何而来的这种狂乱呢？两年半前，在从这条街上看不到的医院大楼的侧翼中她母亲去世时，她在韦罗妮克去世前的六周中一下子消瘦了十公斤。她看起来灰头土脸的，大量脱发，但为了吸烟，她每隔半个小时，就从她妈妈正在进行人工呼吸的房间中冲出来。

从大街上确实看不见癌症病房。我慢慢地沿着篱笆栅栏走，继续走向市中心。连翘和小檗。灌木丛太密了，目光没法穿过灌木丛看进去一些事情，绿门医院当然也有充足的理由让这些灌木丛来遮挡住路上行人的好奇目光。在这些墙后、这些窗后的什么地方，我坐在她的床边。我回忆起了许多小事。她的开裂的嘴唇。佩内洛普轻轻地抚摸着她的眉毛。让娜跑出去，去吸烟。我们最后一次的交谈。她每次最少提起过一次她的茉莉花、茶藨子还有黑刺李子。

我走到了拉布莱广场，脑子里突然涌现出莫里斯第一封来信中的一个地方。具体的词句我记不清了，但是莫里斯写道，两年前韦罗妮克的去世让他很震惊。或许是这样吧。我突然自问，但他从谁那里得知了她的死讯？我遵守了韦罗妮克的意愿，没有在报纸上发讣告。我们的朋友和熟人圈子中并没有人还可能跟莫里斯·拉乌保留着这样或那样的联系，可能我的妈妈例外，在事关维勒布勒万时，她甚至比我更具有怀旧感伤之情。她从来没提过，但完全可以设想，她跟科琳娜·拉乌还保持着联系。莫里斯的妈妈要是还在世，现在也差不多要有九十岁了，或许更老些，她现在肯定不写信了。

在朝着皇后大街走时，这条大街可以不绕道地直接把我带往宫殿，我拐入了福煦元帅路，沿着这条路往走下，路过咖啡店，店前面坐着不少人在阅读或聊天；走过精品店、商店、药妆店，人们从这些店里拥向大街，所有人，毫无例外地猛地被阳光晃着了。这些人里面有那么多人身上套着颜色各异、过于宽松、皱皱巴巴的运动服。无论年长年少。就像是他们刚刚运动完，就像是他们的日常生活就是在两次跑步的间隙，休息片刻去购物似的。在这里生活的本质的大部分就是这些：在一个了无趣味的夏天，轻轻松松地去购物街买点东西是治疗即将到来的二十四小时寂寞孤独的最佳良方，让这样的寂寞变得可以忍受。

我仔细看看这些人群中干瘪的女士们，她们要跟上购物人群的步子，快速流动的人群因为生活必需、奢侈需要、购物兴致、情绪恶劣而出来买东西。我想象着，如果我妈妈跟这些人中的一位打电话聊起天来会是怎么样，从老人之家打电话到老人之家，告诉她自己的媳妇死于癌症这个消息，那个小韦罗妮克，当年还跟莫里斯也好过，她就是那个总是很严肃、很严厉、很内向，但很出色、很聪明、很漂亮的维勒布勒万学校老师的小女儿，韦罗妮克，想想吧，她死时只有六十一岁。

妈妈可能跟莫里斯本人说过，这个想法跟前面的那个假设一样荒谬。我打算给她打个电话，问问她，是不是跟拉乌家族中的一个还有联系，莫里斯或者科琳娜，或者跟罗歇·帕塔舍，在我妈妈离开维勒布勒万，搬到凡尔赛之前不久，他娶了他的科拉。如果他们没有联系呢？如果妈妈没有告诉过他韦罗妮克的死讯，莫里斯还能从哪里知道呢？我想不起来还能有谁。

没有任何人。

15

我累了，在大太阳下走了半天，体力消耗得很厉害。快要走到通往火车站的大街时，离王宫广场只剩下一公里左右的路程。在右岸火车站前面的广场上停着一排空的出租车。出租车司机们靠在车身上，吸着烟，在聊天。大多数人穿着运动服，戴着墨镜，穿着 T 恤衫，手里还拿着一卷报纸。我决定，让他们其中的一位不再等下去了。

但我还要走上那几个斜坡中的一个，穿过火车站大楼，沿着一条空铁轨往前走，一直走到通往克莱尼公园路的过街天桥。我登高往上走着，靠在天桥的栏杆上往下看。

怎么说我也走完了通往宫殿路程的一大半了。我穿过了我的城市，看到了医院，走过医院，把它留在我身后。我仔细地想过让娜、韦罗妮克和妈妈，有些事情我也清楚了不少，其他的一些事情我在今后的几天或者几个星期里也会弄明白的。那个有关莫里斯的梦，我几乎给忘掉了。

下面是铁轨。有几列火车停靠在站台上。从上往下看，那些车厢和火车头看着多么奇怪。

我没觉得胸部有疼痛感，只是感到一阵轻微的晕眩，我的腿有些发软。但我紧紧地攥住栏杆，我很肯定，这只不过是一时乏力，很快就会过去的。

我们被车子送进绿门医院，并不是为了去死在里面的。为了能继续活下去，我成为医院心脏病房的病人也已经有好些年了，韦罗妮克去看望过我，或者后来陪我去门诊做过愈后护理。

1988 年春天我做的第一个血管造影检查证实，我的心脏左冠状动脉已经闭塞 75%。后来又发现，回旋支狭窄 80%——这个诊断结论表明，很有必要进行手术干预，因为涉及到的两个动脉要为我那破损心脏的同一个部分提供血液。

半年之后，我进行了血管成形术。韦罗妮克和我一起坐在满是空床的医院走廊里，等待着心脏负荷超声检查结果。主任医生很满意。她也满意。我一直到后来才敢相信心脏平安的到来，术后多次铊心肌显影检测结果都证实了这一点：我的心脏在可能发生故障之前就被修整好了。

1994 年 9 月底的一天，韦罗妮克在医院的小公园里把这个结论告诉我。就在那天，一条新闻传遍了全世界，前夜“爱沙尼亚”号沉入波罗的海海底。整整九年时间,我的心脏让我相信,它被治愈了,康复了。后来韦罗妮克的癌症确诊了。后来,她去世了。后来,我的心脏再次破损。

火车站大楼,真是奇异。大楼里面看着像是被黄色的灯光照亮,而实际上是阳光如此明亮地在燃烧。我脚下是车辆调度场。沿着一段轨道,我看见一列货车车厢和一台调车机车,后面就是福煦元帅路,我刚才走过的大道,一辆汽车拐入火车站广场。我可以听见调车机车来来回回地推动着车厢,车厢上排满了汽车;我可以看见一道道似光痕的铁轨,那些铁轨从我脚下伸向远方,从凡尔赛的尽头延展出去,一直朝着闪着绿灯的那个方向,再远一些的地方,红色信号灯在空气的闪动中发出微光。

站台众多,其中一个上面站着许多游客,边上是他们的箱子和旅行袋,一个出售饮料和甜品的自动售货机周围挤着一群孩子,这群孩子中有两个成年人十分惹眼,一个男人和一个女人,大概是辅导员或者老师。两个人都把墨镜架在头发中,背上背着双肩包。那群闹哄哄的孩子们散去后,我看见,肯定有一半孩子,还有那两位老师同样也穿着运动服,我看见他们手臂和腿上的条纹,而有的人是一道,有的人是两道或者是三道条纹。那两位在站台上试着将孩子们聚拢起来的大人,每人只有一道条纹,看见他们的时候,我问自己,当年拉贝热在学校的院子里到处追踪莫里斯和我的时候,他的运动服上大概能有几道条纹。因为他逮不到我们,就气得直叫,我们必须停下来,他认出我们了,我们这帮罪犯;而我们一哄而散,躲入灌木丛中,还能听见这位校务主管喘着粗气,听见他的太太银铃般快乐的笑声。我们通过灌木丛观察着拉贝热太太,我认为我还记得,她的运动服上有三道条纹，她站在那里，嘲笑她男人，而我们则同时跳下去，奔向铁轨。

我不愿意继续去回想维勒布勒万，回忆莫里斯、德尔菲娜、拉贝热一家或者帕塔舍兄弟们。所有的一切看着都无法撼动，固定拼接，相互联系起来，我觉得这些就像条铁轨，穿越过时间，直到眼前终止，我站在这里，呆呆地看着下面满地的铁轨。

凡尔赛的尽头火车站。一种无法改变性。正是这些，让我觉得头疼。无可撼动性。再没有比这个更消耗人的力量的事情了。用回忆或者描写能够搬动什么呢？就像用梦想也改变不了什么。

我用目光顺着铁轨走，将目光移向火车，火车上还有孩子们，他们上了车，乘车远去。普莱喜—德勒，火车头上的荧光牌子写明目的地，他们要去哪里，去德勒或者普莱喜，这是辆地区性的火车。站台的末端是第一个道岔。火车从这里的铁轨上开走，径直开走，从我脚下和克莱尼公园路的天桥下向东开走。

从道岔开始，铁轨也向北方伸展。我看见，它沿着一座大厅的阴影蜿蜒延伸，然后横贯其他轨道；那座大厅位于罗什步行街，几年来有些破败了。铁轨在那里终止。铁轨是空的，没有车厢，没有火车头停靠在上面。我不太确定，但我觉得好像看见，在离那座窗玻璃全部都已经破碎的旧大厅后面很远的地方，有碎石在发光，那片长满地衣和青苔的铁轨空地在闪着绿色、蓝色甚至还有紫色的光。

这是一段闲置的轨道。就像维勒布勒万村子里我们的那段轨道一样没有生命，棚屋把它与世界的其他地方隔开，一段没有生命的轨道，直至皮潘·帕塔舍在 1959 年冬天的一个早上穿着橡胶长靴前来，从铁路路堤的斜坡上滑下来，来帮助我们，把那段锈住了的道岔又重新启用起来，将这段死去的铁轨与主轨道连接起来。众多细节之间都完全不一样:罗什路边上的旧大厅不知何时被人用铁路路堤的碎石子给扔碎了窗玻璃;高高地在铁轨上空飞翔,掠过空中的雨燕;走在路上的孩子们,马上就要到达普莱喜;我,我就站在这里。我有一种感觉,所有的东西都在某种相互关联之中颤动,这种相互关联不需要回忆,不需要描写,不需要梦境。

这就是我们开着轨道车行使的那个时刻的感觉。

或许也正是这种感觉把一切都连接起来。我们驾驶着伟大消逝的机车,整整三年时间,我们把课余的每一分钟都用来拼装它。我们要离开那个棚屋,要开上轨道,要开过约讷河,去巴黎,去海边,仅仅因为,这是可能的。

或许就是这种感觉:人们从各处出发,走过不同的路径,到达家中。

反正就是这种感觉,我在这种感觉中双膝发软。我两腿一弯,支撑不住了,眼前一片漆黑。随即我放开了一切:铁轨、天桥、栏杆。

16

我从铝塑药片板上挤出一片药来，塞进嘴里，把塑料水瓶送到嘴边，坐着把水全部喝完。经过天桥的人，看着我们，尤其是看着我，但也看着那两个人，我喝着他们的水，艾德和克里斯。

他们是这样自我介绍的。他们是美国人，很友善的人，至少在这样令人难堪的情况下——他们乐于助人，客气礼貌。这几分钟里在桥上只有他们两个和我，感觉到这一点，我宽慰许多。我试着定了定神：克里斯穿着黄色短裤、绿色T恤衫蹲在我面前，用他那酒桶般的、满是胎痣的、到处都长满了毛的身体为我遮挡住太阳；而艾德，她其实名叫阿德里安娜，轻轻地抚摸着我的头，问着各种问题：我是不是个糖尿病人，她要不要去叫一辆救护车，我是不是带了手机等。她穿着一件太紧太小的连衣裙，这衣服对显示她的身材和腿很不利；她有一双美丽的大眼睛，长着长长的睫毛，十分引人注目。

这是两位来自新泽西的伊丽莎白镇的体态臃肿的保护神，是我的上帝在此时此刻给我派来的。拉瓜迪亚[①]是他们的姓，就跟纽约旧机场的名字一样。从这名字听起来，他们的祖籍大概是意大利，当然从克里斯身上一点儿也看不出这一点来，他的名字很可能实际上是克里斯托弗，克里斯托弗·拉瓜迪亚先生和夫人在游历欧洲。

我否定了她问我的所有问题。我一时想不起更好的来说，就信口说，我的名字是拉乌，莫里斯·拉乌。

"好吧，莫里斯，感觉怎么样，您觉得，现在您能站起来了吗？"克里斯很关切地问我，看了一眼他的手表，我不知道他这个举动是什么意思。

我点点头。他们一人一边地抓住我的胳膊，搀扶着我站了起来。

他们问，我是不是好些了，我下一步打算干什么。

我用手指着火车站。为了表示我的感激之情，但同时也为了能够完全不被误解，我低沉地直接用他们的语言来回答："我想要辆出租车，想回家。"[②]

如果他们提出异议，我大概也不会坚持我自己的决定，因为我觉得自己还有些力不从心。于是我们三人就一起穿过天桥，走下台阶，走过站台，一直到了火车站大楼。到了那儿以后，拉瓜迪亚夫妇就把

---

① La Guardia，有守卫者之意。

② 原文为英文：I'll take a taxi and drive home。

我松开了。克里斯说了些什么，我没听懂，大概是说了句关于阳光的话，他摘下帽子，这是顶皱皱巴巴的白色布帽子，上面满是淡棕色的斑点，他的光秃的、长满雀斑的脑壳就露了出来。他指指自己的脑袋，他的秃顶，然后把这顶疑似太阳帽的东西递给我。

"谢谢，"我客气地说，"我不需要。"我需要，已经说过，一辆出租车。"我不要帽子，我要车子。"[1]

"你在开玩笑！"艾德大声地笑了起来，"我猜，你的情况好了一些。——你说呢，宝贝？"她冲着克里斯眨眨眼。他觉得被伤害了——我说错了什么吗？——扭过头去。

艾德转转眼珠子："他累了。我们正要去宫殿呢，克里斯很肯定，我们走错路了。莫里斯，我们走了半个小时，天这么热，我对他说，等等，亲爱的，等等，马上就会有人来告诉我们怎么走。这时我们看见你在桥上瘫着蹲下来。"

"是，"我说，微微地鞠了个躬，"谢谢。"

"所以一定要注意！"她带着一副摆出来的严肃表情说道，轻轻地拍着我的胳膊，"我们正好就在你的身后！"

拉瓜迪亚先生与我握了握手。看来我们的相遇让他有些迷茫——他的手却很温暖，手上戴着一只大戒指，是个印章戒指，上面有颗绿宝石。

"你们沿着这条大街，"我说，"走到头向左拐，然后一直往前走，就走到了兵器广场，广场就在宫殿前面。"

然后我就慢慢地往前走开了，腿还有些发软。

---

① 帽子：cap，车子：cab，文字游戏。

但我还是再次回过身来，对那两个人喊道："一直跟着公交车走！"

她笑了，他点点头。我抬起手来向他们致意，然后真的走了。

在出租车里，我跌坐在凉爽的坐垫上，进入了一种空调中的昏昏欲睡状态。司机愿意走哪条路，我完全无所谓。我给了他二十欧元，虽然到勒谢奈的车费一般不到八欧元，最多也不可能超过十欧元。他根本就没有打表，这是在我合上眼皮、对留在后面的一片混乱听之任之之前，所看见的最后的事情。

17

在车库的入口处停着安德烈的大切诺基吉普车，这种车我倒希望拉瓜迪亚一家去开，他们在新泽西一定有几个孩子，最少还有两条小牛一般的大狗。让娜对翻新的、加装上催化净化器的意大利产运动跑车有特殊偏好，对安德烈的这辆车横加指责，认为这车过于排场，损害环境影响气候。但这并没有阻碍她有时开着这辆吉普车去进行大采购。

我拖着病体勉强穿过灌木丛和安德烈的那辆红色的市区坦克，看清了，那辆吉普车已经整装待发，准备好了到海边去进行一次周末郊游，我女儿并不想参加这样的郊游。

车顶上安放着两辆自行车。对了，那不是自行车，而是——用让娜的话来说——是两辆“沙滩巡洋舰”。

在车上装载物品的地方和后座上，我看到防风帐篷、野餐筐、浮潜设备和海边戏水用的杂物包。

副驾驶座上放着一张地图。正好翻开的地图页面上一半是蓝色的，显示出布列塔尼半岛的轮廓。

安德烈在花园里面。光着脚，裤脚挽起，露出小腿肚，他坐在树下，看来打了个盹。他胸前衬衫的纽扣打开了，头朝后仰着。我走近了才发现，他在抽烟，他身边的草地上有一双网球鞋，鞋上是他的袜子。

他睁开眼睛，见到我，马上站起来，跟我打招呼，嘴唇上还叼着香烟，向我伸出一只手跟我握手，另外一只手搭在我的肩上。我盯着他的眼睛。他看起来有些疲劳，心事重重，与目前我对自己的感觉完全一样。

“你又抽烟了？坐下。”我说道，然后我们一起坐在白杨树下。就是在树荫下，也觉得天很热。我拿出手帕，擦拭着额头上的凉汗。

几天以来，他说，编辑部里面的工作特别多，所以。他说起了《里沃利》杂志的那个新的竞争对手，说起了工作压力，社里的领导加给他的压力，订阅客户纷纷离开，如果他不注意的话，这一点可能就会让他丢掉工作。

“是啊，”我说，“我觉得这一切都似曾相识。”这话当然不全是那么回事。在实验室里，我是领导，我在施加压力，谁承受不了压力，只能走人；我本人也一样，我的心脏也不能承受压力了。我有些狐疑，让娜的那位放肆的翻译，安德烈向她推荐的那个米科，是不是他的顶头上司中的一位。

“你可以为你退休前的状况感到高兴。”他说着弯下腰去。他把烟在草地上踩灭，我紧紧地盯着，他打算怎么处理烟蒂。

“这是在正确的时间做出的正确决定。”

我同意他的话，点点头：“看来是这样。”

问题只是，谁来做出的决定。我的心？我可笑的心脏，它将自己自行地送入退休状态中。

安德烈从裤兜里面抽出一张纸巾，将烟蒂和它揉作一团，又塞回裤兜。然后他开始穿上袜子和鞋子，我们默不作声，直到他做完这些，靠在椅背上，冲着我微笑。

他让我觉得，不知由何而来，总是不那么有把握，有些压抑沮丧，也有可能他真的很压抑，就像我常常猜想的那样。但安德烈很坚韧，就像我一样坚韧，像每个胆小怕事的人那样坚韧。

“你看着很疲惫，”他说，“你进城了吗？”

我说，我走着去宫殿了，但觉得那里太闹哄哄了，到处都是些超重的美国佬，他们在忙着给那些修剪得整整齐齐的椴树、喷泉和他们自己拍照。我又返回到右岸火车站，从那儿搭了一辆出租车，这样就不必让让娜等着。

“可以理解。”安德烈从衬衫口袋中掏出一包褶褶巴巴的茨冈烟。“虽然她肯定会很高兴地听到，你为你的健康做些事情。不会影响到你……？”

他指着唇间的香烟——

我抬起手来，做了个抵抗的姿势——

安德烈随即利用这个机会，换了话题，他对着烟圈说，他给我带来了些东西。

草地上有一只皮质文件包，一端靠在他的椅子上。他把皮包拿到自己的怀里，拉开拉链，抽出一只透明的文件夹，里面有十几页纸。

"从这里你可以了解他：莫里斯·拉乌。"他隔着烟圈冲我眨眨眼。他的情绪突然间似乎好了很多。

"我要向你汇报。"他说着，把"r"这个音发得很夸张[①]，我们当初下棋，我以零比七输给他时，他想起《普宁》或者《洛丽塔》中的句子，这个音也发得很夸张。"同意吗？"

我点点头，心里暗自希望，让娜最好马上就回来，最好能跟她丈夫说开他们之间的问题，这是她的事情，而不是我的。

"好吧，开始。首先……这是什么？他的一些个人基本信息。莫里斯·拉乌。他出生于……"

"这些你可以略过。"

"有一些细节，会让你感兴趣，真的。"

"那好吧，"我说，"对不起。你念吧。"

"1944 年 2 月 3 日出生于枫丹白露。是约瑟夫和科琳娜·拉乌的独子，约瑟夫是工程师，阵亡于 1943 年，科琳娜改嫁后随夫姓帕塔舍，是家庭妇女，死于 1998 年。勃艮第省维勒布勒万中学，1964 年通过技术与经济类高中毕业会考。随即进入大学校预科班[②]，学科方向

---

① "r"指 referieren（汇报）中的 r 音，俄语中这个音都很重，安德烈以此表示得意或炫耀，一因多位国际象棋棋王都是俄国人或苏联人，二因《普宁》及《洛丽塔》的作者纳博科夫是俄裔。

② 大学校预科班是法国教育体系特有的机制。大学校相对于法国的综合性大学而言，其专业性更强，更重视教学与实践的结合，以培养法国社会各界精英而闻名于

数学。免予服兵役。1966至1968年在巴黎工程师大学学习。1970年与德尔菲娜·谢弗罗——1944年出生于维勒布勒万——结婚,婚姻结束于1985年,看来没有孩子,大概就是这样。从1973年起,常年侨居国外,留居过摩洛哥、刚果、阿尔及利亚。作为工程师,你的朋友是给排水问题、围堰建设、海水淡化设备方面的专家。到过非洲很多地方。直到1982年是刚果共和国因加瀑布水利工程的权威专家,帮助建成了因加瀑布二期围堰。在法国的住址我这里有,直至1985年在巴黎,然后在圣艾蒂安,在马赛短暂居住过,然后有几年在阿尔及尔,后来又到巴黎,最后,从1999年起,在瓦兹河畔欧韦。他至今还在那里生活,看来是独自一人。地址和电话都有。开车不到一个小时就到了。”

“有什么特别的吗?”

“对啦,梵高的墓地在欧韦,”他说,“你女儿和我,我们去过那个地方。很久以前的事情啦。”

“我的女儿?你是说……”我朝他微笑。一个念头让我思绪万千,到目前为止他的嘴上还没有一次提及让娜的名字,就是现在他也不愿意提及这个名字。安德烈翻阅着那几张纸。

我换回原来的话题:“你刚才说,免除兵役。你找到了什么有关某种重病的材料了吗?”

“找到了。等等,”他马上说,又翻了一下,“看看这个。据称他有一种很罕见的神经疾病,五年以来这个病急剧发作了。ALS,肌萎缩性脊髓侧索硬化症。多尼塔,我的同事,我们要感谢她找到这么多材

世,被称为法国的精英教育。

料——我是说，她在这方面特别能干——多尼塔找到的关于肌萎缩性脊髓侧索硬化症的资料：‘触及位于脑部和脊椎骨髓中的运动神经细胞。细胞死亡，造成肌肉萎缩。在最后阶段，也会波及呼吸肌肉系统，导致该系统瘫痪。’对了，这里她还写道：‘斯蒂芬·霍金，那位著名的天体物理学家，也有这种肌萎缩性脊髓侧索硬化症。这我原来也不知道。”安德烈来回地翻弄着那些纸。

我回答说：“很难想象，他现在是一个人生活。他坐在轮椅中，完全依靠别人的帮助，你觉得不是这样吗？”

安德烈耸耸肩。他噘起嘴唇，用手捋了一下他那夹杂着银发的、在我看来有些油腻的头发，然后看着我。

“嗯！”他说，“大概是这样。当然没法找出有关一个人的所有材料，在那么短的时间内就更不可能了。他可能有位女管家吧。或者他的女邻居会来照顾他。流动护理服务也是可能的。”

“嗯，那当然。”我说，虽然那些话让我有些不快。但我累了，我太累了，没法去判断，说那个女邻居时他是否是在旁敲侧击。

安德烈说，他想起来了《Elle》杂志主编得的病：“那人叫什么名字来着？——他好好的，突然得了脑中风，从那时起，一直瘫着，他比你的朋友可要年轻多了。他叫鲍比，现在我又想起来了，让—多米尼克·鲍比。在他生命的最后几个月，他全身上下只有眼皮能动弹，其他部位完全都瘫痪了。你从来都没听说过这个人吗？”

“没有。你刚才说，这个人叫什么名字？”

“让—多米尼克·鲍比。作为《Elle》的核心领导人物，他在巴黎的时尚圈子里人人皆知，但他真正出名是通过他写的那本关于他患病历程的书，是关于闭锁综合征的。书名是《潜水钟与蝴蝶》。他就是通过他唯一还能够动的眼皮的睁开闭合，睁开闭合来授意别人记录了这本书。”

安德烈说着还演示给我看。

“这怎么能行？”我问道，同时不相信、不认同地摇摇头。

“就我所知，”他说，“有位言语治疗女专家专门为他开发出了这一方法：她说字母，然后鲍比在她读到每个他要授意写下的字母时用眼睑向她示意，停。文章是通过一个又一个字母产生的。”

我试着想象一下莫里斯·拉乌，全身瘫痪，只有眼睑还能动，在那里授意让人写着一封给我的信——他被封闭起来，活活地埋葬在他那肉体之棺中。

没过多久，我听到阿尔法车的声响，车子开到房前，几秒钟后，发动机熄火了，传来关车门的声音。

“让娜。”我说。

而安德烈说：是她，他听见了。他看看自己的手表：“嗯，现在可以开始了。”

我没理他。我不清楚这两人现在是不是已经谈过了，或者这两人甚至是不是已经把话说开了。以安德烈的状态以及他刚才的做派，看来不像；但不管怎么说，还是有可能的；可能，我思忖着，也期望那样。

我们等了一会儿，不再继续说那些资料。但什么也没有发生。让娜没过来。安德烈和我坐在花园的桌子边，试着说点什么，而不必去继续刚才的话题，想说点普普通通的东西，编辑部、拉瓜迪亚夫妇、天气、他的那辆装得满满的停在我家车库门口的吉普车，说点已经发生的或者将要发生的事情，或者就说说今天。但我们却无话可说。我朝房子望去，朝着还没打开的露台门望去；而安德烈的视线穿过花园，望着树，看着树上方的天空，湛蓝而无云的天空。我突然意识到，我认识安德烈已经有整整十五年了，但我还从来没跟他说过一句平平常常的话，他成为我女婿也已经有三年了，我也还从未让他给我出过主意或者问过他的看法。实际上我根本就不了解他。虽然我跟他一起下过棋，因而对他的跳跃性思路大概有一个模模糊糊的概念——撤退、出击、撤退、围堵，但我完全想象不出来，在他目前的处境下，他下一步会做什么：跟我一起坐在花园里，而我的女儿，他的妻子，根本就不想见他。

“我自己的回忆犹如云朵般看着十分美丽，却又毫无意义。”我说，“这是一个句子，他写给我的句子，莫里斯，我是说，莫里斯·拉乌。我不由得一再去想这个句子。”

“很有诗意，”安德烈说，“也很悲伤。一点儿也不奇怪。如果你还想接着听，就告诉我一声。我们根本还没开始说说作家拉乌呢。”

我说，我还是进去给我们拿一大瓶水和杯子吧，顺便看看，让娜在什么地方。她肯定在打电话。

“你留下来吃饭吗？”

“其实我们原打算晚上就到海边，在海边吃晚饭。我们在阿旺桥预订了一间房间，也订餐了。”

他站起身来，愁苦满面，神态十分谦卑，就像我刚才在花园里发现他的时候那神态一样。

“我想给她来个惊喜。我猜，肯定是因为跟佩内洛普吵翻了，所以她心里一直梗着这件事，如果她们两人在海边或许能够说开就好了。想不出来，她有什么计划，”他说道，“或许你干脆问问她。”

我有些吃惊,他就这么干脆地把我的请求,不要去看望佩内洛普和蒂埃里,撇在了一边,但也有可能因为我觉得,他们这回要在布列塔尼相聚,反正也不可能成行,我拍了一下他的胳膊说,我马上就回来。

安德烈在说起阿旺桥的房间时,看着我,就好像有什么吓住了他,一些东西,就是他听到过的或者他预期要听到的,或者是一些他想到的东西吓住了他,这东西把他还想说的一切,全从他的思路中吓跑了。

我让他站在那里,走过草坪,走向房子。

18

我绕到房子前面，走向房子的正门，看了看邮箱。邮箱里面有一张明信片，是阿旺桥的风光明信片。佩内洛普写道：那里很美，她和蒂埃里非常幸福，他的父母非常善意友好。

“看箭头！我们在这儿！”——在这张全风景明信片的前面标着一个指向大海的箭头，箭头所指之处，除了海水什么也没有。我走进房子中，把明信片又读了一遍，看着佩内洛普的字迹，感受着她的语调，我一时间很想念她。我很惦记她，但同时也很高兴，她现在过得这么好。那种感觉，我留下安德烈自己去面对的那种感觉；那种人们可以从几乎每个经验都能得到的感觉，即自己本人的需求在另外一个人那里通常不被摆在首位，甚至这另外之人还恰恰是爱着自己的人——这种令人不愉快的感觉就在我读着佩内洛普的明信片时消失了。尽管我高兴，但其实我松了一口气也是因为看见信箱里没有新的来自欧韦的信。

哪儿也没有让娜的影子。厨房里面放着买回来的东西。我把明信片放在桌上，走进了起居室。她的羽毛球拍袋子和三四个其他很大的、装得满满的袋子叠放在三角钢琴和楼梯之间，这是些我在韦罗妮克的房间里面没看到过的袋子。要到海边去过个周末，这些东西显然有些太多了。我朝外面看去，目光穿过露台看到花园中，安德烈又坐下了，吸着烟，看着那些有关莫里斯的资料。海水淡化设备，因加瀑布……我打开了露台的门——只要让娜来看我，她首先要做的就是打开露台的门——然后冲着安德烈大声问道，他是要水呢还是要点别的什么，啤酒，橘汁，而他喊着答道，他无所谓。

我走上楼去，走进浴室，发现连接过道的门关着。虽然门后一点动静也没有，让娜却一定在那里，在她母亲的房间里面。可能她在睡觉，或者在打电话，但我什么也听不见。而无论是这种还是那种情况都让我觉得难以想象，尤其是在安德烈已经在那里的情况下，他的车子不容忽视地停在车库的入口处，而且在等她。

我洗了洗脸和手。往镜子里面看看，我被太阳灼伤了，我的眼睛发红，眼睛小而无光。我觉得自己都抽缩了，消瘦了，站在拉瓜迪亚先生身边的我一定显得十分憔悴。一切都失控了，没有什么可以握持住，不仅不久前还围着转的人们是无法把持住的，就连自己的身体，这个健康的可笑结构也无法把握住。人们在发展、设想、需求，在无论如何也无法挽留住的人儿上消耗着自己。

“你在吗？”我喊了一声，没有人回答，“让娜，你听见我了吗？”

我拉开门，看见她和衣躺在床上，穿着她早上出门上班时穿的那身套裙。她只是把鞋子脱掉了，一双系着细鞋带的软木厚底鞋翻倒在床前，让娜趴在床上，将自来水笔含在嘴中，面前是那份我见过的手稿：《利立浦特的烹饪技艺——与莱缪尔·格列佛一道减肥》（或者不管要向其他人兜售什么）。

“日安，爸爸。”她以一种十分防备的眼神望着我，但她的眼睛，我很清楚地看出来，刚刚才哭过，“我在工作。我还要几分钟时间。”

“你丈夫来了。他在花园里面等着，安德烈在等着，他要跟你一起开车去海边，让娜。”

“我知道。”

“那请你走下去，跟他去说说。我反正不会继续在这里当和事佬了。”

没有人期望我会这样，她说着，在手稿上画掉一些文字。她读着或者做出一副她似乎在读的样子来，我站在门里，看着她在忙活。床头柜上放着一本韦罗妮克的加了皮质封皮的书。除了纸张、自来水笔和鞋子之外，让娜把所有她的东西都从房间里整理出去了，现在这里又是她母亲的房间了，我回过头去看见，在镜子前面也没有什么她的东西了。

“好。”我平静地说，“我还要跟安德烈在花园里说点别的事情。十分钟后，我等你下来。”

“他已经能够找到你要的信息了吗？”

“能。”

“你满意吗？”

“满意。”

“那我为你高兴，爸爸，我为安德烈高兴，为他的洛丽塔高兴”——她指的是多尼塔——“也为莫里斯·拉乌高兴，甚至为死去的加缪我也感到非常高兴。我不去花园里，”她说道，没有看着我，“十分钟后不去，十小时后也不去。我不跟安德烈说话，我就在这里做我的工作，我觉得自己要工作多久，就工作多久。我在未来的任何时候都不接受最后通牒，不接受你的，也不接受他的。”她心平气和地说着，眼睛一刻也没有从手稿上抬起来，不一会儿又在上面画了几道。

安德烈给她下过最后通牒，我说，这我可没听说过。

“他打电话到出版社找我。下面是引文：五点钟我去接你。我们去布列塔尼找你妹妹和她男朋友，你可以找他们接着吵下去。收拾好你的东西，五点钟时你回到你家老先生那里的出逃结束。引文结束。”

“那你的东西呢？你何必还要把一切东西都收拾好了？”

她看着我，微笑了，不是反讽的，也不是挖苦的微笑，更确切地说是一种苦涩的友好的微笑。

“现在快要六点了，我总是有一个小时的考虑时间，你知道吗，十五年来一直是这样。行了——他马上就要开车了，相信我吧，因为上帝保佑，他可不会暴露自己的弱点。他一走，我就搬到客房小楼里面去，当然只有在你同意的情况下。我刚才回了家一趟，把我的东西都拿来了，书，衣服，还有七七八八的东西，啦啦啦啦。当然我也可以搬到旅店里面去，尽管不在海边，但是红马小客栈里一定会有空房间的。”

现在去问她理由，肯定不是时候，这一点从她的脸上就可以看出来。她躺在那里，韦罗妮克也这样在这张床上躺过，尤其在她潜入自己的内心时，只是随后她会说一些明智的话，一些智慧的充满悲伤的话，比方说，永远不要低估一个要自由的人能做出什么事情来。这种"啦啦啦啦"她可从来没说过。

她在读什么书，我问着指了指床头柜。

她朝那里看看。

"加缪。《西绪福斯神话》。妈妈的书。我放回去。"

"不是这个意思，完全是出于好心才问的。把书带走好了。"

我拿过这本书，翻到最后一页，读着最后一个句子："我们必须把西绪福斯想象成一个幸福快乐的人。"

"行啦。你可以住在客房小楼。"我把书放回。"我去跟安德烈说说，你觉得自己不太舒服。"

我在那里还站了一会儿，等着她回答，虽然我清楚，她接着什么也不会说。

"我这几天一直在找你妈妈的保湿烟盒。你见过吗？"

"保湿烟盒？不清楚你说的是什么。"

"就是装雪茄的小盒子。你妈妈用那个来装地址资料。"

"没见过，"让娜心不在焉地说，"不清楚。"

我看见，她又开始阅读，并且拿起了自来水笔准备写字，我关上了门。我站在浴室的镜子前，仔细地打量自己：鼻子、前额、眼睛、嘴唇、耳朵。太阳穴、眉毛、两颊、下巴。睫毛、牙齿，啦啦啦啦——一切，这是我的脸。

19

让娜对安德烈的种种指责,不可能都是对的。两人没过到一起去,这其实就是说,两人疏远了,先前是两个在一起黏糊得太紧密的人。太紧密,这绝对不是对一个人来说的。这种紧密对任何人来说都不是一种幸福,一种紧密的幸福不外乎是一种不幸。

我从我和韦罗妮克的婚姻中知道了这一点,尽管如此,我们还一直在一起生活。但在此前我自己也明白了这一点。莫里斯和我那么多年间是非常铁的朋友,相互关照,任何一个其他人都不可能在我们之间占有一席之地,没有人能够在我们之侧、之上或者之下拥有位置，父亲不行，母亲不行，其他朋友也不行，哪个姑娘也无法介入我们的友谊，这种友谊有一种爱情的意味，拥有爱情所能拥有的一切，仅仅除了爱情有身体上的接触之外。

不，我在下楼的时候想着，这种友谊没有肉体的意味，尽管莫里斯身上的一切我都热爱，就像我后来爱恋韦罗妮克身上的一切一样：鼻子、前额、眼睛等等，我自己身上的这一切我也喜欢，因为它是属于我的而不属于别人，是什么就是什么。

让我一直到韦罗妮克生命的终结都愿意与她同枕共眠的原因是，我喜欢那种同时与我自己和与她睡觉的感觉——喜欢这种在爱她的同时，可以爱我自己的感觉，完全拥有我而且也能够失去我，而她却一直留在那里的感觉。

留在那里，留在紧密狭隘的处所，化解这种紧密却又停留在那里，与韦罗妮克在一起这是可能的。安德烈和让娜之间看来不太可能，莫里斯和我之间曾经不可能。留给我们的除了那种致命的两人相处之外就什么也没有了，这种致命的两人相处不能给我们提供任何出路来冲出这种状况。那台伟大消逝的机车……那台车意味着这些，正因如此我们才要这台机器，而我们没能做到，通过它来赢得距离，赢得与我们自己的距离，我们之间相互的距离，赢得与一切的距离，一切都太近、太紧了——那还剩下什么呢？

我每只手上都提着一个让娜的包，拎着朝那边的露台门走去。

紧密还留在那里。这种紧密会怎么样呢？它只会越来越紧。由此造成的不幸会使所有对错变得无从区分。我站在门边，看着空荡荡的花园时猜想，如果让娜目前还没有察觉到这一点，那么她很快就会察觉到这一点了：分手一开始可能对两人的关系有益，但也总意味着，一个人丢失了自己的一半——似乎一个人随着他所放弃的另外一人已经失去了进行区分的力量。

让娜毕竟在一点上说对了：现在六点刚过，安德烈不见了。我走回去拿那几个剩下的包，随即把所有的包都搬到客房小楼里去。那辆车顶上放着两辆自行车的吉普车，刚才透过灌木丛能看见的，现在消失了。

我回到草坪上时，看见安德烈的皮质文件包放在桌上。我走进房子里，取了杯水。我听了一会儿篱雀的鸣唱，用目光爱抚着韦罗妮克被修剪了的黑刺李子丛。我思索着，现在去更多地了解莫里斯会有什么意义，我此前也知道一些他的情况，我并没有去问，就通过他的来信了解了一些。随后我就克服了自己的顾虑，对自己说，实际上没有什么太大区别，因为我怎么也不会去给他回信，于是我就把那个透明的文件夹从皮包里面抽了出来。

我翻阅着，喝着水开始阅读。

篱雀，如果那是只篱雀的话，还在鸣唱，我一边读着，一边喝着水。我要拉开一段距离，这是一个安静的观察者应有的距离，此时我在心里对自己说着，同时把一张照片拿在手上，被照片吓得退了一步。

看他的脸会让人被吓住。

一张纸上是一张分辨率很低的照片复印件，照片上的人是他。我想起来，安德烈刚才就我的猜测所说的话：莫里斯病成这样了，一定是坐在轮椅中了。“大概是这样。”他刚才是这样说的，现在我把他的照片拿在手上，而安德烈显然还没有好好看过这张照片。我的女婿很可能有丢掉工作的危险，这还有什么奇怪呢？要避免另一个人给自己施加的压力，只有通过自己给自己加压，通过对压力的自行调节，也就是说通过人们通常所说的勤奋，这样才能跑在压力的前面。

照片上，莫里斯·拉乌坐在一张轮椅中，轮椅在一张公园椅子边的砂石路上，背景是一堵石头垒起的矮墙。公园中在下着雨，可以看见雨丝在画面上画出的线条，看见一位满头浓密白发的老者，长着凌乱的、当年还是金红色浓密头发的莫里斯举着一柄黑色的、带着长长银尖的伞，以免轮椅被雨水打湿。

我最后一次见到他是在 1969 年夏天的什么时候，在他和德尔菲娜离开维勒布勒万之前不久。他那时二十五岁，我们也都是。他站在路边上往车子里和小挂车上搬东西，皮潘·帕塔舍及其已经订婚的未婚妻奥迪勒和奥迪勒的女儿，我已经记不清这个小女孩的名字了，这小姑娘很瘦弱，有些跛足，带着腿夹板，他们都在帮他装车。此刻我坐在花园桌边，那时的情景还历历在目，就像眼前的茉莉花丛、房墙，还有从房墙前嗡嗡飞过的一只大黄蜂：在挂车里有一台电冰箱或者是洗衣机。莫里斯穿着一套黑色斜纹的西装，看着就像他并不是要离开维勒布勒万，而是要埋葬维勒布勒万以及还生活在那里的所有人。

他蜷缩着，歪向一边，一只空着的手毫无生机地像只假手似的放在怀里，柴火棍一般的细腿，尖尖的膝盖，塞在运动鞋中的双脚如同犁一样地向内翻着搁在轮椅的踏板上，他坐在伞下，透过雨幕向着镜头微笑。他看着像一个友好的、固执的老头，被命运打击过，但对此并不抱怨。从他的眼睛可以看出来：无论照片的复印件质量多么不好，他的双眼在闪光，拉乌的眼睛总是这样闪着光。

这照片下面草草的几行字不是安德烈写的，我猜想，大概是他的同事多尼塔——按照让娜的话来说是他的洛丽塔——写的。上面的几行字说明道:这张照片是能够找到的莫里斯·拉乌的最近期的照片了,照片上的莫里斯·拉乌在他的瓦兹河畔欧韦的住处,是他在2003年由巴黎沙泰尼耶出版社出版最新著作《文森特·梵高生命中的最后三天》时供媒体使用的一张照片。

那么说这张照片已经有四年了。四年前韦罗妮克还活着。胰腺癌还根本就没有被发现。那年冬天,在南极海域是夏天,我们还一起乘邮轮去了那里。佩内洛普去墨西哥旅游,让娜和安德烈那时还没有结婚。四年前,贝特朗·索许也还活着。我五十九岁,是凡尔赛的一个欧洲领先的半导体技术实验室的领导。

纸上的书单列出了莫里斯写的、已经出版的二十多本书,小说、随笔而且还总有游记:《光的海岸》、《关于摩洛哥——黑色的永恒》、《刚果之旅》。就我所见,他于1979年出版了第一本书——当时他三十五岁,我也是——书名是《阿加迪尔之猫》,一部小说。我试着设想一下莫里斯,七十年代在阿加迪尔,我从来没去过的地方,是座城市,我除了知道它位于海边之外就什么也都不知道了,我对这座城市一点儿概念也没有,莫里斯·拉乌在离开维勒布勒万十年后来到北非的一座如火炉般的海边城市,那里的猫……阿加迪尔的猫又有什么特别的吗?他是跟德尔菲娜一起去那里的,德尔菲娜去非洲,在刚果?

我又翻回照片,但在同一时刻看见让娜走到了露台上。她换了身衣服,现在穿着一件浅绿色的、有些褶子的夏装,一点儿也不适合她,衣服上印有大朵蓝色的花,有可能是矢车菊,她戴着眼镜,她那副索菲亚·罗兰式的眼镜,这样我就看不出来,她的眼睛刚刚哭过。

她摆摆手,然后沿着石板走向客房小楼,我略微地挥了一下手——其实我是希望她走过来向我解释她刚才的态度的。

“所有的包都放过去了吗？”

我点了点头。

“谢谢，爸爸，一切都好吗？”

“棒极了。”我说，她站了一会儿，消失在茉莉花丛中。她根本就不看车库入口一眼。

他的眉毛白而浓密。他看着没有刮胡子：下巴上是一圈银色的影子。他就这样看着我。他真的没想过，在他三十年来写的书里，肯定会有一本恰巧落入我的手中，我认出了他的脸，在读他的字句时他的声音会萦绕在我的耳畔？

在攥着伞、握成空拳的手背上，我看到了一个稍长的、有些弯曲的、较亮的斑块；他的另外一只手十分苍白，干瘪，毫无生机。我将两只手进行了比较，问自己，到底是哪只给我写的信。他是用右手还是左撇子？我已经想不起来了。握住伞柄的手上能看见的那个斑块很可能是一块纹身，这纹身可能是一个单词，也可能是两个，我凑近了照片仔细看。但无论写的是什么，都已经永恒地嵌入了他那衰老的皮肤中，一张图片，一个名字，看不清楚，照片的复印件太差了。

德尔菲娜，我想，德尔菲娜·谢弗罗。

20

这天晚上我们坐在露台上吃晚饭，当另外一边索许太太出现在她的花园中，草地喷水器开始工作时，我还不等让娜说什么，就请她到我们这里来。尽管当时很累，精疲力竭，而且开始感觉到灼热的阳光，我自己也没想到，我竟然还能跟她很开心地聊了一阵子。

罗贝蒂纳走了以后，让娜收拾了一下桌子。她在房里房外来来回回地走着，随口问我，我读到了关于莫里斯·拉乌的什么材料，现在是否能对莫里斯·拉乌及其人生道路——如她所指——有个较为清晰的印象。我告诉她一切，我对此人怎么看，他的重病，他的工程师经历，他的文学生涯，我还向她描述了那张照片，关于这照片我告诉她，她可以自己去看看，就在安德烈的皮包里面，皮包在起居室的三角钢琴上。

突然我听见她在跟什么人讲话。一会儿我又再次听到了罗贝蒂纳·索许的声音，声音听着有些激动或说愤怒，其实这也没什么特别的地方，但这么晚了这种情况通常不会出现；而她回去的时候，荣耀归于那位发明了电话机的人。

我起身，想去看看到底出了什么事情，在露台门里撞上了正往外冲的让娜，我嘟囔了一句抱歉，站住了。鸟儿们在歌唱或者在相互追逐：两只田鸫不能容忍一只乌鸦。花园里天色渐渐地暗了，我看见沿着石块小径通向客房小楼的运动感应灯亮了，让娜急急忙忙地跑开，遁入昏暗的暮色中。

厨房里大概全黑了。我开了灯，首先看到窗子是敞开的。一个深灰色的、被灌木丛和树木的轮廓冲破的长方形，花园就这样显现在眼前，散发出土地的温暖，这是韦罗妮克喜欢的夏季晚间的一个小时。桌上放着盘子、刀叉、还盛着残余晚餐的碗、用过的餐巾、一块手巾、装了一半的洗碗机，上面还有两只干净的杯子和一瓶红酒，酒瓶上还插着开瓶器——我没看到任何值得把让娜吓这么一大跳的东西。佩内洛普的明信片还在桌上。我刚才还忘了说这事，不过让娜在此期间肯定读过它，而她妹妹写的关于蒂埃里、他的父母、大海和浪涛或者世纪之夏之类的事情都不能够解释她何以做出这么令人不解的举动来。

我有些迟疑地走向窗子。我支撑在橱柜上，将双脚往后挪，压住膝盖，闭上眼睛，直至撑拉造成的疼痛感消失，一种惬意的倦意袭来。

我呼吸着晚间花园里的气息，同时想着她的气味，她站在这里，在一本厨艺书中查找一个菜谱，她要把这个菜谱变得更加完善，或者要做个水果拼盘，把草莓、梨、樱桃切开，没有香蕉，因为她知道，我不喜欢香蕉。我回忆着，我怎么从后面悄悄地走近她，贴着她，把脸埋在她的脖颈间，韦罗妮克的特有香气和她的清凉光滑的皮肤让我痴狂。

“雷蒙，太对不起了！”我听到后面传来罗贝蒂纳·索许的略带哭声的高音。

我看过去，有些惊讶，天怎么在一分钟之内又黑了许多，但是到处都看不见她。那头是黑刺李子的惨白，那里是樱桃树和篱笆的剪影，但篱笆的左边是索许一家的花园，我目光所及，空无一人。我很可能听错了。有时在一所房子里面住久了，会觉得这房子就是个饲育箱。虽然人住在里面，但同时人们也向里面呆看着，因为要监护着。

然后我看到了她。

罗贝蒂纳并没有在她自己的花园里，她在我的花园里。她站在房子和杨树之间的草坪中央，杨树的叶子在沙沙作响。她穿着睡袍站在黑暗中，显得有些慌神，她的样子让我心生怜悯。

“您在那里做什么？”我问，“您觉得不舒服吗？等等，我来了。”

我走过草地朝她走去，我看见，她脚上套着居家鞋，身穿睡衣。她的一只手攥着睡衣放在胸前，一动不动，直到我站在她的面前。这时她才抬起头来，从下到上地打量着我。她的眼睛没化妆，显得比较小。在这个时刻，我觉得她显得很娇小，娇小而需要帮助，她的个头才到我的太阳穴那里。

“我全乱了，真对不起，雷蒙。”她气喘吁吁地说，“我绝对没有要冒犯让娜的意思。我想要向她道歉，但她就跑掉了，现在我真的不知道我还能做什么。”

我说，首先她应该先平静下来。让娜是个大人了，不管出了什么事情，明天再去解决也不迟。我把手搁在她的背上。

“来吧，您这样会感冒的。我把您送过去。”

我朝着临街的花园门口走了一步，街道在路灯下静静地卧在灌木丛后。

“不，”她大声地回应道，同时挣脱开我轻轻地推着她的手，“我可不再去那里了，我又没有受虐倾向！”她敏捷地一闪，几乎可以说用胳膊肘推搡了我一下，我从不知道她还有这一面，也不知道她还能有如此直白的表达方式，她同时摆脱了我的胳膊。

此时我几乎没法看清她的脸。但我听见，她在离我两米之外的地方喘着气，在此同时我看见，客房小楼屋顶下的那间卧室的灯光亮了。

“出什么事了？街上发生什么了？这跟让娜有什么关系？”我有些吃惊地认认真真问，或许正因如此，声音中有一丝好笑的意思。

罗贝蒂纳·索许说着，她生气地将音调降下来，而且一边说一边哭了起来：“街上出了什么事，这您还来问我？您当然清楚，雷蒙，如果您偏偏不知道这事，那我就惊呆了。您，您可是什么都清楚！”

“罗贝蒂纳——”

我真的没有意料到在我的花园里面会遭到一场这样的突袭。

“您能告诉我，您怎么那么激动？”

“我激动？您能不能不用跟疯子说话的态度来跟我说话啊！”

她笑了起来，其实她在哭，这不是一种宽解原谅的笑或者有几分难堪受到触动的笑，这是一种鄙视的笑。

她似乎不管怎样都不想解释。

“那么您就不要表现得像个疯子一样。”

“别跟我来这个。”她说，“您觉得，您家的一切我都该容忍吗？您大概以为，我不知道，您和您的女儿们怎么看我。我清楚得很，我又不是木头人。我丈夫以前一直说过：傲慢总是披着责任的外衣。我激动！对我说这种话，我更宁愿别人直接朝我脸上吐唾沫来蔑视我，就像您的女婿刚刚吐过的那样。”

“我真不清楚，您说的是什么。我只是想提醒您。”我说着，而自己也不清楚，我能够提醒她什么。

“当然，您什么也不知道。您的女儿，一个成年人，什么也不懂，对什么都没有责任感！——看来是我活该。大晚上的我干吗就偏偏要到街上来，围着我自己的房子转？我怎么就想起了，要出来把垃圾丢到我的垃圾桶里去？这里的一切当然理所应当地都是您的和您家的，您的花园、我丈夫的花园、树木和灌木丛、街道、空气，一切都是梅塞的财产，您和您那窝子人就可以随心所欲地让每个人感觉到，这里究竟谁说什么就是什么。”她说着大声抽泣了起来，“请您原谅，我现在还斗胆在呼吸！”

最后一道暗蓝色的光线也消失了，只有几片轻柔的云朵掠过天空，白杨树间的夜色聚拢起来，我也被夜色包围着，包围着我和一个陌生人，她是我二十年来的邻居。空气笼罩着我们，如果今天完全不一样就好了，那样我可能会在这个街区散散步，只是为了能够从夜色中再次回家。

“晚安，罗贝蒂纳。”我对罗贝蒂纳·索许说，“我觉得，我们最好还是就此结束这次谈话。”

说完我就让她自己站在那里。我不愿再去想她，而且我也真的就忘了她，快步走过草坪，草坪很松软，让我似乎觉得心里宽松了一些。我就这样潜入花园门两侧的灌木丛的阴影中。

我觉得自己精疲力竭。就是在几个星期之前，其实就是在莫里斯的来信到达之前，倘若我仔细想想，那时还觉得我不可能还会像当年那位维勒布勒万的少年一样再次渴望消逝，不可能还会希望那个错误的安慰降临，即除了黑夜不会再有别的地址。我打开门，走到街道上，我可以感受我身体的每一根神经纤维。我在哪儿读到过，一只展开的人的肺大概有一个网球场那么大。我觉得自己高大非凡，大小不合适，在事物的秩序中错了位，而秩序看起来是建立在冲突、争端、交锋和敌意的基础上的。就是那盏路灯也在折磨我，我最好马上跑开，跑回到像我的实验室一样的黑暗和寂静中。我现在没有实验室了。

我看着停靠在路边的那一溜车辆，我看到，在车库入口边上真的停着那辆吉普车，一盏路灯照着它。车顶上还放着两辆不是自行车的自行车。我走到副驾驶座位边的车窗那里，看到安德烈还坐在方向盘后面，怀里有本杂志，脖颈上是一块卷成一团的手巾。

他的眼睛闭着。他在睡觉。

一辆真正的自行车，带着嗡嗡作响的直流电瓶驶过。

我拉着车门把手时，他在座位上受惊猛地坐直了，然后呆呆地看着我。但副驾驶边上的车门锁起来了。在洒入车内的灯光的映照下，他那张脸显得又灰又肿胀。副驾驶座上还放着那张地图，地图上有一只被切开的苹果、一把水果刀，还有几个饮料罐，但我既无法确定那些罐子是否已经打开，又无法确定那是否是些罐装啤酒。

“打开门，”我说道，把脸贴着窗玻璃，“我要跟你谈谈。”

他躲开我的目光，用手捋捋头发，然后摇了摇头，摇得很慢，只摇了两下。

我第一次发现，我是多么愤怒，对安德烈、罗贝蒂纳·索许和让娜很愤怒，但首先是对莫里斯·拉乌，他硬闯入我的生活，从我这儿夺走了将生活聚合起来、给生活一个方向的力量，而这个方向对大家来说应当是最好的。我恼火地用手掌把窗玻璃拍得砰砰响，又更加大声地说了一遍，他必须打开车门。

“别跟没长大的孩子一样。你们都疯了吗？马上跟我说话，我是你岳父！”

他把脸朝着我，用一种穿透的目光盯着我。然后我听到窗玻璃摇把摇动的声音，窗玻璃向下落了两指宽。这个宽度只够我们互相看着对方的眼睛。

“你在这里干吗？”我恼怒地问，“你脑子进水了吗？你刚才对我的邻居说了什么？她几乎要精神崩溃了！如果你觉得，让娜会容忍这样的举动，那你可太不了解她了！”

安德烈只是看着我，目光呆滞，他的双眼如衰老的类人猿的眼睛那样悲哀。他的双唇紧紧地抿成一道。

“你对她说了什么？我要知道，她是我的邻居，我住在这里！”

“放了我老婆。”安德烈用一个粗糙、沙哑的声音说。

我说：“你疯了吗？让娜自己会做决定，哪儿……”

他说：“把她放了，不然还会出事。”

我问，他要威胁我吗？

他再次沙哑着说：“放了她。”

他的声音随即清楚了一些，但还总有些不同寻常的异样，就像是一个恶意的心情抑郁的魔术师，一个就像来自童话世界的忧愁擒获了他："她需要我时我总在她身边，我凭什么就这样被你们说赶走就赶走。"

"放了她，放了她！"我喊道，"这到底是什么意思？你觉得是我把她给关起来了？她要留在这里，她不愿意去布列塔尼，她需要时间来理清思路。你没有注意到这一点？你把一切都弄得更糟糕了。回家吧，好好睡一觉，不用等她！"

"我就在这里等她。"他平静地说，"如果你不放了她，我就开车去拜访你的朋友，告诉他你让人调查他。"

"你真的疯了，"我说，"你根本就不知道，你毁坏了什么，安德烈。"

"晚安。"他说，接着车窗玻璃摇把摇了下来。窗玻璃升到了顶端。

我又在车子边停了一会儿，不知所措地看着安德烈，直到安德烈扭开脸去，点上一支烟。

我慢腾腾地走回去，侧耳听着，发动机是否有响动了，但什么也没听见，一丁点儿声音也没有。

我决定，干脆由他去吧，或者更确切地说，他现在自己都不清楚自己在做些什么，所以眼下根本就说不上他具有自由意志。所以现在去跟他讲道理，一点儿用也没有。我完全可以推到明天，再跟他好好谈谈，好好劝劝他。如果他到时候放弃了蹲守，我最晚等他在办公室时打电话开导开导他。

客房小楼里没有灯光了，花园那里已经完全黑了。我穿过草坪走向露台，看见那两个人一起坐在沙发上。那些一无所知的蟋蟀们在弹唱。罗贝蒂纳。罗贝蒂纳的肩上披着我的沙发毯，我女儿搂着她。我走进来时，让娜看着我，目光越过她脖颈处的一绺银色头发看着我。

“好了，”她轻声轻气地说，“一切都会好起来的，对吧，爸爸？——过来把她搂在怀里。”

我犹豫了，但在让娜半是恳求、半是威胁的凝视下，走到沙发的靠背后面，弯下腰去，将太阳穴贴着索许太太的淌着泪水的面颊。

“一切都会好的，”我轻声说，“一切都好了。”——然后我感到，罗贝蒂纳把手放在我的冰冷的手上，然后就没有挪开。

21

星期天。我睡了很长时间。我睁开双眼，一时间根本就没有兴趣起床。我躺着，一边触摸着自己的身体寻找异样之处，一边翻来覆去地思索着一个问题。午夜过后不知什么时候，我大概在翻着书的过程中，看着脚注和一串串数字迷迷糊糊地睡着了。

书中讨论的问题是，如果亚里士多德用扫描隧道显微镜来观察物品，那么他脑子里面会闪过什么念头？如果将物体表面用扫描隧道显微镜来放大五万倍或者五千万倍，可观测到该表面呈现出一种奇特的差异，这种差异并不在于该物品随着每一级次放大看起来有所不同。更确切地说是这样，如果把任何一种物品表面在放大三千万倍后看起来完全相同——花盆、枕套、窗玻璃、眼镜腿、百叶窗的叶片、指甲盖、象棋子、镜框、地毯纤维、门锁、灯罩、亚里士多德的书、皮带扣、皮鞋、心脏病药片：所有的东西都可以用扫描隧道显微镜进行显微观察，所有的东西看起来都绝对一致。在用显微镜放大九十万倍或者甚至一千万倍时，物质表面形状精彩纷呈，杂乱无章；但在放大到三千万倍这个阶段时，这一现象全然消失了。亚里士多德这位《工具论》和《尼各马可伦理学》的作者弓着腰透过扫描隧道显微镜所见到的，一定是一致的、十分严格的几何形状，是十分清晰、十分精细的东西：一张空无一物的网。存在的一些东西——正如亚里士多德所说——有可能是一些并不同时的、在同一视角下并不存在的东西。当然他是对的。他从显微镜上抬起头来，很可能会问自己，所有的那些差异都消逝在何处。我看着窗外，松了一口气，不必向一位迷惑不解的古代希腊哲人解释现代社会；我女婿的那辆红色吉普车也不再停在我家门口了，这使我也松了一口气。

我心情很好地与让娜一起吃早餐。我旁边的桌子上放着一本书，然后我们当然讨论了许久爱因斯坦。她崇拜爱因斯坦，却并不真正清楚为什么崇拜。在数学原理与现实相关时，这些原理并不确定——她认为这是爱因斯坦说的——而只要这些原理是确定的，它们就与现实无关。一个人很难用什么来反对爱因斯坦，我说道，就像没法用什么去反对贝多芬：第九交响乐的急板部分听着就极像是从哪里抄来的。我很想告诉她，昨天晚上发生了什么，但不提安德烈的要求，那个蠢笨无比的“放了她！”或其他与此相关的威胁。

我女儿没说起这个。看来她在脑子中早就把阿尔伯特·爱因斯坦的智慧换成了她的手稿和利立浦特的烹饪技艺,我刚来得及问,她今天打算怎么度过,她就急急忙忙地到客房小楼中去了,工作,她这么随口答道。

无所事事以及那种与往常不同的感觉,即睡足了一早醒来,除了反驳亚里士多德、贝多芬、爱因斯坦之外别无他事可做,这种状况促使我一个小时之后去看看她究竟在忙些什么。我没有摁门铃,而是用我自己的钥匙打开了客房小楼,然后我站在楼下的壁炉间里,听着让娜在楼上的卧室中一会儿吃吃地笑着,一会儿大声地笑着。她在打电话。但我喊她的时候,她像是把电话给挂了。她光着脚走到楼梯上,身穿一件无袖的T恤衫,腿上是一条宽松的跑步裤。我们隔着楼梯说话,她不停晃着手在晾干指甲。我突然想起,她母亲教她怎么涂指甲油:如果我没记错,是在我们去柏林旅游时。让娜那时十一二岁。

我请她告诉我,她和罗贝蒂纳·索许之间是怎么回事。她坐在楼梯最上面的一级台阶上,在我看来,以一种尽可能事不关己的态度来告诉我,就像是除了晾干指甲油最重要的事儿就是让我感觉到,她并不是心甘情愿地作这个汇报的。

罗贝蒂纳像是从空空无有中突然间物化出来,站在厨房的窗前。她痛陈安德烈的种种不是。他暗中躲在垃圾箱附近,把她吓个半死。他威逼她,想盘问她。他想知道,让娜最近是不是有什么访客。罗贝蒂纳·索许发起飙来了。她不容许安德烈对她鲁莽无礼。她逃掉了。而他却试着去逮住她,而且羞辱了她,他这人卑俗下流,显然他已经心智失常了。

“你觉得这奇怪吗?”我问她,“如果他坐在外面,耽于一种想法,你现在很可能有访客了?到底谁来访呢?”

她耸了耸肩，从台阶上站了起来。她弯起手来，把指尖放在嘴前吹着，同时闭上眼睛，韦罗妮克也一直是这么做的，她不喜欢指甲油的味道。

“我又不能改变什么。安德烈要对自己负责。”她说，“我要干活去了，爸爸。对我来说时间过得太快了。”

我说，我要去她母亲的墓地，看看那里是不是一切都好，然后去看看她奶奶。她想不想一起去，我们可以好好聊聊。谈谈总是不会有什么坏处。

“太乐意了，”让娜说，“真的。只是今天不行。我答应佩内洛普，去帮她整理房间。或许下个星期吧，等这本格列佛弄完了。代我向奶奶问好，行吗？我回头给她打电话。”

我去看了看邮件是否到了，或许又有一封莫里斯寄来的信。但我站在空空如也的邮箱前时想起来，今天是星期天，不送信。如果安德烈去实施他的威胁，真的开车去欧韦，又会出现什么情况呢？如果他已经开车去了，而且在这一刻和莫里斯·拉乌一起坐在他的房子里、花园里或者公园中，把这张照片给他看，又会怎样呢？他说过，开车只要不到一个小时就够了。

我丢开这个想法，用花园里面一些简单的活儿来分散自己的注意力。我拔着野草，从客房小楼边上的灌木丛开始拔，一点一点地挪到直到紧挨着索许家地块附近的灌木丛。一个想法一直萦绕在我的头脑中，井井有条的一切，现在又都混作一团，在对未来执着的凝望中纠结不清，而未来只能开始于对过去整理妥当的基础上。但就是这个想法却引向空虚，除非我把它化为行动。所以我决定，明天早上就马上给园艺服务中心打电话。要把黑刺李子和茶藨子从篱笆那边移栽到客房小楼旁，这样可以使它们免遭我女邻居的那把园丁剪出于报复而不断扩大活动范围的荼毒致死。

在火车站时那种无法挣脱的感觉猛然向我袭来，将我带入一种极度压抑的悲凉之中：一生的生活看似那么坚实，而一夜之间它突然陷入旋涡，发现自己处于一种自由落体的状况之中。这种感受没人可以分担，一个人必须自己去面对，尽管它不取决于一个人的性别、性格、脾气、秉性、年龄、基本状态，无论取决于什么，每个人都有这种感受，女邻居、女儿们、女婿、青少年时代的朋友都各自有这种感受——我没有准备好，不管三七二十一地将自己交付给这种令人绝望的孤独所产生的苛求。

绝望与抑郁完全不是一回事，哦不！绝望不是一种病。它是一个病征。绝望只是展现出，要通过自我决断把人生引向一个成功的终结，这是多么艰难。而正在绝望同样意味着，一个人精神上还没有萎靡、麻木甚至死亡。绝望之中一个人是警醒的，绝望地充满活力，绝望地自由，至少足够自由而不去无端地挥洒浪费自己的生命。在花园中的一个小时驱散了我的冥思苦想造成的阴郁，只要我可以这么说，我的身体状况就还好，心绞痛没有再出现。如果有一台显微镜将一片花瓣、一片指甲放大十亿倍，人们又会发现些什么呢？

下午时我又觉得自己有足够的力量，我现在可以说又是原来的我了，可以去决定，什么是最好的。我预订了一辆出租车送我去墓地。是啊，这个地址有些奇怪——我对电话中心的那位女士就是这么说的。然后我剪了一些黑刺李子和茉莉花的枝条，整理好准备放在韦罗妮克的墓前。一个小时后，出租车把我带往维洛弗雷的老人之家的途中，从那座如同一群火烈鸟的粉红色铁路高架桥下穿过，这时我的心情好多了，也轻松了许多，沮丧消沉的情绪一扫而空，我期待着见到我母亲。

22

妈妈在打桥牌。宽大的、散发着甜丝丝气味的休息室里摆满了桌子，桌边坐着三三两两的老人，在打牌、下棋或者在翻阅画报。从装着护墙板的天花板上的扩音器里传来轻轻的手风琴音乐，电风扇嗡嗡地转着，就像是在剧院开演前时那样，整个光线充足的房间里满是各种咿咿嗡嗡压低声音的说话声，我看见三四个将头发紧紧地束起的年轻女子，身着浅蓝色长衫，从桌上撤下咖啡器皿，从一桌到另一桌推着颇具未来派风格的托盘小车，小车的镀铬层在光线中耀眼地闪烁着。每张桌上都放着一只盛着水果的果盘，上面有苹果，就我所见，还有遍布斑点的陈香蕉。

“日安，妈妈。”我走近她和其他几位女士坐着的桌边，跟她打了个招呼，她正高高兴兴、全神贯注地玩她最喜欢玩的游戏。

她扭过头，抬眼看着我。我看见，她认出我时，脸上布满了惊讶之色。她把纸牌的背面朝上，让纸牌呈扇形地搁在桌布上。

“雷蒙！怎么……出什么事了吗？”

她的那三位跟她打桥牌的伙伴们我都认识，但她们的名字我却一个也叫不上来。我朝她们中每个人都微微点头致意，招呼了个遍，把手放在我母亲的肩上，将我的脸颊贴了贴她的脸颊。

“什么也没发生。”我微笑着说，自己却觉察到，这是一个无法掩饰的费劲勉强的微笑。我看着香蕉，暗自问，飘浮在房屋中的那股甜丝丝的气味是否就源于这种水果，这香蕉还能吃吗。

“今天是星期天，”我说着耸了耸肩，“我就想来看看你，来看看你过得怎么样。嗯，看来你过得很不错！你打哪家？”

“东，”她说着，又拿起了纸牌，“我虽然不喜欢东，但谁也没法选择。好啦，现在你来了，要有人来替我打牌。你们都同意吗？”

那些女士们都不反对。

“布朗什！”她们中的一位喊道，“你到我们这儿来，替玛格丽特接着打牌好吗？她儿子来了。”

“好吧，那我就得走了。”妈妈不怎么高兴地说着，起身站起来。我把椅子往外拉，注意到她穿着家用鞋，同时她喊着：“快点快点，布朗什，快来快来，其他人都等着呢！”

布朗什气喘吁吁地穿过桌子间的通道走了过来。她又矮又胖，化着浓妆，穿着一件翠绿色的连衣裙，让人觉得裙子几乎要兜不住她那一身肉。

“我来了，我来了，亲爱的。”她友好地说着，裂开她那张超大的蝴蝶状的嘴，给大家一个大大的微笑，“我已经来了。日安，雷蒙先生。”

门厅中要凉爽一些，空气也好多了，我对母亲说，我想带她出去走走，去公园，去维洛弗雷的树林边上。我问：我们可以去散散步，她觉得这个想法怎么样。

“不怎么样。”她回答。老妈站在我面前，透过玻璃幕墙看着外面郁郁葱葱的、温暖的、她其实并不感兴趣的远处，而且她看着很不快乐。

“会下雨的。”她说。

这是瞎扯，我说。天这么蓝，天气又这么舒适温暖，我甚至还可以给她弄一阵凉爽的风来！她应该为了我，她挚爱的儿子，打起精神来，去走走。

“姑娘们都怎么样？”

我说，这等到我们在外面散步的时候我再向她透露吧。外面用所有的力量拉我出去，而她却不想外出，就像一条人们想从鱼缸里捞出来的老的母鲇鱼似的。

她出生于凡尔登战役那年，就她快九十岁的年龄而言，她的动作还很敏捷。但她现在慢慢地走向电梯。“好吧，雷蒙，就让你高兴一下出去走走吧。不过等我换双结实的鞋子，拿把伞。”

“伞你不用拿吧。”

“你只管说。”——电梯来了，妈妈坐电梯上楼去她的房间了。

我走到外面露天的地方，步入新鲜空气，坐在一堵矮墙上，墙下面是公园的绿地,我深深地吸了一口气。无助于事。因为当气息充盈着我的头脑时,它消散了,这样它穿越跳动在我记忆的每一个空间中。突然我看见拉贝热在我眼前,他很奇怪地推着车穿过学校的院子,那里肯定没有香蕉的气味。

他也看着我,但我们两个都没有打招呼,因为没有打招呼的缘由。去跟拉贝热打招呼简直就是一种虚伪,虽然我作为一个少年在维勒布勒万时而会做些虚伪的事情,但也只是针对同班同学,而且那也只在一种情况下,因为如果不那样,他们就会让我的日子变得如地狱般难过。

但是香蕉?我坐在老人之家的墙上,等着我母亲,我一时在思索着,那种由拉贝热太太散发出的、让莫里斯和我为之发狂的香气,是否可能就是那种与香蕉的气味很相似的味道。一种很奇特的香水。跟拉贝热太太我总是打招呼。就她的年龄和她的外貌而论,我觉得她总显得很疲惫和忧伤。或许是两人不知怎么有些相似吧,我的母亲也很喜欢这位校务主管的年轻太太,有时站在街上跟她聊一会儿。她们之间相互用你来称呼,妈妈以前还常常说起过,她的名字是什么,但可惜我又忘掉了这个名字。

现在天空中的确可以看到零星几片阴云,阳光却依然照耀着,我想象不到,真的会下雨。

在寂寥的停车场和拒人千里之外的玻璃幕墙间,我坐在由碎石堆砌成的矮墙上,思忖着。少了点什么……在我的头脑中少了个联系,而那种气味是唯一的线索,但这个线索又失踪在一个令人迷乱的空洞之中。我忘了点什么吗?我只是清晰地感觉到,那种来源于休息室的气味挥之不去,这真是一种可怕的、占据了整个身体的感觉。

这就像是，我能够亲自经历体验到，我自己的活生生的躯体正在腐烂——不寒而栗。我马上觉得浑身发凉，尽管这个下午如此闷热，让人气短压抑。我自问，我母亲眼下在哪里，我打算再等她五分钟，然后我就进去，到接待处那里往她房间打电话。她看到我，好像一丁点儿都不开心。如果有人让她在去和我一起散步和继续玩一局桥牌之间选择，她肯定一刻也不会犹豫地选择玩桥牌，而且她还会笑话那个提出这个选择的人。我正跃跃欲试地准备走进去，这时听到一阵口哨声，我注意到一个男子，他走过停车场，走向他的汽车。那男子用口哨吹着一支小曲，虽然肯定不会是同一曲，我突然听见了他一直吹的一个旋律——拉贝热。

又是它——黑色香蕉。一种燥热流过我的全身。我站起来，转过身来，目光越过矮墙朝着下面的停车场望去，在树木和灌木丛之间青翠欲滴的草坪上空无一人。盯着小腿肚咬的狗儿。它如果盯上了一个学生，就追着该生一直到课堂。有一次我在书包中闻到了一股子令人作呕的甜腻腻的气味，最后终于在书本和文件夹中挖出了一只香蕉。它隐蔽在那里没有一个星期，也有好几天了。它是黑色的。它的皮就像是由制型纸做的。我在课间拿着这只香蕉到处给别人看。几个男孩，不是我，把它丢来扔去地玩，上课铃响了，我就把这恶心的东西丢到了垃圾桶中。

课堂上有人敲门。拉贝热走了进来。他问韦罗妮克的妈妈，我们的老师，他能否简短地就课间休息这个题目说几句，而随即他就大家休息时吃点心、玩球和扔垃圾条例等作了一大通报告。而他从他的工作服外套口袋中掏出来的东西，看着有几分似铁爪篙，我还没醒过闷来，那就是我的香蕉，就被指责了一通，这个令人作呕的东西经过学校本来就禁止的扔接游戏之后被故意弄得无法享用了，然后被毫不在意地丢掉。

“谁，我？”

“对，你！”他喊道。

他说完就走过中间通道，手中高高地举着那只香蕉，让大家都能看见，一直到把香蕉放在我的桌子上。

“吃了。这样你会记住，什么东西可以扔掉，什么东西不行。”

因为没有一个人，坐在姑娘堆里的韦罗妮克也没有抗议，而且甚至她母亲也一言不发，此外还因为我觉得，用这种方式能最好地表达我对拉贝热的恶心，我吃掉了香蕉。我揭下发硬的香蕉皮，咬着变成了棕色的果肉，硬咽下去。而他就在我身边站着。

“好极了。现在可以扔了。”他说，“你现在拿在手里的东西，是香蕉皮，雷蒙·梅塞。它是不能吃的，是没用的。可以用两种方式扔掉它：一，让什么人踩上滑一跤，或者二，扔进垃圾堆，这样它就不再有危险。一或者二：这取决于你。”

那么我就站起来，走向垃圾桶，把香蕉皮扔了进去。我又坐回座位时，他拍拍我的背，踱步走到前面，不再多说一句话，吹着口哨离开了教室。

23

老人之家的公园位于一块凹地上，凹地延伸到大约一公里之外的维洛弗雷的森林中，从我所在的高台子上望去，在林木中有一个小湖，闪着绿松石般的光，阳光和云朵把这光投射到那片一直扩展到天际的森林中。我看见一群野鸭在水面上盘旋，我想象着，这群野禽如何飘落下来，一只只落在湖面上。这幅想象中的画面以及刚才又想起了的香蕉故事缓和了我的心情，我想，森林、小湖和野鸭是一个美妙的，而且不太远的散步目的地，一会儿可以跟妈妈一起去。

我母亲说了声对不起，她在二十分钟后总算是出来了。她解释道，佩内洛普来电话了，从阿旺桥打来的，顺便说了一下，那里已经下雨了。她向我致意问候。

我们走下通往公园的台阶，她挽住我的胳膊时问：我最近一次是什么时候跟佩内洛普说过话。这是个钓鱼式的问题，我决定不直接回答这个问题。我一般都在晚上给佩内洛普打电话，我换了这种回答，而我本来也是这样打算的。

“你别总是偏向让娜，”走到台阶底部的时候，我母亲说，她放开了挽住我的手，“佩内洛普也一样是你的女儿，你知道，她不容易。”

“自然了。这我完全知道，妈妈。”

“那好吧，”她说，“现在我们直接步入雨中。”她同时举起了折叠起来的伞，将伞刺向空气，就这样指着乌黑的云块，云块眼下在空中聚集起来，而且看起来真的要下雨了，虽然这种概率不那么高。

“你看着很苍白，”她说，“没什么血色，虽然你被太阳灼伤了。”她说着自己哧哧地笑了，声音很轻而且有些嘲弄，我很久没听到她这样笑了。

“我儿子会处理好这些事的。”

我们在悬铃木和椴树下漫步走过草地。母亲回答着我的问题告诉我，莫加多尔剧院怎么样。萨特的《苍蝇》她很喜欢，真是出乎意料。尤其是那个厄勒克特拉的角色。还有那些服装！而她发现了苍蝇，这真是匪夷所思。舞台背景是一块巨型的银幕，整整两个半钟头人们看着用特写镜头拍摄的家蝇们在银幕上爬来爬去、交配、搔首弄姿、吃食、嗡嗡乱飞，然后又停落下来。就像苍蝇是动物中的奇葩。或者说它们已经死绝了。好几次她有几分钟时间都没跟得上剧情，因为她不得不一直看着苍蝇。抱歉，转移注意力就是戏剧的意义吗？

“然后还有俄瑞斯忒斯这个角色，”她说，“哎，他肯定成不了一个好演员，不管怎么说，反正肯定成不了让—路易斯·巴劳特。”

我不知道《苍蝇》这出戏，从没读过剧本，也没在剧院里看过，对让—保罗·萨特也一窍不通，为了能把赞美、把话题引到加缪身上，我坦率地向我母亲承认这一点。

她点点头。

“他那眼睛，”她说，“他那两眼之间距离很大，他那向外斜视、怒目圆睁的双眼。萨特的眼睛总是让我觉得可怖。是害怕，厌恶，还是二者兼而有之？谁知道！我总是害怕萨特，同时也觉得他令人恶心。”

她说，她总在问自己，一个像西蒙娜·德·波伏娃这样的妙人儿究竟会喜欢他什么，一个像萨特这样居高临下的、难看的侏儒。她用雨伞的尖戳着一个鼹鼠拱起的小土堆。

“一个也不在家，”她不高兴地说，“都远远地逃到地底下躲起来了。”

“或许，”我说，“我们当时再等等，等着送你一张加缪戏剧的票就好了。看，妈妈：这里可以走进林子。我刚才从房子上朝这里看，看到一个林间小湖。我们去湖边吧。”

我们离开草地。宽阔砂石路两侧种着小树，树上裹着绳索缠绕而成的保护套，我们慢慢地并排走向林子边沿。公园里除了我们没有别人。我听到一只啄木鸟，但没法确认它在哪棵树上。我观察到，太阳不见了，天空中现在布满了越来越厚的云层。

“人们可以争吵，”妈妈说，“人们可以刺刀见红地跟别人争论，这种事情都发生过，这就是生活，生活又不只是去舔棒棒糖。一个人不可能跟所有的人都成为朋友。”

我闹不明白，她的这些话到底想说些什么，虽然我表示她说得对，赞同她。至少她的脾气与这种看事物的角度合拍。

“只是敌对也是紧密联系的一种表现形式，”她说，“如果死神降临，将对手从生活中擒走，那么应当终结这种敌对，并且给予对手及其家庭应有的尊重。”

我们站住了，她用透亮的、浅蓝色的、近乎九十岁的眼睛盯着我。

“想想你父亲和我，亲爱的。一个走了，另外一个还留了下来。你会猛然清楚一件事：你还能够继续活着，这是一件礼物，也同样是一件已逝者留给你的礼物。就为这个，”她严肃地说，用一个责备的手势加强语气，然后接着说下去，“萨特先生当年，当他的那位亦敌亦友的同行加缪停尸在我们小镇的市政厅里时，应当来维勒布勒万。如果他多少知道点儿礼节的话，他应当向他致以最后的敬意。”

我们走到了林子边上。树木之间的道路在这里形成了岔路，我看到左边这条路的尽头有一块由高大的阔叶木环绕的林间空地，看到那里长满了乱蓬蓬的、比其他杂草要高出一大截的飞廉草。

“你看呢，”我问，“这就是那个小湖吗？”我母亲朝着林间空地望去，说，她不清楚，那么远她根本就看不见，但我们还是走过去吧，到了就清楚了。

路边的饲鸟槽里有人绑上了一块橘红色的盐块。在它的周围，所有的草都被踩倒了，树皮就像旧疮痂从树干上脱落下来。下端的树枝被咬噬、被吃掉了，但周围一只动物也看不见。我觉得，湖泊是可以闻到的；但我又不确定，真的闻到了一种泥沼的、浓重的气味。然后我听到它们了，鸭子们在嘎嘎叫，扑扇着翅膀。

“妈妈，你还记得莫里斯吗？”我问。

“你是说我们的厨师？莫里斯，去年就退休了的那位？我当然记得他了！”在她发出哧哧的笑声之前，她先微笑了起来。

我拿起她的手臂，挽住。现在离目标这么近了，最好还是握紧她，我这样想着，尽量用一种漠不关心的口吻说不是。不是，我说的不是那位莫里斯厨师，而是维勒布勒万的莫里斯。莫里斯·拉乌。

“那个小莫里斯，你最好的朋友，对吧，你从前最好的朋友，后来当了作家的那位？天哪，你现在怎么想起了那位小拉乌了？因为萨特？”

“他给我写信了，”我说，“他看来病了，病得很重，病得快不行了。但是这里有些很不搭调的情况。你在过去的这些年里面见过他或者跟他说过话吗？”

“我？在过去几年里见你的朋友莫里斯？我怎么见啊，你怎么想到这个的？他是个很友好的男孩，有些静，他和你一样，脑子里只有那台你们一起建造的机器，那个……”

“轨道车。”我说。

我母亲说：“不，我没再见过他，自从他当年和那个小谢弗罗一起从维勒布勒万搬走就没再见过。”

林子开阔了起来，光线越来越多，终于，望向湖面的视线完全敞开了，砂石路沿着湖边延伸。湖水是深棕色的，散发出一种泥土气息很浓、在近处闻着并不舒服的花瓶气味。鸭子们在湖中心游泳，一定有几十只，它们根本就没有注意到我们。我看见，雨水一滴滴地落入水中，向水面漾出一圈圈明亮的、银色的水波圈。

我们站在岸边的两棵大橡树下，可以听见夏日里茂密的铜绿色树冠中小鸟们在歌唱和谩骂，我们望着湖面，我告诉妈妈，她说对了，真的下雨了。

"没关系，我穿上了结实的鞋子，带上了伞。"她轻松地说着，有几分开心，"这里真美。十一年来我从来没来过这里，真是不应该呀。看，雷蒙，野鸭。"

"你跟他妈妈还有联系吗？"

"我不明白，你说的是谁的妈妈。"

"莫里斯·拉乌的妈妈。"

"科琳娜？"她问，目光并没有离开湖面，"不，没有，自从她跟那个可怕的人结婚就没来往了。罗贝尔·帕罗什。不管什么落入他手中，他都要摸摸弄弄。他管她叫'科拉'，就跟她是个女混混或者一条牧羊狗似的。"

"罗歇·帕塔舍，"我说，"是皮潘的哥哥。"

她说："是的，对了，皮潘。罗歇和皮潘·帕塔舍。那可怜的皮潘，他是个心地善良的人。"她叹了口气，然后看着我，脸上再次掠过一丝微笑。

"科琳娜去世了，"我说，"八年前就走了。这是让人难过，但不触及我的问题。我在问自己，莫里斯能从哪儿知道，韦罗妮克已经不在人世了。因为他写信给我说：她两年前的死震动了他。如果你也没告诉过他，那他从谁那里得知的呢？"

"我又哪里知道呢？有那么多的可能性。中学同学聚会——好吧，韦罗妮克的父母不在了，他不可能从他们那里知道。要么就是巧极了偶然知道的，要是我就不去费那个脑子了。不扯这些了，雷蒙，最简单的倒可能是，你去问问莫里斯本人啊。你给他回信了吗？"

"没有，"我说，"我就没打算给他回信。"

"哦，那还说什么呢。"她耸了耸肩。我又听到了她哧哧的笑声，听起来带着点嘲弄的意味，我认为这个笑声是指向我的，而且她还一直没有觉察到我的绝望，我有些受伤，同时却又想着，在自己九十岁的母亲面前觉得自己还是个中学生，实在是很荒唐的事情。

最初的几点雨滴穿过如顶盖般的树叶落在我们头上。那一端湖水的表面不再那么光滑平静，看着银色的雨丝斜斜地切入水中，雨水噼里啪啦的声响越来越大了。我看见野鸭子们游向一起，聚拢成一个大鸭群。妈妈撑开了伞，她把空着的胳膊伸向我。

"扶牢我，我的孩子。我们走回去吧。我不相信这只是一场阵雨。"

她挽着我，我从她的手中接过伞柄，小心翼翼地举着伞，不让雨点淋到她。我感觉到雨点滴在我的头发上，沿着我的后脑往下淌，流进领子中，感觉到我背部的衬衫渐渐地湿透了。

"我不想云山雾罩地兜圈子了，"撑着伞走了几步，我们刚刚转过身背对着小湖时，我平静地说道，"但是你从哪里知道，莫里斯是个作家？"

这是第一个她没有立刻用反问来回答的问题，同时也是第一个问题，而对此问题的回答能够明显表明她究竟真正知道什么。她想了想，我们走过滴滴答答落着雨点的森林，树叶放大了雨点的敲打声，听着噼里啪啦的。与其说她思索的是她从哪里得知莫里斯是个作家这个问题，还不如说她思忖的是，她自己究竟什么时候说过这话，我觉得这一点从她的脸上就可以看出。

"我不清楚，"然后她只是说，"我没法对你讲。"

"肯定什么人对你说过，"我坚持道，"这个人是谁？你想不起来了吗？”

“呵！雷蒙！”她嘶的一声，用挎在我臂弯的胳膊肘略微地碰了碰我，“现在别说了！如果我没记错的话，我看见过他写的书，一大摞书，上面有他的名字。但是在哪里见到的呢？书又是谁的呢？”

“很可惜。”

我不再费劲去掩饰我的沮丧。我看到森林的出口，雨水倾泻到草地上，看到一层细濛濛的水汽由倾泻到草地上的雨水在整块草地上升腾。水汽爬上山岗，山岗东边的后面是拉德芳斯，然后是巴黎，在我们面前高处的地方是老人之家，一盏盏闪烁的灯照耀着门口，那里就是我刚才坐过的矮墙。雨幕从灰色的天空黑压压地垂下，由夏日暴风雨和雷电云层组成的一个舞动的巨大雨阵向着凡尔赛方向移去。我对这次散步感到无边的失望，我自问，下一次会不会或许比这次好些。

“你还记得拉贝热吗？”我问，“就是那个校务主管？”我立刻意识到，这是个错误，话已经说出口，没什么其他办法了，只能让我发泄一下我的恼火，开弓没有回头箭。说出的话就没法再吞回了，但按照韦罗妮克的生活智慧，只有一个姿态能够弥补这种过失。她说得很对。但是伤害的力量却在于，它不接纳一个安慰的姿态；在于，怒气给一个人一个出气的机会，而在此之后只留下一种更加司空见惯的自我怜悯。

“当然！”妈妈笑了起来，说道，她甚至还很清楚地记得他和他太太。

我说，与此相反，我差不多忘掉了一切，比方拉贝热太太的名字我就记不得了。

“若埃勒，”我的母亲马上说道，“她就叫这名。她怎么样了，亲爱的若埃勒现在怎么样了？”

我又说，我不知道：“但是你知道吗，那个安静的、友好的莫里斯，他在十五岁时跟这位可爱的若埃勒，这位拉贝热太太有过某种关系？”

“不。”她说。

“就有。”我说。

然后她说：“瞎说。那个穿着浅蓝色鞋子得意洋洋的小拉乌？”

然后我说：“没瞎说。他跟她睡过觉，而且还不止一次。在铁路路堤边上的旧棚屋里面。还有在旧庄园的废墟里。他们在那里碰头。莫里斯十五岁，哦对了，他穿着浅蓝色的鞋子，你知道，那是谁送给他的吗？德尔菲娜，那个小谢弗罗——”

——德尔菲娜，我心里说，我多么爱你！而你，你又怎么对我？对天生一对的那种狂喜的整个感觉烟消云散，被抹去得干干净净，就像这种感觉从来没有出现过。就是在那个事故的前一天我还问她，要不要嫁给我。我十六岁，她十六岁，我绝望了，而她很幸福，因为她那时跟莫里斯走到一起了。她说：“总有那么一天吧，或许。”她说：“吻我。”她说：“来世吧。”她说：“我也喜欢你啊。”而其实她什么也没说。

在伞下，妈妈默不作声地在我身边走着，穿过雨中的公园，不再多说一句话来回答或者来宽解。有一次她更像是对自己而不是对我说，她没法想象，她也不相信。我感觉到，她的胳膊痉挛般抓着我，我看着，她的眼睛后面的脑子在快速转动。但是她就是不问我，我是从哪儿，从谁那里知道这些的。

这个世纪之夏就结束了，我们走到台阶处，拾级而上的时候，我心里说。

我陪着她进去,请接待处的年轻女士帮我叫一辆出租车。虽然我母亲的裙子被淋湿了,她觉得冷,但她坚持要站在玻璃幕墙下陪着我等,从玻璃幕墙这个位置望去,可以看到停车场,我们就这么站着,除了一些客套话就不再说什么了。

雨还一直下着。从公园的凹地和树木间升起了一股更浓烈的泥土的气味。从森林上空也就是我们刚才走过的地方,我看见它们来了,它们很快地飞过来。而当野鸭子们将要飞过草地,接近山岗,母亲和我就站在这山岗上用眼睛追随着它们的飞翔,它们却越飞越高,消失在云端,就完全像是它们来找一些特定的什么东西,一些位于它们下面的东西。它们像是朝着我们飞来,而在我能够分清它们的羽毛颜色并且由此来区分公母之时,它们却急转而去,转弯过程中还保持着飞行的队列,就好像它们已经发现了它们要去哪里,并且打算在那里降落。然后野鸭们像是看见了我们,我们沉默、苍白、气恼,同时又痴迷地抬头望着它们。而它们又疾飞起来,同时却急转而去,须臾之间就扩大了它们和我母亲及我的距离,而接着又各奔东西地飞逃了。

24

在从老人之家回来的那个晚上，我没有力气跟安德烈去争吵。出租车把我放下，我看见，那辆红色的吉普车又停在那里了。他把车停在房前的差不多同一个地方，两辆自行车在车顶上，车上装载物品的地方满满地装着去海边郊游所需要的东西，那次郊游没有成行，大概也不会成行了。安德烈坐在方向盘后面，他一边吃着东西，一边似乎在看报纸。他对我不屑一顾。我没有朝着他走去，而是在淅淅沥沥的雨声中消失在房子里，走进了楼上的卧室，脱掉湿漉漉的衣物。

我一边通过窗子看着外面，最后残余的一点光线也渐渐地缩回，我究问自己,我很显然低估了我的女婿,我到底应当为此感到轻松还是应该愤怒。他比我所估计的要固执得多。他看来显然没有将他的威胁进行兑现,还没有。但他肯定确确实实有对我的房子进行蹲守的意图。这个人的脑子里在想什么呢?他觉得,要进行消极抵抗?或者他已经想出了一套消耗策略?当然不妨问问,安德烈若在汽车里面待上两夜,那还不得要把他自己给先消耗掉了。他以为,通过向她和我展示他眼下有多么绝望,就能够改变让娜的主意?我能够感受到安德烈的痛苦,但这就能帮到安德烈?我拉上窗帘,躺了下来,我静听了一会儿雨声,听着雨点敲打着窗户。

我现在打算彻底地更改行动方针。不再进行那种只会让事情越来越乱的聊天,而应当划定清晰的、明白的界线。划好界线完全取决于我,取决于我本人,但也取决于他人,划好能带来一定后果的界限,应当开始于下列诸项:a)安德烈必须终止对我的房子进行蹲守。这是我的房子,自从韦罗妮克离世,也是我的客房小楼;因此我必须让让娜明白,b)她的婚姻危机,她的分居生活或者无论她和安德烈之间在酝酿什么事情,都不能够发生在我的地皮上,不能以我的健康为代价;c)我必须与我的女邻居恢复原先的那种睦邻友好的关系。但是我却同时必须d)谨防罗贝蒂纳·索许的过度关心,e)就像我必须保护自己不受我的老母亲的嘲弄,尽管f)妈妈有一切权利要求保护。别把妈妈扯进来,g)我对自己说,要不惜任何代价保护她,我对往事毫无价值的翻检打扰了她而且更多的是我自己。而这恰恰意味着,我必须将h)莫里斯·拉乌,i)德尔菲娜·谢弗罗、拉乌、佩雷斯或者不管她在此期间冠些什么姓,还有j)拉贝热一家、k)帕塔舍兄弟,以及l)所有其他僵化的形象统统从雷蒙·梅塞的记忆博物馆中给驱逐出去。我打算实施从 a）到 l）共十二项方针，它们在我看来都是很好的打算——极好，极具和解力。我在整顿好思绪后所出现的心安理得的心态之中睡着了，无梦地滑向第二天。

25

我醒来了，看着窗外，天不再下雨了。太阳出来了。罗贝蒂纳·索许坐在她的花园中喝着一杯茶，并且在打电话。让娜的阿尔法车既没有停在街上，也没有停在车库入口的坡道上。

相反，那辆越野车还在那里，但是安德烈并没有坐在方向盘后面。我披上一件晨袍，急急忙忙地出来，要看个真切：车子是锁着的，空的。新的一个工作周开始了。我站在莲蓬头下面，祈祷着最可能的东西一定要灵验：让娜自己想明白了，安德烈在雨夜的车里又过了一个晚上之后，她原谅了他，并且把他带到了巴黎。工作将很可能让两人彼此之间具备了他们十分需要的距离。

但对我而言,新的一周开始了。我要把一些想法化为实际行动。我吃了早餐,吃饭时给韦罗妮克的园艺服务店打了电话,落实了一下移栽灌木丛的事情。这家最新更名为园艺用品商店的企业在两天后的下午有时间,这样我们很快就说好了。我挂了电话,满意地接着吃早餐。

接下来我给佩内洛普打电话。但是她没有去接手机,而蒂埃里的父母在阿旺桥的电话她又没有给我留下。我突然意识到,我连蒂埃里的姓都还根本不知道。

我给妈妈打了电话,想就我们的争论向她道歉。但她没有接电话。我略微思索了一下,拨了老人之家总机的电话号码,让人去找妈妈,但一想到她会发怒,也就只得作罢。

六周之后她就要过生日了,她就要九十岁了。我可以带着她和孩子们一起出去吃饭。与我那位常年在莱茵河上往返的父亲一样,她很喜欢阿尔萨斯地区的烹饪。在莱茵河大街上有一家安静的阿尔萨斯风味的好馆子。让娜、佩内洛普、安德烈、蒂埃里、她还有我,或许再加上罗贝蒂纳·索许,可以在那里度过一个美好的、和解的晚上。但阿尔萨斯口味对我来说与其他地区口味的东西并没什么不同。我从来没和我父亲一起航行在莱茵河上,只有一回,大概是在一个秋季假期,我来到"亨丽埃特"号的甲板上,当时这艘船正停泊在约讷河畔米锡。而这船根本就不如我母亲所认为的那样是佛兰德型驳船。"亨丽埃特"号可能是弗雷西内型驳船,它带着我父亲和我穿过马恩—莱茵运河来到斯特拉斯堡。不管怎么说,那里有不错的阿尔萨斯葡萄酒。

甚至可以请请若埃勒·拉贝热,让妈妈高兴一把。只是还要去找出来，她现在住在哪里——还要确定一下，她在此期间又守寡了。

有一阵子我沉浸在这个念头之中，设想着，如何就像让安德烈帮我收集有关莫里斯·拉乌的文件那样，收集一下若埃勒·拉贝热的材料，上面给出详细的有关求学、结婚、职业发展、孩子的材料，还要加上一张照片，展现一下她现在的模样——老了。干巴了。当然，也有可能发福了。疲惫而累垮了。在她的那个丈夫身边，毫不为奇。

我们十三岁时，她有多大？二十三，不会超过这个岁数。我最愿意看到她在莫里斯的叔公去世那天时的模样，科琳娜·拉乌和罗歇·帕塔舍在死者自己的房间中发现了死者。与那位后来整整两年一直独自拥有她的泄密者莫里斯不同，我从未有过像在这一天那样接近过她。莫里斯的母亲偏偏打电话给她，让她看管住我们这两个激动得都要炸开的八年级的半大孩子。科拉和罗歇在忙着找出一条通往教授那拥挤不堪的房间的路，拉贝热太太站在我们面前，抚摸着我们乱蓬蓬的头发。简直不可思议，她在外衣的里面什么也没穿。下面是肩膀，白白净净，就如同她的眼线是黑的。她的气味让我迷乱，我一直无法判断，她的眼线是否故意画过了眼角，她的举止充其量可以算是懒散而漫不经心，但这并不减少我对她的膜拜：若埃勒是慵懒的，因为寓居于一个如此美丽的躯壳中将她的全部力量耗尽了。

她的双肩较阔，胸脯饱满，臀部浑圆。我感到那只在我的头发间抚弄着的手那么柔软、温暖、有力。她的脸是张姑娘脸，看着却略微有些变形了。细小的线纹出现在她的嘴角，那双长着浓密睫毛的绿眼睛的周围有着更加微细的纹路；她那双绿眼睛同莫里斯的眼睛一般大小，但总是有些发红；她的头发，棕色的，垂到肩上，弯弯的头发分际线，需要去做个发型；她的嘴唇一边上的口红比另外一边的要浓；她穿在大衣里面的那件连衣裙显得并不那么合适，因为她忘了把衣裙下端的扣子也扣好，或者扣子后来又开了。所以她露出不少腿来，那腿很结实，肌肉感很强。我觉得那腿很美，虽然她的连裤袜上有个地方脱丝了，或者恰恰因此那腿才漂亮。若埃勒出现在我的眼前，就是这一天的若埃勒：她站在拉乌大宅的二楼微笑着倚着过道的墙，而莫里斯的母亲在不停地晃动着一张电话桌。科琳娜·拉乌的几缕头发一再滑到脸上。而她也一再将滑落的那几缕头发向后拢去，别在耳后，这样人人都能够看见她目光中的怒火，她的目光盯着抽屉，她把抽屉拉出了一半，在里面来回乱翻。

“这儿这么乱糟糟的，真可恶！”她骂着，“莫里斯，我告诉过你多少次，别把什么东西都往这里塞，什么破烂都塞到这里来，说过多少次！”

她会变得多么鄙俗。就是跟我们一起站在过道里的罗歇，看样子也已经认识了科拉性格中黑暗的一面。因为他一言不发地走开，跟她拉开了距离，而拉乌太太还继续在小桌子中找着拉乌教授的房门钥匙，最后，把整只抽屉全部抽出来，把抽屉里面的东西不假思索地都倒在地上。莫里斯在她身边蹲在地毯上，帮着她在那堆东西中翻找着。

地毯上摆着千奇百怪的东西。

“过来，”她叽叽歪歪地说，“过来，我不是那个意思，宝贝。看，我的连裤袜也坏了。”

“有些东西根本就不用穿，光着脚走路就行。”拉贝热太太的说法简直让人倾倒，说得莫里斯和我把眼睛都转了过去。“脱丝，脱丝，脱丝！一天到晚除了脱丝还是脱丝。”

他们后来没在那堆东西中找到钥匙，但莫里斯的妈妈还是把他抱在怀里吻他的前额。我现在还能感觉到拉贝热太太，就是若埃勒，半个世纪之前在拉乌大宅的过道里拿起我的手，缓缓地温柔地轻抚着，转着圈儿轻抚着，抚摸了那么久，直至我心中的一切都转了起来，这一切历历在目，就如同我现在还能感受到我母亲昨天在公园里面用胳膊肘顶了我一下那么清晰。

科琳娜·拉乌建议去找消防队来开门。罗歇觉得这根本就没必要，那门他一脚就可以踹开。他这话说得很小心，用他最轻柔的音调说着："如果这扇门跟你的那扇一样，我踹进去就行了。科拉，你就说句话，我直接把这东西给劈成碎片。"

我试着再次打电话找佩内洛普，但没有成功。而后我给问讯处打电话，让他们给我接通《里沃利》杂志编辑部的电话。我看着表，手里拿着电话，守在厨房窗前，这样可以避免错过邮差。

安德烈不在那儿。一位女秘书告诉我，在没有他的新消息之前，暂时没法联系上他。不管怎么说，话筒那边的年轻女士还总算相信了我是他的岳父，还是把安德烈的手机号给了我。

经过几次不成功的尝试，总算在电话里听到他的声音了。他说的话不会超过两个字。我问他，他和让娜碰过头吗，他不予回答；我问，他是否还打算在我的房前接着再露营一夜，他说不；但我问他，是否还一直打算开车去一趟欧韦，他说是；什么时候去？不吭声；他是否要求我把我自己的女儿扔出家门去——不吭声；他是否愿意晚上来我这里，一起吃吃饭，聊聊天——不；只有我们两个，他和我——不；那么他、让娜和我三个人？

“不。”他说着，打了个哈欠。

邮差的自行车出现在通往我家的坡道下面的步行道上。

“那我没法帮你了。”我说。

安德烈一言不发。

“如果这就是你所要的讨论的话，”我说着，一边观察着那位邮差，他在邮包里找寻着我的信件，“如果你觉得，用这种方式能够度过你的婚姻危机，顺便说一句，是与我女儿之间的婚姻危机——那么祝你晚安。”

他什么也没说，而那位邮差手里拿着几封信走上了坡道。

我告诉安德烈，我徒劳无功地试着去联系上他的小姨子，现在我有些担心佩内洛普，我想起了蒂埃里交给他的那张名片……“请你能否告诉我一下，那张名片上是否有个手机号？”

过了几秒钟，然后他说了一组数字。什么也没多说。

我向他致谢，我提起了晚上的邀请，打算问问他，他现在猫在什么地方——我随即听见，他挂掉了电话，连告别问候也没有，简直是不加掩饰的侮辱。

邮箱里面有三封信，一封是医院发出的，一封来自老人之家，还有一封，最大和唯一的黄色信封的信，是莫里斯·拉乌来的。

26

我下定决心，不去打开那第三封信。我打算，明天邮差来时，把信作为不受欢迎的邮件交还给他，让他退回。我已经把它作为不受欢迎的邮件撇在一旁了，打开了其他信件，那两封其他信件打开后，我发现不过是账单。

一张是我母亲住在维洛弗雷老人之家的那套公寓产生的半年费用账单。还有就是我在绿门医院的心脏病房里的每日费用账单。

我左右手各拿着一张账单，两张单子上都密密麻麻地列着一串串各种数字和数目，我产生了一个印象，这两张账单完全可以互相替换。

我想象着，我在十年、十五年或二十年后生活在树林边、小山岗上的那所房子里面，每天打打桥牌，看看掠过公园的野鸭子，该会是怎么样。那时候，妈妈已经早就一百多岁了，或许也早就不在人世了。

我把账单放在旁边，把手搁在莫里斯的信上，用手掠过信封，捏了捏信封里面的东西。我能摸出信里的回形针，它把几页关于车祸故事的下一章的稿子给别在一起。

我又想起了那个让娜在学校里面学过的、她至今还能记住的句子：最荒谬的死法是死于一场车祸。我跟加缪的观点不一致。死亡对每个人来说都是一次事故。不久就必须死去这个事实，甚至对那些深知自己将不久于人世、准备无可奈何地接受死亡的人，也是一种无辜的暴力行动。并不是像我母亲所说的那样：别人死了，而你还能继续活着，是一个礼物。我一点儿也不觉得，失去了韦罗妮克还得继续活下去是一个礼物。这是掠夺，掠夺走了我的妻子。如果我还有二十年可活，如果有可能，我会毫不犹豫地把其中十年送给韦罗妮克。因为挚爱的人死去，本身就是一种滔天的不公正。一个人就这样束手无策地站在一旁，被判处继续活下去，一直活到也轮到自己了。人为什么就非死不可呢？

我不会去希望我最厌恶的敌人死亡，甚至莫里斯·拉乌我也不希望，他抛弃了我和轨道车，他背叛了我，他抢走了德尔菲娜，而且他还和若埃勒·拉贝热睡过觉。只要他不以他的存在来打扰我，我随便他爱活多久就活多久去吧，活得跟椴树和乌龟一样久去吧。

但我知道什么。我常常有这种感觉，就像是我不会变得更老，只是会变得更笨一些。我跟韦罗妮克、让娜和安德烈不同，我没有读过

《西绪福斯神话》。阿尔贝·加缪怎样对死亡进行思考,不在我的知识范围之内。关于加缪我知道,他是一个阿尔及利亚的法国人。他为抵抗运动写作。他曾跟萨特是朋友,后来又跟他闹翻了,对萨特我知道得就更少了,他在阿尔及利亚战争中是戴高乐的顾问。人们在背地里议论,加缪耽于女色。但很多男人都这样。1957年,鲍特维尼克和斯梅斯洛夫在为国际象棋冠军激战时,四十五六岁的加缪获得了诺贝尔文学奖,他的东西我什么也没读过。过了还不到三年,而偏巧正是在那天,我最好的朋友和我一起驾驶着自己组装的轨道车想要离开名叫维勒布勒万的村子,想着要消逝,一辆绿色的法塞尔·维加车偶然经过少年的我生活的村子,加缪也坐在车中,车撞上了一株悬铃木。他就这样死了,这一点是肯定的。

关于西绪福斯我只知道,他是一个永远也完成不了事情的人。诸神让他遭受这样的惩罚。他们惩罚他,是因为他把冥界之神给绑起来了,这造成的后果是,不会有人再死去。就是那些被砍了头的、被五马分尸的也不会死,还继续活着。西绪福斯比所有阴鸷的诸神和诸神的神界主管都要狡诈得多。我知道,不知什么时候他做出决定,把宙斯处以他的惩罚作为仅属于他一人的东西来看。他一次又一次地将一块岩石沿着山坡推上去,只是为了在即将到达山顶时突然觉得岩石太重,而从手上滑落,好让它再从山坡上滚下来,这个无稽的处罚成为西绪福斯生命的全部内容,而更有甚者,他最后在这项工作中甚至找到了他的全部快乐。西绪福斯,诸神,永远重复的处罚,还有这个处罚给人们时间,去对自己进行思考,对了甚至还有加缪的句子:"我们必须将加缪想象为一个幸福的人"——一切都十分有说服力。这个故事,这个神话中只有一点我没法理解:我真的不知道,怎么去想象在冥界有一座山。

“喂？蒂埃里吗？我是佩内洛普的父亲。你们还好吗？你们现在在什么地方？”

通话信号不好。蒂埃里说，他们在海边，但在海边的什么地方，我没听明白。我感觉，听得到背景中汹涌澎湃的波涛声，但是我不肯定，这是否是因为无线连接的问题，这连接吱吱嘎嘎的，有很多噪音。

“等会儿，”蒂埃里喊着，“我往高处站站，这是……”但那是什么，一座高塔、一块岩石、一个突出部分还是一堵墙，根本听不清。

突然蒂埃里很清晰明白地说：“日安，雷蒙，您好吗？太好了，您来电话！”他有些透不过气来。我听见了手机周围的风，狂风。

我很好，谢谢，我说，我向他解释，为什么我把电话打到他的手机上还有我怎么得到他的手机号。

“你们现在正在什么地方呢？”

“在亡人湾附近，”他说，“在坎佩尔的西边。这里的浪巨高，我们天天冲浪，都要站不住了。车子坏了，车目前在修车厂里面，所以我们现在困在这里了。但我们在这里认识了几个人，他们有一艘小的游艇。前天我们跟他们一起出去了，在外面的海里游泳。可惜佩内洛普的手机掉到水里去了。”

“你是说，你们出海去了？”

“是啊，”蒂埃里说着，笑着，“手机掉水里去了！”

“哦，那我不管给她打多长时间的电话来找她，也不管用啦。她躲到哪里去了？”

“她刚刚走，取水去了。您等等，要我去叫她来吗？”

"好，快去吧，我想简短地……"

我没来得及接着说下去。我只听见风声，还有蒂埃里叫了几遍佩内洛普的名字，我想象着，他站在一块岩石上，岩石下是蓝色的大海，海浪冲击着一条沙滩，手机来来回回地晃动着，直到佩内洛普明白他的意思，直到她招手，光着脚，穿着比基尼登高来到他身边。

"几天前安德烈打来电话，"蒂埃里突然说起来，他那悦耳的声音十分清晰，"他和让娜要到阿旺桥来度周末，但是后来他就不再联系了。我希望，他们两个没有来看我们。我们没法离开这里，因为车子的状况。"

"不，"我说，"他们没去。他们临时有些其他事情。"

"好吧，那我就放心了。我本来也要因为工作的事情给安德烈打电话。"蒂埃里说，"佩内洛普来了。您和她聊吧。一切顺利，雷蒙，回见。"

"日安，爸爸！"佩内洛普大声说，气喘吁吁地，但听起来她非常开心，"真是一个大惊喜啊！你好吗？"

"一天天好起来。"我说，我睡得很多，经常在花园里坐坐，散散步。我告诉她我去探望了她奶奶，妈妈也很好，她很高兴你给她打过电话。我也向她传达了索许太太的致意。

"让娜和安德烈想要在周末过来，"佩内洛普说，"但后来我们就没有什么他们的消息了。我这个笨蛋可惜把手机给弄丢了。"

"鱼虾们可以用你的手机打电话了，蒂埃里这么告诉我。手机在海底。"

"嗯，手机在那里待得很舒服，对吧？"

她爽朗地笑了起来，我的心里涌过一股暖流，因为她这么开心，虽然她一直遇到倒霉事。蒂埃里的旧萨博车坏了,她把自己的手机掉到海里去了,尽管这样她还是在笑,笑得那么温暖、爽朗、有感染力。自从她母亲去世后,我从来没见过她这样。

"让娜怎么了?"她问,"她也不回我的短信。好吧,谁知道呢,可能那些鱼儿收到了她的回信。你知道,她到过我的房间吗?或者她现在还生我的气吗?"

"不,宝贝,别担心,"我说,"让娜就是有些焦躁。她有些困难。"

"是吗?她劈腿了吗?"

佩内洛普笑了起来。

她怎么会想起这个?

她从哪儿学的这种挖苦?

"有时,"她说,"要犯些错误,这样一个人才会觉得,他还活着。"

我有些糊涂了。我必须不时地问问自己,我的两个女儿之间到底是怎么回事,她们两人的关系还从来没给我带来任何由头去忧虑或担心。我回想起了妈妈说的话:我不应当一直偏爱让娜,佩内洛普也同样是我的女儿,她不容易。我完全清楚这个,我当时是这样回答的,这是个不折不扣的谎言。我什么也不清楚。

"这个问题是认真问的吗?你怎么想起来这事的?"

我听见她那里在刮风,又听到呼啸声,这声音或许来自亡人湾汹涌的波涛;我听到蒂埃里在背景中跟什么人聊天,一边哈哈大笑。

"别告诉我,你没有察觉到,安德烈是多么绝望,"佩内洛普说,"那个总是那么开开心心、光彩照人的安德烈——那个万人迷男子?他有必要去那样装腔作势吗?拜托!!!"

我真的什么也没察觉,我说。

"让娜你也没有察觉？好吧，我不知道该怎么说，她和我认识的完全两样了。我在你的花园聚会上看见她时，哦，呵呵，好吧，我是这么想的！她现在缺的正是，再拥有一次渴望。她现在还能回忆起心痛的感觉之类的东西吗？或者她现在只晓得'问题'了？——爸爸，我要挂电话了，修车厂的头儿来了。——我来了！"她喊道。

"我还以为，你们在海边。"我说。

"眼下偏巧不在！"佩内洛普笑了，"我们站在一个排气系统公司的停车场上的热浪中。一台小巧玲珑的清扫机围着我们来来回回转了一个多小时。好在这里的沥青堆得像一座山。我现在就站在沥青堆上，要不我的宝贝手机就没有网络。"

我挂上电话，一动不动地在桌边坐了几分钟，盯着外面的花园。我什么也不想。现在看来，我要弄明白任何事情都是毫无指望的。我想象着佩内洛普，她站在一个排气系统公司停车场上由沥青块堆起的小山上，而且在打电话。她的母亲若看到了会说什么呢？"马上下来！"很可能这样。我想起了韦罗妮克说过的一句话："你要想看看别人还没见过的东西，那你就切开一只苹果。"因为我又想起了安德烈吉普车副驾驶位置上的水果刀和一只切开的苹果，我的脑子里乱糟糟地萦绕着那部手稿的标题，让娜加了说明：《利立浦特的烹饪技艺——与莱缪尔·格列佛一道减肥》。多么悲伤。或许佩内洛普是对的，或许一个人真的要时而犯些错误，这样才能觉察到，他还活着。过了一会儿，我把莫里斯的信拿在手中，撕开了信封。

27

别在回形针下的那张明信片上是一幅画。我以前从未见过这幅画:《雨》。文森特·梵高于 1890 年 7 月所画,是位于加的夫的威尔士国家博物馆的藏品——明信片的背面这样介绍。

莫里斯的几行字写在明信片的背面,是用黑色墨水密密麻麻地写出来的。他写时既没有顾及明信片中间的分界线,也没有考虑到那块小小的贴邮票的四方形空白,还直接无视了地址栏。他掠过了每一条线和上面的每一行字,把整张明信片写得满满的。他病成那样,怎么还可能这么写?他怎么会有此处这种纤细的字迹?他如何用打字机写，他怎么打字？

我看见，那些打字的稿纸——比以前多一倍——这次也有了个标题：《幽远甚于黑夜，高阔强似白昼》，我想象不出这在说什么。虽然我原想先读读明信片，但是新章节的开端立刻就把我擒住了。

这里说的是帕塔舍两兄弟："有几秒钟时间在车尾玻璃里他看见了那位梳着金红色马尾辫的姑娘的脸，这张脸立刻使他激动起来。血液蹿上了他的脸。他马上有些担心，他的哥哥会察觉到他怎么了。所以皮潘开始絮絮叨叨地讨论起那辆刚才超车冲过去的汽车的品牌。皮潘很高兴，罗歇看来只是在忙自己的事，在忙着操纵大卡车的方向盘，他做出一副忘记了什么重要的事情的样子。"

我推测，这位梳着金红色马尾辫的姑娘是阿努什卡·伽利马，我试着去回想一下，在车祸那天我看见的她是什么模样。我几乎记不起她来了，但是却能很清晰地记得，在发生车祸后皮潘非常关切地照顾她，就是在几个月后，还说起她的种种情况。自从他在农田的泥地里、在散落四处的车子残片中找到了她，他就狂热地爱上了这个年轻姑娘，那么痴迷，他不仅去收集她的照片，收集报章上有关她的、有关车祸的以及有关她在巴黎上流社会生活的信息，后来他还转而去读由伽利马出版社出版的书籍，这些书有成千上万本，他甚至痴迷到好几次因为迷恋阿努什卡·伽利马而要跟奥迪勒和她的小女儿脱离关系——那个装着腿夹板的小女孩，我想不起她的名字了。

我翻阅着那几张稿纸，发现莫里斯给我寄来了两章。第二章稍微短一些，标题是《舞动的汽车》，如果我没记错，这个说法也是源自皮潘·帕塔舍。在米歇尔·伽利马开着法塞尔·维加车撞上那棵树之前，这辆车在大路上跳着华尔兹舞，皮潘一直这么说，我从来就想象不出这种话到底要表达什么。我决定,在花园里安安静静地把这两章给读下来,但我又想先读读,莫里斯又告知了我什么新鲜事。

“我亲爱的雷蒙!”明信片是这样开始的。

“你还能想起来吗,车祸的那天下着雨?我们在轨道车上浑身都湿透了?你还记得吗:那农田上的乌鸦,那些硕大的乌鸦?——我爱这幅画:微雨、田野、乌鸦、村庄。一切都在上面,都与从前一样,只是梵高画的是欧韦而不是维勒布勒万。二十五年前,我和德尔菲娜在威尔士的时候见过这幅画。从那时起,我就梦想着写一本书,就用这幅画作封面。

“描写车祸并不能形成一本书。对此我的笔力有所不逮。我寄给你两章。我现在正在撰写下一章,也就是倒数第二章。最后一章我留给你来写:我指望着你来写!死亡赋予一切一个边界,但并不赋予叙述。

“别了,雷蒙,原谅我——去尽享那葳蕤的夏日吧。

“你的朋友莫里斯”,他签了名,我读到这里,有所触动地哆嗦了一下。

我的朋友莫里斯。我的不忠诚的朋友。他请求我原谅。他一口气直接写信告诉我他跟德尔菲娜去旅游,就仿佛这是天底下最自然不过的事情,就像是要往我的心尖上捅一把刀。从来就是这样。他那薄嘴唇上的一丝轻蔑的微笑,就好像我做什么都是错的,而他觉得这很好笑。现在他突然指望我。现在他突然对我说别了。

我把明信片和那两张账单放在一起,从桌边站了起来,走到花园里。我后悔刚才还是打开了那封信,我下定决心,在任何情况下都不去读有关帕塔舍兄弟的手稿章节。无法接触，我想，干脆不再有任何接触，我又想起了我拨打过的佩内洛普的手机，那时手机已经躺在海底。

幽远甚于黑夜，高阔强似白昼——这就是我的感觉，就是这种感觉。我跌跌撞撞地走过花园，阳光、葳蕤的夏日，我根本就没有享受过这些，因为我根本就没有察觉到它们存在。我走了进去。我在桌边坐下。就好像什么也没发生过一样，我开始阅读。

28

有几秒钟时间在车尾玻璃里他看见了那位梳着金红色马尾辫的姑娘的脸，这张脸立刻使他激动起来。血液蹿上了他的脸。他马上有些担心，他的哥哥会察觉到他怎么了。所以皮潘开始絮絮叨叨地讨论起那辆刚才超车冲过去的汽车的品牌。皮潘很高兴，罗歇看来只是在忙自己的事，在忙着操纵大卡车的方向盘，他做出一副忘记了什么重要的事情的样子。一个不错的小花招，猛地拍拍脑门，他常常用这个小伎俩。但这并不能改变什么，报纸上的任何图片都不能吸引住他的注意力，每一张照片在他看来都不过是另外一个车尾玻璃窗，在他的眼前渐行渐远，越来越小，最后彻底地消失在远方。他在每一幅图片上又看到了这位姑娘，她在车窗后面将头转向他的方向，而车子向前行使，把姑娘带走了。

他想象着，那位姑娘坐在车后座上，看着窗外，窗外一排排树木掠过，在那些树木被砍伐、去除枝桠、码放好之后，罗歇和他要把这些树木全部运走。皮潘想象着，他坐在她的身边，在她身边乘着疾驶的车子穿过这片小树林，这个场景在他的想象之外当然肯定不会发生。但在他的想象中，他给她讲述着谢弗罗的小树林，他还是个小男孩的时候在这片树林中玩耍，躲猫猫。在这里生活着许多在维勒布勒万和尚皮尼之间从来都见不到的小动物。比方他有一次就见到过一只獾，他想象着，去问问她，见没见过一只活着的獾，不是在动物园中，而是在野外，在树林里。她听了这话，把脸转向他，离他那么近，他都能听见她的呼吸声。后来他又看见她的眉毛，在现实中他从未在女人的脸上见过那样的眼眉。这种眼眉他只在照片和电影中见过，罗歇去看电影的时候，如果实在找不到姑娘陪他去，偶尔也会带他去看看电影。西蒙·西涅莱和碧姬·芭铎就是长着这样秀眉的女演员，这种秀眉纤细，墨黑，弯弯地拐向额头，通过这样的秀眉，一双有着长睫毛的眼睛显得格外大。说不明白，为什么偏偏是那么美丽的女人长着如此秀丽的眼眉。长着这样眼眉的女人成为真正美女的概率很高。他想象着：姑娘亲他，玉体芬芳，褪尽衣物，那腿，那胸，那姑娘朝着他微笑，手伸向他，把他拉向自己。一想到这儿，他的心狂跳起来。他察觉到，自己的那话儿坚挺了起来，而他却无可奈何。不，他对自己气急地说，你能做些什么阻止这个，你这笨蛋！想些别的事情吧，就这样。开始，只要把报纸放在怀里，但一定把图片朝上。

"怎么了？"罗歇把放在他们两个之间的晶体管收音机的声音扭得低些，"你怎么慌慌张张的？"

罗歇看着有些劳累和紧张，他处在这种情绪中的时候，最好还是别去惹他。皮潘觉得自己被两只黑亮的眼睛穿透了，他们和他们的父亲都长着这样的眼睛，在他父亲生气的时候，伸出胳膊来够他们两个中的一个，能抓住罗歇还是皮潘，这对于他基本上无所谓。

"我不知道，不知道，不知道。"皮潘说。他避免继续去看罗歇。他将报纸折好，看着窗外。车窗玻璃在颤动。震动非常强烈，玻璃没有从橡胶框里面被震飞出去，简直是个奇迹。

其实他根本就不需要姑娘，他有个姑娘。起码他跟奥迪勒和她女儿之间的关系是否能够当真，是由他来定的。奥迪勒喜欢他。"我感觉，"她说，"罗歇和其他人说你的话，都是不对的。"就是说他只能用半个脑子来想问题，因为他父亲把他的另外半个打烂了。他不用开口说明白，奥迪勒就知道，他喜欢什么，就悄悄地为他去做了。

奥迪勒长得并不漂亮。

她平胸。

她的腿太粗。

奥迪勒怀上了一个根本就不爱她，只爱男子的人的孩子。那个男人住在图卢兹，此后就再也没有露面。

奥迪勒和她的小埃洛迪一起住在一间地下室里。她给人缝缝补补。有时她也去餐馆当女招待。

皮潘也喜欢她。

奥迪勒很好闻。

她对埃洛迪、对他都很好。

他只是不喜欢她的一点，就是她当过一阵子罗歇的女朋友，当她躺在皮潘身边，抚摸着他的时候，差不多总是要说起罗歇。

"我觉得你说得不对，"他说，"刚才那辆车的确不是雪佛兰。但你总做出一副样子，好像那就是一辆雪佛兰似的。尽管这会让你很生气，但我还是不相信那辆车你说对了。"

"好吧，听着，"罗歇说，"你要干嘛？你是不是以为我在把六十三根原木弄上大卡车之后，还想着要跟你吵架？蠢货，你愿意信什么就信什么吧，你可以觉得那是辆标致，可那还是辆美国车，要是不是雪佛兰，那就肯定是辆别克，或者谁管那辆车叫什么呢，我可以告诉你，我从哪儿知道的这么清楚。"

罗歇想说什么就说什么去。皮潘绝对肯定，刚才那辆绿色的跑车既不是别克、迪索托、哈德逊、斯图贝克、奥兹莫比尔、庞蒂亚克、林肯、凯迪拉克、福特，也不是克莱斯勒或雪佛兰，而是一辆法塞尔。不仅因为他看见了行李箱盖上面的车标，而且也还因为他在一本汽车杂志上看到过一篇带有很多照片的报道。因此他甚至还知道，为什么这辆法塞尔车叫作维加[①]，因为星辰的名字要让人想起福特旗下的彗星款车。罗歇肯定把这辆车与福特的彗星车给弄混了。因为他对名为法塞尔的法国车一窍不通，所以他才反着胡说。

罗歇抖动得像整个驾驶室那样，他自己说："就没有法国车看起来是这样的。你仔细看看这车！完全就是要找棵树撞上去。"

他们快要穿过整个小树林了。过了最后一个弯道，整条公路就笔直地铺在面前。透过雨幕，皮潘看到了林子的尽头、田野的天际、约

① 维加（Vega）意思是织女星，天琴座最亮的一颗星。

讷桥的两个拱形桥孔,还有一辆蒸汽机车头冒的烟,那辆火车头消失在桥的那一端。在光线里,林荫路边上的大树生长在通往巴黎的道路两侧。罗歇说对了。现在皮潘也看见了,那辆车以何等速度在光秃秃的树间飞驰而去。只有尾灯跟那辆维加车超越他们时差不多亮。

他的勃起平息了,只是两腿中间还有些暖意。他把报纸从怀里拿起来,打开它,这样一点儿也看不见路,看不见远处的红色灯光。不是对着罗歇,确切地说是对着报纸,对着报纸上美国总统艾森豪威尔的那张对他傻笑的葱油饼脸照片,皮潘说:"好吧,可能吧。可能是辆美国车。"

一分钟之前,皮潘·帕塔舍的目光还没有和阿努什卡·伽利马的目光相遇,她那时候正在回想着一天前的事情,米歇尔买了这辆法塞尔车,她第一次乘坐这辆车兜风。这车的优雅和精致使她从第一刻起就对它产生了极大敬意,她还从未对任何其他事物产生过如此敬意。因为她虽然有如此敬意也并未忘记:维加是一个物品,即便是一个当然可以说是有着自己生命的物品。在法塞尔车中度过几个小时也察觉不到,它多么快地把人从海边或者从南部带回城市中。

她继父对汽车的挚爱,她并不苟同。在轻微的马达声中蕴藏的力量太不可思议、不可捉摸了。米歇尔每次踩油门,都把阿努什卡惊吓一跳,沉睡在她四周的马达、驱动和车轴之间的东西一下子启动时,那种动物性的、无法估摸的东西让她六神无主。从买这车的那天起就这样。

现在她十八岁了。她的手袋中放着她的驾照。她的母亲坐在她身边,母亲这辈子也没自己开过车,她还必须对母亲保证,必须等到十八岁以后，才能坐到方向盘后面。直到昨天她还在遵守着自己的承诺，但自从她从这个承诺中解脱了以后，自从她在图瓦塞度过了自己的庆生宴，她发生了一些奇异的事情。她既不能跟她母亲也不能跟米歇尔说，而更愿意向阿尔贝透露。尽管说了那么多段子，而加缪却还一直神色抑郁，在沉思；此外米歇尔也一直没让他离开视线。

她产生了极度的恐惧。惧怕什么她自己也不知道。怕一切可能发生的事情。她的几位已经十八岁的女友之前就说了，十分肯定地说过，没错，她在做噩梦；她觉得自己不好看，她对自己没把握，为此简直要发疯；每个男人都盯着她看，而更严重的是，她竟然傻乎乎地回眼瞪着，朝着每一个笨蛋微笑，随即在神智恍惚中惊出一身汗来。她就像是从一个滚动的笼子中往外瞪眼，人们把她锁在这个笼子里。每个人都注视她，期待着一些令人透不过气的事情，巴黎的乐队，安托万，安托万希望，她终于能够留在他身边过夜了。现在她成年了，现在必须走到这一步了。就在这里，在这个地狱般的机器上。自从由图瓦塞出发，这种恐慌就不断向她袭来，米歇尔可能会要求她，坐到前排的方向盘后面，来驾驶这辆维加车。

她十分庆幸，刚才瞎说了一通保时捷车，至少这可以避免让她去开车。她做梦也没想过，让人送她一辆使吉米·迪安出车祸死亡的车。她根本就不要汽车。安托万有辆车，只要她有安托万，她就不要自己的车。她听了一会儿歌曲，是车上收音机里飘出来的蒙当，想起了一些其他事情。她仔细听着普雷韦的歌词，觉得他太幼稚，但他跟蒙当很协调，尽管伊夫·蒙当作为演员比作为流行歌手要更好些。看来阿尔贝不仅会背诵歌词，而且还很喜欢这首歌，他坐在副驾驶座上，嘴唇在动，无声地跟唱着，他几乎沉浸在歌词中，微笑着从车子的侧窗朝外看。

她从加缪的肩膀朝外望去，看到一辆木材运输车，在他们前面不远处慢吞吞地开在林子里。他们的车飞速地朝着大卡车车尾冲去，朝着绑在一根原木上在雨中舞动的安全警示小旗冲去，她甚至没有时间向前倾发出尖叫。一声没发出的尖叫卡在她的喉咙里。

雅尼纳则喊道："小心！米歇尔！"

她抓住了他的座椅靠背，紧紧地抱住，她的上身被甩向前方。弗洛克从她的怀里飞出，哀嚎着落在脚下。

米歇尔切换到逆行车道，占了半个车道，他将头歪向左侧，以便看清大卡车前面的情况，然后一踩油门，维加车发出一声低沉的轰鸣，就像是拉车的马脸上被抽了一鞭子那样，一跃冲了出去。阿努什卡感到她的身体被猛地一震，给压在座椅上，眼睛的余光发现，她的母亲也遇到了同样的情况。车子的侧窗上出现了大卡车的整个车身，一个上下全是泥水，还稀稀落落地滴着雨滴的怪物，它发出的轰响把其他所有的声音都压住了。

她回过头去透过车尾玻璃看着那辆大卡车。很久以前，在世界上的各块大陆出现后不久，它的驾驶室一定是蓝色的。前照灯甚至还带着类似眼皮一类的东西，看起来就像两只眼睛，但现在其中的一只已经瞎了。米歇尔又回到原来的车道上，法塞尔驶到大卡车的前面。在车子巨大的保险杠上她看见树枝垂下来，桦树枝，有几枝一直垂到路面上，树叶在扫着路面上的小水坑。一头怪物，幸好他们很快就在自己和这头独眼铁皮怪物之间拉开了越来越大的距离。她看到了坐在驾驶室里面的男人们。司机在大笑，或者喊了一声什么，同时举着手或者在挥着拳头。他在挥手。他旁边的一个年轻些的长着浅金色，近乎白色的长发,他差不多还是个少年。而后雨点又在它们之间飞舞着,噪音被湮没在她母亲对米歇尔的滔滔不绝的埋怨中,她还从他身后轻轻地揪着他的头发。

"我的发型,"米歇尔喊道,"我的美丽的发型啊!我发誓,你可以愿意做什么就做什么,但是别毁了我的美丽!"他笑了,格格地笑着,雅尼纳放开了他。

"上帝啊,"她说,"我嫁了个孩子。"

她终于想起了弗洛克,把小狗重新拾回怀里,抚平了它的卷毛。"到这儿来,我的鳄鱼。又躲过了一劫。"

加缪一时将脸转向米歇尔,看着他的红面颊朋友自问,万一刚才迎面过来一辆车,他该怎么反应。这没什么关系。幸运在他们这一方,他们现在还能开心地笑了。

"来吧,孩子,别猛踩油门,"他有些疲劳地说,"雅尼纳是对的。你现在还没买寿险。我们就别挑战了吧。"

米歇尔眯着眼睛看着他,什么也没说,也不问按照加缪的观点他们不该去挑战什么。但维加明显地慢下来了。可以觉得,米歇尔的好情绪推动着车子。

"啊哈,对啦!"雅尼纳喊道,"至少你还是认真对待加缪的。"

阿努什卡又再次转过身去,看着那辆独眼大卡车上的前照灯。

他们从树林里开车出来了。银色的光洒向沿着悬铃木公路边敞开的田地。车子驶上树木间的公路,速度还是太快。但在那里,在向后飞去的树影中,眼睛很快习惯了开阔的风景。加缪又在远处看见了一辆火车,它正吞云吐雾地驶过一座桥梁,受惊四散的鸟儿在空中盘旋,乌鸦和喜鹊,几只春天的信使,当所有的云朵都化作了绵绵不断的雨水，当海边吹来的风从空中带来了柴油和夹竹桃的气息。多么令人感动，又是多么徒劳。所有的努力都用于证明，生命不是悲剧的。所有悲剧的事物都要被摒弃，这是在人们用眼直视它以后，而不是在此之前。

一位骑车人站在路边，一个穿着雨衣的老人。

他的脸上写着惊愕，惊愕他们嗖地飞过。

三千年前的希腊农民就是这样看着诸神飞过的，插着翅膀的马儿，飞翔的车子。关于那位已经被忘却的美国飞行员韦曼，阿兰—傅尼耶在什么地方写过，他在一次从伊西飞往巴黎的飞行比赛中迷路了，然后他就在最近的一条路况较好的公路上着陆，请求一位很可能被吓得脸色灰白的果农登上他的飞机，给他指指路。谁又能说明白，他在去何处的路上呢。相爱的孩子们，正如在普雷韦的歌词中所唱的那样，在不知所云处：幽远甚于黑夜，高阔强似白昼。有这种情况，一个人能够说，他绝对不去哪里。只不过人们由此而孤单。因为人们在寻找的途中，总会到达什么地方。在途中的每一步，都会有一个其他的声音在像他宣示，他做到了什么，而这时他却十分明白，做到的并不对。

加缪把卢尔马兰的房子钥匙拿在手上，用指尖抚弄着钥匙的金属槽沟。他其实想留得更久一些。他紧紧地将小箱子抱在怀里。他最近几个星期里写的手稿，很久以来他首次长久地坚持写稿子，快乐持续地伴随着他，这是一部新小说，《第一个人》，书稿撑起了小皮箱，让小箱子变得沉甸甸的。他看见不远处有一辆红色的小型车拐上了公路，迎着他们驶来，这是一次实际上并没有发生的偶遇，但他奇怪地似乎颇觉安慰。

米歇尔有理由开心地笑。雅尼纳、阿努什卡和他很幸福快乐，从海边度假回来。他自己本人也没有什么理由去沮丧。他爱着——同时爱着四个女人，但自己也闹不明白，怎么会是这样。他并不是卡萨诺瓦。就算他是，那么他就会像贾科莫·卡萨诺瓦本人那样，此人将自己册封为臆造的塞恩加尔骑士，而据此人的看法，每个人都有权利为了维持自己的生存去做任何事情，这种权利要大于一位统治者去维护他的国家。弗朗辛是他的妻子和伴侣，玛丽亚他的红颜知己，卡特琳他的女友，米他的情人。四个女人他全都爱，他觉得被她们所有的人爱着。他写着，他又开始写了。他沉睡了两年，现在再次从悲观者的昏迷中清醒过来。

如果再多一丁点儿悲观主义，那么不幸很可能独断专行地完全占据他。就像安于这样一种思想：一切都毫无意义，对一切都绝望。就像描写这样一种纽带，它总是将所有的爱一再重新与绝望联结起来。他感到钥匙的齿尖扎着他的手。“我将再次成为我自己。”这个句子执拗地位于小箱子中他日记的最后一页。冷静地观察，以这个句子不能得到什么——可能除了一种认识：反讽是所有忧愁的开端，而玩世不恭是其苦涩的结局。在此之外只有空无，而他将目光投入了那个虚空的王国，然后又回到了活生生的人群中。谁也受不了空虚。人们做得对，用最强健的哨兵立在虚无之门之外。

29

那辆车晃着四根炫眼的光柱，猛地出现在她的侧旁，朝她冲来。吉尔贝特·达尔邦没看清，那车是怎么离开了自己的车道，换到她的车道上。刹那间，那车再次脱离车道，横蹿上了相反方向的车道，她这时才回过神来，似乎这才真切地看清那辆车第一次到底是怎么脱离车道的。

出了什么事？野兽经常出没的地方，她想，是只鹿。可她根本没看见鹿。大概那司机睡着了，或者那车的轮胎爆了一只。她与那失控的车子之间的距离只有四百米，一眨眼大概只剩下三百米了。那辆绿车在路面上画着之字疾驶，从道路的一侧撞到另一侧转眼间又滑回到这一侧，但速度似乎丝毫未减。三百米。光线不好，天又下着雨，隔着这么远，根本不可能弄清楚出了什么事。

往哪儿开？她用尽全力踩住刹车踏板，紧紧地抱住方向盘，将车子驶向路边。雷诺车尾甩向一旁，她拉了手闸，总算是降到二挡，她马上感到车身晃动，车轮在挡泥板中咔哒作响，车滑过狭长的草皮，擦过一棵树皮迸裂的树。

她在斜坡地带停了下来。雷诺车一半停在路上，一半在草皮里。她松开离合器，心在猛跳，伊夫·蒙当还在唱。

一道裂缝划过白天，朝她劈下来。吉尔贝特·达尔邦没法相信眼前的一切，她想自己是不是看错了，她闭上收音机，关了发动机，做完这两个细微的动作之后，她马上就听清了，没错。她所见的确实发生了。

她看见那辆绿车占据了整个路面，在歪歪扭扭地跳舞。与刚才不同，车子在每次转向时，一侧的两个轮子都离开地面。半个车子悬在空中，立着，接着又朝她扑过来。

车子后面追着一群鸟。巨大的黑色乌鸦或老鸹尖叫着，一会儿在车尾盘旋，一会儿又四处散开。这是真的吗？那么多的鸟，黑压压的一大群，数量之多难以想象。这群鸟朝着这辆完全失控的车俯冲下来，数量多得让人觉得这群鸟是由车子而引发的，或者车子会在她眼前一块块地分解，化作盘旋的黑鸟。

眼前的一切仅发生在几秒钟之内。裂缝穿越时间：吉尔贝特·达尔邦瞬间恍然大悟，她看见的车后的东西并不是乌鸦。她看到了车的副座那一侧，她看见，至少有一个后轮在车毂上炸裂，车毂裸露着在沥青路面上拖着，整个车子后端的重量落在车毂上，车尾下沉、碎裂，拖行在路面上。被车毂和车轴锯开的大大小小的沥青块从裂开的路面飞溅出去，在车的尾部盘旋飞舞，像是惊慌失措、四处飞逃的乌鸦。

车子拧着麻花歪倒在一边，这才腾出视野，吉尔贝特·达尔邦看清了那辆绿车造成的破坏。裂缝呈现在她眼前，这辆车把公路生生扯开一道大大的口子，并将路面犁翻；车在道路的碎片和狼藉中前进，车子和乘车人都在劫难逃，而这场灾难现在也正朝着她飞奔而来。

她和那车的距离大概还有两百米。

她看见：跑车里坐满了人——至少有四人坐在里面。

她看见：一个扶着自行车的男人，裹着雨衣站在路边，离摇晃着的车子和小树林的道口一样远。

她看见：小树林边，乡间路与公路交叉的路口上，一道晃眼的光柱穿过树木；这是一辆大货车的光柱，木材运输车，它从林子中驶出来，车子前端缺了一只前照灯。

她看见那辆绿色车向自己冲过来：携带着从公路上切割下来的乌鸦般的沥青，看见沥青块在空中飞舞，听见她自己尖厉的呼号。

她在反光镜中看见自己：是她，是她自己在尖叫。

罗歇·帕塔舍也在惊叫。

"嚯！"他喊，"嚯！"

皮潘垂下手中的报纸，把目光投向公路：那辆绿色法塞尔跑车开始打滑，剧烈晃动的车身占据了整个被梧桐树覆盖的路面，就像是在跳华尔兹舞。

"我说过什么来着！我说过什么来着，这车也有今天！"罗歇兴奋不已，使劲地高声叫起来，声音大得简直要盖过大货车发动机发出的响声，“快看，快看！马上就要撞了，太猛了！”

“那边还有一辆。”皮潘说。

一辆红色小车从法塞尔·维加车另一侧冒了出来，距法塞尔车不远。皮潘看见，红色雷诺一个急刹车，车尾被甩向一边，车子旋即滑向路边，停在那里。

“哈，那是个停下来看热闹的好地方吗？”

罗歇惊呼：“如果那车撞上小红车，那就永别了。”

皮潘察觉到，他的兄弟十分兴奋。罗歇咬破了下嘴唇，他的眼睛瞪得溜圆，盯着公路，盯着路边盛满雨水的小坑。

“你知道这么一辆老美造的车能有多重吗？至少两吨。”罗歇嚷着，“这可是辆真正的坦克。这车开得真猛，每小时一百三十公里，穿过这里。扫平路上一切障碍。它已经超过我们开到前面去了，真走运。”

司机怎么就控制不了法塞尔车了？到底发生了什么事？皮潘有些恼火，他们来晚了，他们的大货车开起来吱吱嘎嘎，晃晃悠悠的，实在太慢了。他很懊恼，因为他没法干预，只能眼睁睁地看着那辆漂亮的车和车中漂亮的姑娘可能一转眼就要被从公路上撞下去，被碾碎。最令他恼火的是，罗歇显然对马上就要发生的惨祸兴高采烈。皮潘感到同样的暴力欲望在自己体内升腾，让他想跳起来，其实他不过就是想抓住哥哥的脖子，让他好歹闭上嘴巴。

“看，老卡塞尔—在那儿！”罗歇吼叫着。

他拍了一下皮潘的肩膀，胳膊向前一挥，指指站在两棵树之间扶着自行车的老人，老人目瞪口呆地看着他们。罗歇使出气吞山河的猛劲摁喇叭。但一直等到他们俩经过保罗·卡塞尔,那喇叭才响起来。

罗歇纵声大笑起来。

“这个老傻瓜！老废物！哈哈！哈哈！”

皮潘都要掉眼泪了。他所有的愤懑和怒气都化成了喷涌而出的泪水,经过脖子、鼻子涌入眼眶。

“怎么啦,你嚎什么？”罗歇嘲笑着,“不敢看就别看！马上就有肉酱饼啦！”

他们的车穿过树木,雨点打在挡风玻璃上。一道雨水,一道泪水,两道水雾挡住了皮潘的视线。他擦了一把眼泪,这时他哥哥惊恐地叫道:快把稳了,那辆该死的车把路面开膛破肚了。

罗歇使出全身的力气踩住刹车。车子开始吼叫,它不再颤抖,而是开始打摆子了。皮潘很清楚他自己在什么地方,他十分明白,在这辆满载木材的破旧笨拙的西姆卡车上把刹车一脚踩到底将意味着什么。

罗歇是个好司机,最好的司机,他也为镇长开过车。皮潘爱他哥哥,再找不到比他哥哥更好的兄弟了。他尽力把稳了,想着,嗨罗歇,快,我们已经把那些原木都结结实实地扎好了。快,它们不会松开,不会向前滑落,砸在驾驶室上面,把我们压扁。他感觉西姆卡开始屈服了。他看到,他们的车慢下来了,但是那条由法塞尔的维加车在路面上犁出的可怕的大沟也越来越近,近了,近了,更近了。皮潘可以想象,背后车上的原木会造成多么大的灾难,同时不幸就在前方的路面上等着他们,一旦大货车的一个或者几个轮子卡入那个大沟,后果将不堪设想。他们会遭遇什么呢？或者万一那辆绿车从路面上甩出的沥青块,就像是从一只烤鹅身上剁下的一块肉那样,击中他们,情形又将如何？他想象着，那么一大块沥青会把挡风玻璃砸得稀烂，一场玻璃碴子雨飞进来，淋向他们，把他们的脸划烂；他想象着，车上的货物驱赶着西姆卡滚入大沟，他们的车子将彻底倾斜，除了翻车他想不出还能怎样。

我们都会死的，皮潘想。罗歇，快，我们可别死。他的眼里又充满了泪水，眼前出现的最后一幕仍然是那些原木，那些桦树的树干，他对它们充满了温情。在采伐和装载之前，他曾轻轻抚摸着每一棵树，向它们乞求原谅。现在谢弗罗的桦木将穿透驾驶室的后挡板，把他和罗歇都埋起来。此时皮潘不会再花哪怕是一秒钟去想刚才那位姑娘。

罗歇·帕塔舍是一个地地道道的老司机。他不但开大货车，他也为朋友莱奥、维勒布勒万的截瘫的镇长开车。罗歇坚信，那车上的人都没机会了—他们可能马上就要遇难，他和现在就不停地哭喊的皮潘都只能眼睁睁地看着车祸发生，然后会因为那些死者伤者有不少麻烦。因为罗歇坚信，他肯定能让大货车停下来。倒不是为了去帮助那辆车子里的人，车祸可是他们自找的。这是他亏欠他弟弟的，他弟弟只长了半只脑子，而且一直没法摆脱他们父亲的影子。罗歇肯定能够停下车来。他们能活下来，总有一天皮潘会清醒，会有自己的理性。

有差不多半分钟时间，罗歇与大货车融为了一体。他透过挡风玻璃，透过雨雾看着路面，目光迅速地来回地扫射，紧紧盯着蜿蜒的沟裂，测算着还剩下多少路，能让他把车停下来。他踩着刹车，整个身体的重量都压在刹车板上。罗歇比较重，块头也大，如果前些年少喝点酒，他会有肌肉发达、运动健将般的体型。他在刹车时也注意留有余地，以避免车轮抱死。他没有一刹到底！载着一车该死的木材时，绝不能那样刹车，他默默地提醒自己。

大货车在离满是沥青块的开裂路段仅差二十米的地方停了下来。罗歇感到身后车上的木材紧紧地撑着捆绑的钢索和钢铁护栏。但原木没有散开。大货车喘着粗气呜响着。可它停稳了。

“出去！”

皮潘坐着不动，还在哭嚎，惊魂未定地喘着气盯住车窗外，罗歇在他的胳膊上敲了一拳头。皮潘大叫起来，身子乱晃，抽泣着，拳头也已经举到了罗歇的眼前。

罗歇抓住他的手，紧紧地攥着，让他觉得疼，同时盯着这张通红的、泪流满面的脸。

“照我说的做，出去！”他平静地说，“到沟的那头去，那里安全。不许再哭！”

皮潘服从了。他打开副座边上的车门，跳入雨中。罗歇关了发动机，让车的前照灯继续亮着，他也马上离开了车子。围着西姆卡转时，他看见皮潘跑开后，在路中央追着那辆绿车，随后又跑向路边的那辆红车。那车里只有一个人，他觉得自己好像认识那人。他喊他弟弟，叫着他的名字。

“皮埃尔！”他喊着，“皮埃尔！”

一声撞击，那天就此分为此前和此后。那辆绿车冲向大树，散了架，飞向空中。但皮潘不再站着了。

30

如果一个久已忘却的名字再次出现在一个人的意识中,那总是一个十分奇怪的感觉。这个名字就像是飞回到一个人的身边,像只鸽子。皮潘的女友奥迪勒的女儿的名字是:埃洛迪!

我在过去的四十六年里第一次对莫里斯·拉乌心存感激,为此我很高兴。这是一种更加奇特的感觉。

现在是下午。如果我想在让娜回家之前去客房小楼里面看看,我得加紧了。自从我摆脱了纠结,还是打开了信,读了新寄来的那两章,感觉好多了。这跟莫里斯试着探究当年亲历了事故的人——是几个？——的内心并没有什么关系。心情好转是因为我做出了一个决定。

如果佩内洛普所说的是对的，就是有时犯犯错还更好些，那么一个人就同样要认识到，犯错意味着，将自己本人、他的观点和信念同时猛然地带入危险之中，这种危险会动摇一切，而且不仅仅涉及当今——不仅涉及到在这个下午、这张桌边、低着头看明信片的我——而且也同样涉及未来和过去。

三十年前人们想都不敢想，半导体的研究能够和化学与生物科技相结合——想也不敢想，没有那些伪科学的花里胡哨地去考虑消除生命和非生命物质之间的界限，是有可能的、严肃的、理性的。等离子体的前景广阔。但等离子体跟我——我有心绞痛，也快要退休了——没有任何关系。这就像不断涌现的新分子化合物的有机合成跟我也没有任何关系一样。

分子组合交换。换位。格拉布斯、施罗克和肖万，最后这位跟我的年龄一样大，他们因为有着天才的主意以及这个主意的同样十分天才的适用性而获得了诺贝尔奖。伊夫·肖万，我读到，他觉得获得来自斯德哥尔摩的荣誉简直是一件令人十分难堪的事情。为什么？这是因为：人老了的时候，未来带来的是完全不同的挑战，是些微小的、不起眼的，与研究、进步或者与公众福祉完全不相干的挑战。

然而无论怎么看，危险还是同样的。对我来说什么要紧些，我问自己，究竟是让莫里斯·拉乌没有得到我这边的任何音讯就死去，还是去看看他？现在我是否也跟让娜一样，到了犯错误的时候了？只有通过犯错误才能觉得，我还活着？

问题并不在于，我对了，而且在莫里斯面前最后一次再展示一遍我对了，就如同他的明信片又再次向我显摆，德尔菲娜选择了他而没选择我那样。她跟他一起去了威尔士，去了阿加迪尔、刚果。虽说如此，在对错问题上还是可以明明白白地回答的：我对了，莫里斯错了。就是这么回事。他抢走了我爱的姑娘，这是不对的；抢走我的女朋友，他错得这么清清楚楚，这也就和他跟我们的若埃勒·拉贝热也搞到了一起那样，虽然可以理解，但也不对，我们两个同时都崇拜和渴望的那个女人。

但他该做些什么呢？我从来没见过哪个男人，无论年老年少，会仅仅因为一位女子是朋友的女人而对她说不。在自然给我们带来的许许多多的两难处境中，这是最痛苦的一个。这真是个人类的痛苦，感谢上帝，我这辈子免遭此劫。如果一个人面临选择，或是牺牲爱情或是牺牲友谊，那么除了相信时间之外，没有更好的退路。

莫里斯两次都选择了爱情而放弃了我们的友谊。两次，他对德尔菲娜的爱和他对若埃勒·拉贝热的需要，我都很有同感，因而也能原谅他。如果我真诚地面对自己，我实际上在几十年前就已经原谅他做的这两件事情了。

要不是因为他背叛了我们友谊的价值，韦罗妮克大概也轮不到和我好吧？我们有女儿，她们至少也跟德尔菲娜·谢弗罗一样棒。尽管我对降临到我们头上的厄运十分蔑视，但我完全明白，爱默生所说的话，在每一堵墙上都有一扇门，每一个时段都有着无限多的可能性。

无论是出自什么原因，我的闺女们眼下不是特别喜欢对方，我也一刻都不怀疑，除了她妹妹没有任何其他人会更了解、更懂让娜了。我虽然无法想象，佩内洛普的猜测是对的——必须说，这是她的意愿——让娜很可能有婚外情了。但她在我面前，尤其是在安德烈面前的举止，也无法排除这个。我作为父亲的直觉不管怎么说警觉起来了。我觉得让娜现在的吸烟量是平时的五倍，这个事实比其他任何保证和理性地权衡对错要重要得多。

她如果真的有个婚外恋——而与谁在搞婚外恋，这其实还要问问——那么就肯定会留下痕迹，而如果真留下痕迹了，那么我会找到这些痕迹。这个下午还有足够的时间。如果我真的在我的客房小楼里面找到了婚外恋的痕迹，那么我会立即将女儿干干脆脆地赶出门去。这很可能不对，但我要对自己以及我对忠诚和责任的信念有所担当。

不对，我自己根本就不亏欠什么。如果让娜真正地下定决心，放弃她跟安德烈的共同生活，我作为她父亲更应当问的是，哪些危险正在伏击她。因为很危险的是一些东西，人们错误地认为这些东西并不会造成伤害，但它突然从你背后向你袭击——冷酷无情、阴险狡诈地袭击你，就像是莫里斯对我的伤害。德尔菲娜·谢弗罗，若埃勒·拉贝热，我早就已经不对他的肆无忌惮愤愤不平了。但使我不能原谅他，也无法忘怀的东西，跟世界上的任何女人都没有关系。

但真的就是这样吗，与安德烈分开对让娜来说真的就是错了吗？为什么就该是错的呢？将各种不自由、按部就班的生活、紧闭的嘴唇、潜滋暗长的损耗、追寻而不得的幸福全部放弃掉？生活没什么太大的意思，一切能够给人这种感觉的东西才是错误的。错误，很危险的错误是，认为并非在丧失生命中，而是在丧失生命的活力中能够得到满足。如果穿过这扇门一个人就迈入加缪思考的空无——加缪，就像莫里斯·拉乌对他的看法——在另外一端究竟能够找到什么呢？

在空无中一切看过去就像中子弹爆炸过后的场景。一切东西都在,但是没有任何东西还具有活力。痛苦、悲愁,只有这些消失了。

通往空无之路是从一到零之路。无穷小的数朝着零的方向延伸,但永远不会成为零。在零之后是一个逗号,在逗号之后有无数个零,在许许多多的零后面有一个孤独的、无法克服的一。我的手中拿着绿门医院的账单:如果一个起草这份账单的人,突然间发起了会计狂来,把令亚里士多德陷入解释困境的数字统统给加到账单上,那么这个账单上将会充满了零。只有一张纸远远不足以来表现那个数字。在逗号之后有那么多零,一整本书都装不下这些零,就是一整个图书馆里所有的书都写满零也不够。就是自从亚里士多德以来的所有图书馆也不够。

几百万几兆万个零也不够来把一切都变为空无。多么不可思议,多么奇妙。在所有那么多零之后终于出现了这个一,它位于数尾,是守护着通向虚无之门的卫士。而我们所有人都朝着那个方向去。但在我们消逝之前,我们总会互相遇到,那些爱着的,那些被欺骗的,那些朋友们,那些敌人,甚至莫里斯和我也会相逢。因为将我们与生命联系在一起的,就是我们自己。莫里斯·拉乌也认识到这一点:死亡赋予一切一个边界,但并不赋予叙述。

我拿着他的来信和账单进了书房,把它们锁在写字桌里。把钥匙已经都抽出来了,我又改了主意,我再次重新拉出抽屉来。抽屉里有韦罗妮克的保湿烟盒。我打开它,看见里面的一切还跟她当年留下的时候一样:各种名片、小卡片,如果相应的客人是素食者,上面就标有绿点。什么也没丢失,起码那些名字没有丢。我又把莫里斯写的有关皮潘和奥迪勒的那一章拿在手里。我把那几个无法忘怀的句子又读了几遍：

“其实他根本就不需要姑娘，他有个姑娘。起码他跟奥迪勒和她女儿之间的关系是否能够当真，是由他来定的。奥迪勒喜欢他……”等等。

“奥迪勒长得并不漂亮。

“她平胸。

“她的腿太粗。

“奥迪勒怀上了……的孩子。”等等。

“奥迪勒和她的小埃洛迪一起住在一间地下室里。她给人缝缝补补。有时她也去餐馆当女招待。

“皮潘也喜欢她。

“奥迪勒很好闻。

“她对埃洛迪、对他都很好。

“他只是不喜欢她的一点，就是她当过一阵子罗歇的女朋友……”

“奥迪勒和她的小埃洛迪一起住在……”——对了就是这个句子我忘不掉。我在书房里站在窗前，问自己，这个句子到底有什么特别的地方让我迷乱。我一再读着这两个名字，直至这两个名字——我觉得是这样——终于将它们的秘密悄悄地告诉我，我回想起来了，跟莫里斯甚至是跟埃洛迪本人什么时候说过这个句子：“奥迪勒和她的小埃洛迪一起住在”——

奥迪勒和埃洛迪这两个名字由同样的五个字母组成。若是按照让娜的话来说，它们形成了一个回文；安德烈一定会反驳她说，如果那是回文，那女儿的名字应该是埃利多[①]，埃洛迪并不是一个回文，而是颠倒词。无论是什么，我回想起来，那时我作为中学生对这种文字游戏多么着迷，有一阵子，我花了很大力气去找出答案，这究竟是偶然呢，还是奥迪勒专门给她女儿起了这个名字作为一个特别的符号。尽管很可能并没有意识到这一点，埃洛迪这个名字毫无疑问是一个符号，是奥迪勒的爱的符号，这符号将她们联结在一起，目前在我看来，但同时也以一种奇特的方式反应出这两人来。

我几乎都记不起奥迪勒了。莫里斯写的关于她的段落，是对的：她不是一个美人，但她的心肠很好。在维勒布勒万同样多少有点善意的人们都喜欢她，因为她很勇敢而不放弃。如果搁在今天，奥迪勒就是一个独立抚养孩子的母亲，今天有成千上万的女人这么做。而在1959年，她就是个耻辱，大家充其量也就是向她表示下同情。对了，在教堂附近，她有间位于地下室的屋子，她在那里缝缝补补，我老妈和科琳娜·拉乌都很喜欢她，在村子中谩骂她的那些邋遢婆娘面前为她壮胆，还经常带些要修改的衣物到弗拉吉路去给她些活计做。

她姓什么呢？她的窗前用灰色的、褪色的巨大字母写出她的名字，大约跟窗户齐高。那窗玻璃后的窗纱现在就在我眼前飘着，镶着紫丁香颜色的边，但是她的姓我就是想不起来了。

她的女儿大概比我们小三岁。她的腿有缺陷，一直带着腿夹板，因此在学校里大部分孩子都躲着她走。如果我没记错的话，德尔菲娜的父亲谢弗罗博士是埃洛迪的医生，所以德尔菲娜时不时地会照顾

① 奥迪勒、埃洛迪、埃利多这三个名字对应的原文是“Odile, Elodi, Elido”，几个名字的字母顺序基本上颠倒，故有下面的回文之说。

她，有时带她一起去韦罗妮克那里玩，到了那儿，这两个大点的姑娘就帮她化妆，有时还把她打扮成公主的模样。但大部分时间里，埃洛迪还是跟她妈妈和皮潘·帕塔舍单独在一起。

我也很少跟她说话。她个头那么小，还带着腿夹板，腿夹板下有一条长长的白色疤痕，这让我觉得既害怕又厌恶。

我不想再去回忆这个再次出现在我的记忆博物馆中的小女孩了，她现在肯定作为一个老妇人在某条街的人行道上瘸着腿蹒跚地慢慢走着。我终于彻底地把莫里斯·拉乌的信给锁了起来。我在厨房里吃了点东西，看着钟。还有一个小时，让娜就要下班了，还有足够的时间到客房小楼中去瞧个究竟。

我拿好钥匙，走了出去。外面很热。我迈出露台时，阳光直晃眼睛。一时间我不由地停下脚步站着，闭上了眼睛。一时间我打了个寒颤，立刻觉得透心凉。在我的花园里，在 7 月中旬，冬天突然到了。

31

那是在车祸的冬天，是在我们伟大消逝的那个冬天，在圣诞假日期间我们即将试着运行轨道车的一天：在去替我父母买东西的路上，我慢吞吞地穿过冰冷的村子。我一直有种感觉，就是有人可能正在观察着我，而当我回过头去看时，却又没有看见任何人。我勇敢地往前走着，脑子里满是阴郁的念头，犹如冰块在一片充满忧伤的海上。维勒布勒万的冬天比维勒布勒万的夏天更加寂寥。但这时——有人在喊，我很肯定，这是在喊我。

埃洛迪从后面追了上来，她瘸着腿跑过街道，边跑边喊，我该等等她。跟我一样，她也拿着一只购物袋子。我就在那里站着，我一定是在那里等过她，然后肯定是带着一种很不爽的感觉，走在她的身边，她拖着那条病腿每走一步就加强了这种不爽的感觉。

有一些关于她的很不好的传言。只要我看见她，就会想起那些传言，这真是一种奇怪的下意识的行为，我这样对她肯定是不对的。但我也没法改变。与其他人相反，那些人不过是说着镜子碎片的故事，然后再添油加醋地接着把传闻演绎下去，我自己不管怎么说还是真实地经历了这个故事。我自己什么也没做就成了一个目击者，我一直在问自己，我班上的男生们是不是故意在背后使了些坏。在这一天，埃洛迪跟我一起穿过维勒布勒万，我不停地在问自己，他们究竟想看到些什么，他们后来到底真正又看到了些什么，当时他们中的一个把一块镜子的碎片放在地面上，然后另外一个用鞋尖轻轻地把它推到埃洛迪的裙子下面去。我们都站在学校的院子里，埃洛迪背对着我们。一直到另外一个姑娘尖叫起来，她才猛然转身，踏在了镜子碎片上，镜子碎片碎裂了。

“你要去买些什么呢？”她想知道，用手指指挂在我手腕上的购物袋。

“什么也不买，”我撒谎道，“我只是想在这里随处逛逛。”

“你也是？你们一定都约好了！”埃洛迪开心地笑了，她很努力地要跟上我的速度，“去游泳池，对吗？”

我不明白她在说些什么。现在是冬天，没有人要去露天游泳池的。我甚至觉得，我在冰天雪地里走过这一大段路，就是为了正好撞上她。我下定决心，只要有一个好借口，就立马用来摆脱她。

她说，学校里的几个男生和女生在露天游泳池碰面。我们要不要过去看看。

“多好玩呀!”

她傻笑着,我十分肯定,她肯定观察过了那些对我来说根本就是无所谓的人。但这一点我很可能也冤枉她了。

“既然那里那么好玩,那你怎么不也去那里呢?

她胆怯地、若有所思地看着我,因而过了一会儿我对她说,我要跟过去看看。

“就是那儿,”埃洛迪在露天游泳池边上说,“就在那些老树边上。”

我看见了那些树,但此外并没有看到什么人。在铁路路堤另外一端的很远的草地上的什么地方,一个男人随着一条大黄狗在跑着。我直至现在还很清楚地在眼前看见他,就像昨天我跟老妈在湖边看见野鸭子一样。那个男人时不时地抛起一只球。那只狗蹿出去,猛然停下,在草地里打滚,然后躺下。那个男人撵上它了,那只狗又奔跑开,这个游戏又从头开始。

埃洛迪也很可能同样把我当成一个小丑来耍,像她这样总是自己一个人待着的人,或者总是跟那个疯疯癫癫的皮潘·帕塔舍待在一起的人,这一点她完全可以做得出来。我想象着那块他们放在她双脚之间的镜子碎片;想象着,如果我正好走在她身后,看到了她裙子的下面。

然后我看见了其他几位——我立即看见,在那六个或者七个坐在硬纸壳上的、大部分在抽着烟的男生和女生中,也有德尔菲娜。我们打了招呼,跟他们坐在了一起。大家在一起胡乱地瞎说一气,拔着地上的草,把冰冷的草给撒到谁的头发上,一个姑娘在击拳,一个小男孩倒下,他做出一副死人的样子,然后扮作僵尸,那个姑娘尖叫着跃起,跑开了,那个复活的死人颤颤巍巍地在后面追着,直到姑娘投降了。

他们在说着圣诞节、假期、老师。德尔菲娜一言不发,谁也不看,也没看我。她做出就跟我根本不在一样。我觉得,所有的人都在看着德尔菲娜和我,在琢磨着,我们俩到底怎么了。

那些男生在吹牛,女生们在尖叫;光秃秃的树木,空荡荡的没有水的露天游泳池;毫无慰藉的冬日和我,所有这一切像是都让德尔菲娜感到无尽的无聊。

她站了起来,她对这群人说的第一句也是最后一句话是:“我得走了。”

这是她作为我的女友,或者至少我还将她视为我的女友时所说的最后几个字。

她穿着一件红色的大衣。在雾蒙蒙的光线中,她的皮肤显得非常白净,她的头发显得非常亮。其他人也让我感觉到无尽的无聊,我用乞求的目光望着德尔菲娜,但她没有回应我的目光。她抓起草地上放在自行车之间的一只小包,跑过核桃树,跑下石头平台,穿过露天游泳池的草坪,离开了。

我很清楚,我会追着她跑。不到一分钟我就问道,泳池管理处是不是还开着门,或者游客厕所是不是开着。大家都在耸肩,我说,那我去看看。

这时埃洛迪说:“等等,我跟你一起去。”

我摇着门——如我所愿,所有的门都锁着。时间从我这里逃掉,德尔菲娜从我身边逃走,我甚至不知道,这是为什么。

“你该撒到灌木丛里去，雷蒙！”埃洛迪笑了，她说，她会看着，不让别人过来。

说了这话，她就站在那一大丛灌木前面，转过身去背对着我。我看见，她那么站着，一只长筒袜滑落了，她的裙下的腿夹板和那条白色的疤痕就露了出来。

在另外一端是老卡塞尔的废料场的草地。我钻过灌木丛，然后能跑多快就跑多快。我一直跑到铁路路堤。在那里我听见了它的声音。

差十分两点。火车鸣笛声从桥上传来，尖锐的、长长的鸣笛声。接着我看见了它：那个美丽的、奇妙的。那是一辆煤水车，一辆德国车，车型是52，这种型号的机车战后来到法国后，就被称为150Y。带上煤水车总长27米。就像是有1620匹黑色或白色的骏马，它就这样朝着我轰隆隆地驶来，它会将我裹上，用它的蒸汽带上我，去巴黎，离开维勒布勒万。

以它美丽的全部力量，以它的数学的奇妙，在离我不到一米的地方，不停歇地，近在咫尺地，它轰响着开了过去。

在这一天，我没有再看到德尔菲娜，无论我怎么找她，也没有找到。我在奔跑的时候，一再转身回头……但我也没有再看到埃洛迪，最终我至少是忘记她了。

32

一位睁开眼来看的父亲要在自己大女儿的生活中寻找一个陌生男人的痕迹，根本就不需要太久。

韦罗妮克，韦罗妮克！让娜的母亲是多么尽力地维护每一种秩序，井井有条，她是多么地热爱条理和整洁。

在她的客房小楼里她肯定会像受了晴天霹雳那样——晴天霹雳般地意识到任何秩序都是一种错觉。

“天啊，雷蒙！”她会大喊出来，手里还握着门把，“这里看起来怎么这样啊！就跟被抢了一样！“

让娜已经外出，家里没有人，这一点其实可以肯定，韦罗妮克也会完全不顾这一点，大喊着她的名字，单单是因为整洁："让娜！"而且她还会双手插在腰上——她其实很少这么做——喊着："让娜，如果你在家，你给我下来！马上下来！"

"韦罗妮克，她在办公室。"是该到我说话的时候了。而且，根据我自己在那个时刻的情绪，我大概会加上一句："平静些，没那么严重，我去收拾好了。"

然而现在，就我自己，在看到眼前这一切时我又清醒过来，我什么也没说，只是默默地环顾了一下四周：那个壁炉间看着真的就像被那些到处劫掠邋邋遢遢的船难者糟蹋过的一样。

单人座椅和沙发都被挪到了墙边——做好了随时被塞进火焰中的准备。落地灯上一件男人的内衣在晃悠。屋子的中央，从地毯里冒出的一张玻璃桌子就像是大西洋中的钻井平台似的，桌上有几只空酒杯，一只还破碎了，空的红酒瓶，还有一只几乎已经喝空了的苏格兰威士忌酒瓶——尊尼获加。塑料包装和装着吃剩的生菜的碟子夹杂在其中。我看见两个空空的披萨盒，或者说披萨盒里的披萨吃得只剩下焦脆的边了。满满的烟灰缸。半杯咖啡。一摞书。圆珠笔。香烟盒。一叠快易贴。一把指甲剪。一袋创可贴。在地毯上，有一盒碘盐，就像是最后一个漂浮物似的孤孤零零地放在那里。

玻璃桌上散乱地放满了手稿稿纸，那些稿纸上又涂满了各种颜色的笔记、涂抹，以及各种小小的符号，就像是在打电话时出于紧张随便在纸上画出来的毫无意义的符号。

"利立浦特的烹饪技艺"，每一页的抬头栏里都写着这一行字。这些都是让娜的《格列佛》手稿中的稿纸。

一条轻柔的羊毛毯，曾经伴随韦罗妮克和我到过布宜诺斯艾利斯，又从那里穿过南冰洋，它陪伴着我们乘坐“普卢扎内”号到达过南极周围地区，现在被揉成一团塞在沙发角上。

各种衣物挂在单人座椅的扶手上：裤子、女式衬衫、T 恤衫、一条印有朵朵巨型黄色花朵的裙子，真花可没有那么大的花朵。但我的女儿得意洋洋地穿着这些花朵满世界跑。在沙发边上的地毯上面是红色的袜子。在露台门的边上，那里百叶窗半关闭着，从窗子渗入星星点点的光线；在那里有一双男人的鞋子，便鞋，鞋子的皮在一缕阳光中平静地闪着光。

只有一件物品，我还能拿在手中，因为我觉得它与这个乱糟糟的环境看起来很不协调。出乎意料，那盐盒子很轻，一点儿也不奇怪，盒子里除了几颗孤零零的盐粒之外就是空荡荡的。

我在玻璃桌底下的地毯上面找到了答案。在两个粉红色的圈子中——紫丁香的颜色就像是在半个世纪前奥迪勒在弗拉吉路的家里的窗纱——盐粒将流洒出来的葡萄酒给吸收了。闪着红光的直线穿过这两个圈子，地毯上我女儿的头发到处都在闪光。

下一个震惊在车库里面等着我。去找垃圾袋时，我打开了灯，看见迎面停放着一辆陌生的汽车。一辆深蓝色的雪铁龙 DS 汽车冷冰冰、无声地停在那里，就像一个影子占据了这个空间。

我好久没有看到过这样的车了。

我问自己，一边围着它转着看，我自己究竟什么时候最后一次这么安静而独自一人地站在一辆雪铁龙 DS 车的面前。

除了 SM 车型之外，DS 是雪铁龙生产的最漂亮的车型。这辆女神[1]已经度过了它最辉煌的时候——白底黑字的巴黎车牌最晚也是来自季斯卡·德斯坦的执政时代。

铁锈布满了车身。车尾处的一块挡泥板被压扁了进去，很久以前被某个蹩脚的修理工试着胡乱敲平过。

“简直是个耻辱。”我自言自语地嘟囔着。

我倒是有几分惊奇，这么一辆大轿车竟然能够开进我的小车库里面来。让我更觉得奇怪的是，我居然从来没有看见，也没有听见，我的这个空置了多年的小车库居然在什么时候被什么人当成了这辆锈铁堆似的车子的避难所。

在某个意义上，一些东西并不属于拥有它们的那些人。归属关系只是在法律意义上的。这些东西属于那些一直渴望拥有这种东西的人。我当然在问，这辆DS是属于谁的。但我也在问自己，我上一次到车库里面来大概是什么时候，由此来推断这辆别人的车大概在这里生锈已经有多久了。

一个星期？我从医院出来后究竟又来过车库这里吗？这辆DS因此应该是属于我的？

我有些不确定，我是否真的希望有这么一辆车。我年轻时候的梦想之一，是拥有一辆DS，这是一个多少带有点情色意味的渴求，这种渴求可要比我在年近三十时，出于彰显自己社会地位的怪念头去买了一辆二手的SM要强得太多，那时我已经是实验室的副主任了，就算是一辆漆成亚光金的超级玛莎拉蒂[2]我也能买得起了。在车库

① 雪铁龙DS系列是法国标致雪铁龙集团旗下的高端车系，DS来自法语中的Déesse一词，意为“女神”。

② SM即Super-Maserati（超级玛莎拉蒂）的缩写，这款豪华型三门跑车诞生于

里我思索着:雪铁龙在 1955 到 1975 年之间生产了 DS 车型,在 1970 到 1975 之间生产过 SM 车型。我在十八岁获得了驾照,也就是 1962 年,但我从来没有开过这两种车型中的任何一种。对韦罗妮克来说 DS 是一辆匪帮车,而 SM 车只有那些来自巴黎郊区的附庸风雅、摆阔吹牛的人才开。

我既非骗子又非吹牛犯。就算我有病的话,那也是心脏的问题,我的脑子又没有进水。这辆车子是属于谁的,肯定毫无疑问,但这真的无关紧要,是否让娜在此期间到底跟这位米科一起过了七夜、三夜或者只过了一夜。

我看了看那车子是不是锁上了,发现驾驶座边上的门是开的。在车库的一个角落里我找到了一只大塑料袋,里面装着以前的园艺工具。我把它倒了出来,把这个生锈的工具在架子上码放好,然后走回楼里,下决心要把壁炉间里面淌着水滴滴答答一直延伸到厨房的垃圾都装入大塑料袋中,然后把大塑料袋装到车子上面去。那些看起来多少有点像男人的衣物,我也要用同样的方式来处置。

韦罗妮克的声音回响在我的耳畔:“那些陌生的臭男人的袜子就是用老虎钳夹着,我也懒得碰!”

我好像听见我自己在说:“我来做,我来做这事。你走吧,到花园里去坐坐。跷起脚来,好好歇歇。”

但实际上我什么也没听见——除了回响在连接着车库和小楼的过道里的我自己的脚步声之外什么也没听见。

我的情感还是一如既往,无论韦罗妮克在还是不在,一种温情悲

1970 年,是法国厂商雪铁龙在 1968 年收购著名跑车品牌玛莎拉蒂后合作的产物。

伤的情感——就像是在童话中那位韦罗妮克童年时代最心爱的仙女黑刺李仙子说的那样："我的孩子，我所能为你希望的最好的东西是，一点儿不幸。"

33

我又回到壁炉间时,我的精神颓靡的女婿就像是从空空无有中突然物化似的坐在沙发上,他只穿着内衣和袜子,就是地毯上的那双红袜子,那件原先晃悠在落地灯上的内衣。

“日安,雷蒙。”安德烈嘶哑着嗓子低声向我打招呼,他看着我,脸撮成一团,一缕银色的头发黏在上面,四面不靠地与头发分开。

他伸出手掌在脸上擦了一把,用大拇指和食指压了压眼眶,然后又重新盯着我——使劲儿眨着眼睛。

他的眼睛看起来非常骇人。

“这儿看起来糟得很。”他是这么看的，然后道歉。他咳嗽了一会儿。“天啊！”他让我给他十分钟时间，把衣服穿上，去把咖啡给烧上，然后他要收拾收拾，打扫干净，一切都会跟以前一样。

我走进厨房，好让他喘口气，歇一下。我把几件东西扔到垃圾箱里，扔的时候，我努力闹出比较大的声音。各种凌乱，烟味冷却后的臭味，到处的垃圾，这一切其实我都相当无所谓。我高兴的是，安德烈在这里，他显然在上面的卧室中过夜了。几个小时之前，我给他打电话，向他要蒂埃里的号码，我那时大概把他从睡梦中吵醒了。我希望，我们之间那种尴尬的感觉以及所有的误解都会烟消云散。

“让娜去哪儿了？”我朝着他的方向问道，“在你们大吃大嚼之后她还是开车去出版社了？”

没有回答。

“对了，在车库里……那儿有辆很大的深蓝色的玩意儿。从前大概是辆汽车吧！如果真是辆车，看着相当像DS款的车。你大概知道，谁……哪位是车主吗？”

没有回答。

“你想要什么样的咖啡？什么都不加？——安德烈？”

“我在这儿。”他说，这时我回到房间中。他还是一点儿都未挪动地坐在沙发上。只有一抹灰红色掠过他的面颊：这抹颜色让一切尽在不言之中，此外就是那种极度的对一切的敏感。

我问他是否有些头疼。

他摇摇头。

“咖啡马上烧好了。你最好还是上楼来，躺一会儿。至少可以躺到让娜回来的时候。”

他没看我，倒是更乐意盯着冰冷的灰色壁炉。壁炉里面从来未点起过火，安德烈并不知道这个。就算他知道，对他来说在这个时刻当然也丝毫都不重要。

他像是突然间多少有些意识到了自己的状况。他清了清嗓子，接着又一再清了清嗓子，一边说着："我没法对你说，让娜什么时候会回来。她请假了。她和她朋友大概去海边了。"

我坐在紧挨着厨房门边的单人座椅中。

"她和谁？"

安德烈看着我，时间不长，很疲乏，但在他多少有些清醒的最初瞬间，他马上去够放在玻璃桌上的香烟。

"伊万·卢瓦克。你认识他吗？"他问着，同时让打火机打出了这一天的第一道火苗。

那么说是有这事。我的思路就像是跟我的躯体分道扬镳了一样，我的身体坐在单人座椅中，而我的思路却长出了思想的腿儿跑出去到了野外。而这个想象是多么古怪：外面在下午的光线中，吹起一阵微风，微风吹过树木，送出热风穿入百叶窗。

"说实话我没弄明白，这一切之间的关系到底是怎么一回事：你，我车库中的这辆匪帮车，还有这个下流坯子。"我说，"不，我不认识这个男人，请相信我。让娜对我说过，她跟他争论过——你向她推荐了这个人。你们一起在这里待过，你们三个？"

"我们在这里待过。"

安德烈夹着烟的手伸出来去够一只烟灰缸，一只还没有被烟头、酒瓶塞、箔纸、纸屑和烟灰塞得满满的烟灰缸。

"拿个杯子来用吧。"我说——韦罗妮克特别钟爱的几只杯子中的一只，一只她连带着朱尔·穆勒的烟灰保存得好好的杯子。

“昨天晚上很晚了，她给我打电话。我坐在车子里，车停在房门前。外面下着瓢泼大雨，我听不太清她的话。她说，我听了别气疯了，她现在可不是自己一人。客房小楼里一个男人跟她在一起。那人喝醉了，现在要对她动手。她把自己反锁在浴室里面。她很害怕。然后她请我去摁门铃。她会来给我开门放我进去——唉！要是你会怎么做呢？”

“我首先会……”我实实在在地说，我有些乱，以至于没有意识到，这是在说我的女儿，“首先我大概会问她一下，那个男人是谁，那个马上就要我……去面对面地站着的男人。”

“嗯，”安德烈发出了一声，“我正是这样去做的。”

他把那只当作烟灰缸的杯子放回去，然后去抓另外的香烟，他的眉毛都堆到额头上了。

“然后让娜告诉我：米科。伊万·卢瓦克。ILM。他在她身边。她觉得很对不起。然后她开始哭了，她说，她要挂电话了。”

厨房里的咖啡机响了。

肿胀着脸，嘴唇开裂，双眼通红，他就这样坐在我面前，伸伸懒腰，只是为了再次缩作一团。他一边喝着咖啡，一边告诉我，昨夜里发生了什么。他从这双镶着红边的眼睛的银色眼角看着我，越来越频繁，越来越持久地看着我。我察觉到，在这个时刻，在这幢客房小楼里，我们之间并非有什么信任可动摇，而是我们之前原来对双方的信任根本是多么微不足道。

他为什么不在办公室里面，我不停地问自己，就好像没有什么比这个问题更加重要似的。我没有去问他这个问题。我并未忽视这一点，是安德烈，他在什么时候努力地用漫不经心的口吻插了句话，他现在大概丢掉了他在《里沃利》的工作。他将要失去的还会更多，多得多，一切，他说。

我说："慢点儿说。一件一件地说。"

他说，天下着瓢泼大雨。我什么也没预感到，迷迷糊糊地睡着了。而他在房前坐在他的吉普车里，盯着他那只半天也不响一下的手机。

让娜，他在想着她。他根本就没法想象。不是他的老婆，我的女儿；不是跟那位米科，他的那位上司，他的部门领导，此人只不过是一位通过其无知而上位的、喜怒无常的、冷嘲热讽的、没教养的、没有气节的记者。阴鸷如圣茹斯特，分裂如罗伯斯庇尔，愚蠢如绞刑架。

当然任何东西、任何人都没有他自己本人那么笨。若不是他，让娜也不会认识这只绣花枕头。而就算她认识他了，若不是在进行翻译工作中认识的，而是在编辑部举办的一场招待会，或者在玩沙滩排球时认识他——这个罗圈腿的、因尼古丁而脸色焦黄的、没屁眼的 ILM 在塞纳河畔打排球！这个禁欲者！——那么让娜也会一眼就识破他，看透他究竟是怎么样的一个东西。一个毁灭者。被酒精给摧毁了。跟所有东西，跟每个人都有仇，但首先是跟他自己本人有仇。

究竟是什么东西使让娜到这步田地，让她跟这个米科搞到一起去，他不清楚。他知道，是什么把他弄成现在这样：是恐惧。是虚荣心。二者相互作用，这就是他——勤快、匆忙，一个胆小怕事的人。

"我就知道，"他说着，一边用大黄牙咬着他的茨冈烟的烟圈，"我知道，他说谎！我知道他的履历。他最近的一次翻译是在二十年前完成的，一本幻想小说：《云之钟摆》——抑或是《钟摆和云彩》？都一回事。我提到，我老婆现在很着急找一位翻译来译一本历史上的烹饪书，我还以为，他会向我推荐一个人；我以为，他会咂咂舌说：‘好啦，安德烈，您老婆自己就会干好的！’而他却说，这正好是他的领域。一个挑战。‘您给让娜打电话——我是最合适的人选。您帮我说句好话吧？’然后他要和我用你来互称。——你可能回绝吗？”

“怎么不会，”我毫不犹豫地说，“你们两个拥抱狂。总有一天魔鬼会拥抱你们，而且他还会这样问：‘我们可是用你称呼的吧？’”

不管怎么说他坐在我房前的汽车里，安德烈说。“雨刷器不停地刷着，但并不能把我的眼泪刷去。”

很久以后，我很偶然地发现，这也是《洛丽塔》中的一个句子。

他穿过雨，朝着花园门跑去。他冲过黑色的草坪，一直跑到客房小楼，在露台上躲雨。底层和二楼的灯亮了，但因为百叶窗关上了，他没法看见里面究竟出了什么事情。他考虑着，去摁门铃是不是妥当。随即他打了让娜的手机。

米科接的电话：“安德烈！来自坟墓的声音！”

她打开了门，让他进来。她拥抱了他。她抚摸着他的湿漉漉的头发。她飞快地跑进厨房，拿了一块擦餐具用的手巾回到过道来，这样他可以先把自己擦干一下。她身上的衣物很少：跑步裤、一件无袖的T恤衫。她没穿胸罩，还光着脚。

他们俩低声说话。

“他在哪儿？”

“在车库里。在他的车上。他把我的手机拿走了。”她说道，就如同她的手机是解释，是钥匙，是答案似的。她贴在他身上。在她直起身朝后退了一点儿时，几缕红色的头发还留在他的肩上。

“他想要我一起去。”

“一起去哪儿？”

她耸耸肩：“去海边。他疯了。”

他穿过过道，看了一眼壁炉间。那间屋子看起来就像现在这样，安德烈对我说——乱糟糟的。

“至少他为你而发狂。他弄疼你了吗？”

她微笑了。没有，他没有。他永远不会那么做。

可笑，他想。单单是米科在这儿，这本身就是一种挑衅，一种暴力，一种挑战——

“不是你说的，他要对你动手？”

“他要跟我睡觉，是的。”

“那你呢？你跟他睡觉了吗？”

“我已经跟你分居了。”让娜说。

“就因为他？就为了一个醉醺醺的、欺骗成性的投机者，你就抛弃了一切？让娜——告诉我，这不是真的。你跟他睡觉了吗？”

“我不知道，”她低声说着，用闪亮的大眼睛看着他说，“我不会这么来说这事。”

他们站在通往壁炉间那扇门的门边上。就是紧挨着我正坐着的单人座椅的那扇门，灰色的垃圾袋中装了半袋子垃圾，像只毫无活力的大狗放在我的两膝之间。房中的一切我看着都觉得忧伤。这整座楼，这座客房小楼，一直没有客人来居住，这整座楼除了是一种极度的忧伤之外什么也不是。对我们的女儿来说，没有比这座楼更好的地方来结束她的婚姻了。不是吗，韦罗妮克？就像对莫里斯和德尔菲娜来说，在整个维勒布勒万都没有比铁路路堤下的棚屋那里更好的地方，来宣布结束他们与我的友谊一样。

很难明白，一个人会转向何方。

安德烈一再从他的眼睛的银色眼角看着这扇门。他倚在一边的门框上，我的女儿倚在另外一边。两个人都看着地板，看着他们的脚丫，他看着她涂了指甲油的脚趾甲，她看着他的鞋子，棕色的便鞋，他最心爱的鞋子。

"我们现在做什么呢？"

"你会和他开车一起去海边吗？"

"我也不清楚。我想会吧。"

"我还以为，我该到这里来，来救你！"安德烈说着，开始哭了起来，他在对我讲述的时候，也开始哭了起来。

让娜紧紧地靠着他，把脸放在他的脖颈间，吻着他："可你正在做啊，"她说，"你在救我。你正在救我。"

然后他们默默无语，一动不动地紧紧地挨着在门框里站了一会儿，很久以来他们第一次两人独处。安德烈对抗让娜和让娜对抗安德烈的战争过去了。安德烈说，他突然间一丁点儿也想不出来，世界上还有任何什么东西能够把他们两个人给分开。一切都好了。让娜爱他。只是又加上了一种肯定，她也可能会爱上另外一个人。

"现在走吧。"她说。然后她放开他，然后拖着她长长的红色头发穿过通道，一直走到车库门那里。

34

但他没有走掉。

“他们进来的时候，我坐在这里，就像现在一样。”

他停止了哭泣，把脸给擦干。他的脸还有些红，但眼泪给他的眼睛一种新鲜的光亮：伊万·卢瓦克还向他打了招呼，就跟什么也没发生似的。他没有发表任何评论，也没有说些冷言冷语，没有轻蔑。

“他坐在你现在坐的位置。穿着 T 恤衫和牛仔裤。光着脚。他的眼睛木呆呆的，没有活力。”

但是让娜呢，她怎么表现的？

"她很冷淡,"他说,"可能她只是有些累了。她也不多说话,抽着烟,忙着给我斟酒。她听着米科说话,他觉得,他必须举办一次关于乔纳森·斯威夫特的讲座——尽在那里说些牵强的逸闻趣事和勉为其难的笑话。唯一放声大笑的人就是他自己。"

"你跟他说这个了吗?"

"说不说有什么不同呢,雷蒙——当时如果真的吵起来了,一旦他出言不逊,我就立马朝他脸上跳过去,灭了他。或者他灭了我。对我来说一切都奔向同一个结果。或者你会相信那种童话,两个汉子之间的肉搏将决定着一个女人的情感?就我对你的认识,你不会信。"

这话他说对了,尽管我并不清楚,他对我究竟了解多少。不管怎么说,他对我的认识很不够,大约半个小时以来我就一直对这一点很遗憾。

"可惜男人之间的每一种联系实际上都是在较劲。不,你说得对,"我说道,"我还真的从未遇到一位确实会受此左右的女人。我知道,我的女儿们厌恶肢体冲突和暴力——可是我同时也知道,她们在爱情方面并不随随便便。"

"而我还以为,你女儿的爱情是指向我的。"安德烈忍不住说道。这是自我们在吉普车旁谈话以来,他第一次有些刻薄了——我准备好挨骂了。

"我也是这么以为的,安德烈,我也是这么看的。我就是想说:更加难办的是,在我女儿们的眼里一个男人——强调一下,一个让娜或者佩内洛普真心爱着的男人——他还一如既往地具有吸引力,并不会只因为他……"

"你是想说:不会只是因为他跟人打架?打断了人家的一只胳膊

或者几根肋骨？”

我若有所思地点点头，好让他明白这一点。

但他就是不明白，我到底想说什么。他只是有些不知所措地望着我，而且很显然，再说点什么，他就会蹦起来了。

“让娜是位异常宽容忍让的女子，”我认真而坚定地说，“如果有人伤害了她或者她觉得不得不去伤害自己时，她的忍耐度就到了极限。在此之前她会愿意吞进去很多事情。安德烈，非常多。”

“唉！”他叹道，“看人家怎么做了——嘚，嘚！”他张开手掌来敲击着大腿，“……一切都颠倒了。”他看着我，“我从来没有使让娜痛苦过。”

“是没有，这我知道。”我这样说着，尽管他这话不属实，或者说尽管我不知道他说的是否属实。他肯定至少像现在让娜伤害他那样深地伤害过让娜。如果两个人十五年来成天只关注一件事，就是要保持自我，那么又怎么能相互不伤害呢。我拿了他的杯子，去再给他倒一杯咖啡。

被人爱是很容易的。

“操！”我听见他说，接着又听见他的嘴里蹦出了鲍里斯·斯帕斯基的咒骂：“Ssobáka！”

但是去爱别人，却那么艰难。

我走回来时，他正准备着穿上衣服。看来玻璃桌上的什么东西让他有些摸不着头脑：他一次又一次地盯着同一块斑痕，我没法确定，那里究竟有什么。

在此期间，他已经穿上了裤子——裤子上满是葡萄酒的痕迹。他正要去找一件衬衫，他似乎觉得这件衬衫是放在沙发扶手上的那堆衣服下面了，但他突然就像是猜出了我的想法似的说道："无论如何——应该发生点什么事情。因为我没走，而且因为我同样也根本就不想跟他动手斗殴，我觉得，这让米科变得非常恼怒，所以让娜建议，我们该一起玩一个幼稚可笑的游戏。一直到那时，我才注意到，那两人都喝醉到什么程度了。你知道，在我看来什么是最聪明的吗？我有时就有那么种嗅觉……"

我真不知道。"最聪明的"居然是他的专长。

"我在厨房里，把杯子里面的东西倒了，然后倒上樱桃汁。那看着就跟红葡萄酒一个样。"

他看着我笑，我点点头，盯着他那目光游离的、悲哀的眸子。

他穿上了衬衣，但是还没扣上扣子，他就拿起了玻璃桌上的一叠快易贴，而后把它给举了起来。

"那么，"我问道，"让娜要玩什么游戏呢？——我觉得，这简直太荒谬了。在你们那种情况下……"

"国王哑谜。"

他把那一叠快易贴扔回桌面去。然后他看着我，脸上又惧又怒。

如果说安德烈有嗅觉，那这种嗅觉一定是一种小孩儿对幼稚和不成熟的嗅觉。我很清楚，他在惊吓中还没有定过神来。在他的婚姻解体的夜晚，他跟自己的老婆及其情人一起玩一局国王哑谜游戏，这只是他心智不成熟的一个方面。他的不成熟还表现在，把所有的细节都原原本本地向我叙述，他向我比划着，他们怎么坐在这儿，脑门上贴着黄色的小条子——就像是这个游戏还在持续进行中，而他又一直没法搞懂这个游戏。

而且在眼下，我一脸难以置信的神态。

“你不知道怎么玩？来，过来……你真的不知道怎么玩？”

我只不过是因为其他原因不知所措。

我会玩这个游戏，当然会玩，甚至玩得很好——虽然并不用快易贴纸条。我们一直用些普通的纸条来玩，那些纸条可以在脑门上贴牢，是因为韦罗妮克、德尔菲娜、莫里斯和我每个人都在脑袋上箍一圈橡皮带。我们在纸条的上端都弄出齿状来，这样把纸条绑在橡皮带上时，看上去就像个王冠。所以德尔菲娜把这个游戏称为国王哑谜。

我摇了摇头：“我不喜欢这个游戏，或者说很少玩。要是我，就不会跟他们玩。——但是你玩了，如果我正确地理解了你的话。”

安德烈完全沉浸在对昨天夜里事情的叙述中，此外，他看来似乎全都忘记了，多少次我们的花园家庭聚会在接近尾声时，都玩过这个游戏：他、让娜、佩内洛普，还有朱尔·穆勒和舒泽特这些朋友们，以及索许这样的邻居，还有韦罗妮克和我，都一起玩过。让娜热爱这个游戏——就跟她母亲也爱玩这个游戏一样，参与者可以钻进另外一个角色，一个熟人、动画片形象、历史名人或者是一个动物。

人们必须提问，以便猜出，扮演的是什么角色。其他人对问题只能用是或者不是来回答，在听到了不是这个回答之后，轮到圈子里的下一位试着用问题来缩小那个写在脑门上的人物的范围。

安德烈从那叠快易贴中扯下了一张纸条，把它贴在脑门上。他就这样站在我面前，脸上表情一动也不动，接着他扣上衬衫的纽扣。我们这些维勒布勒万的孩子们都当过法老、国王、女王、拿破仑、叶卡捷琳娜、亨利四世、亚历山大、阿肯那顿或者是哈特谢普苏特。我的女婿看着很像一个忧伤的矿工的漫画像，脑门上亮着一盏由黄色粘贴纸做成的矿灯道具。

他们中的一人必须离开房间，此时其他人提建议，他应当是谁，或者是什么。他们把结果写在一张纸条上。

车库是唯一的一个空间，在那里人们无法听见壁炉间里的说话声。让娜把安德烈从那里领回来，伊万·卢瓦克喝干了他杯中的酒，踉跄了一下，才站起来，咧嘴笑着瞅安德烈，眼神空洞，然后用手掌使劲地把那张纸条拍在他的脑门上，他的头几乎都要后仰到颈背，米科赶忙搀住他，以免他倒落在地。

我试着去想象一下让娜，她当时无动于衷地看着这场戏。但我没做到。我曾经见过她醉成这样吗？

“你看看你！”米科怪声叫道，“别动纸条！坐下，你这屁大点儿的——”

他说不下去了。他让自己跌落在地毯上，挣扎着爬起来，倚着壁炉，兀自格格笑了起来。

“你没什么毛病吧？”让娜问。

这个问题不是问安德烈的，而是问 ILM 的。她没碰他，安德烈注意到这一点，她根本就不去碰那个喝得醉醺醺的怪物，她甚至在躲开他的目光。她觉得这人很恶心。

这个想法在他的心里滋生了一丝希望，现在可能并未失去一切。

“一切正常，”米科笑着说，“现在该你了！你去坐在我的车子里，听会儿音乐，宝贝——安德烈和我要想一想，你是谁。老兄，我们来些什么？”

他没有回答。但在听到“宝贝”一词时，他令人尊敬地喝了一口樱桃汁。

让娜到了车库中。安德烈听到，她把车门给甩上，听到这声关车门的响声，他觉得自己心里的怒火在烧，一团无法克制的对这个男人的怒火，他现在跟这个男人单独在一起，蹲在地毯上，围着一张玻璃桌。他没法想象，自己该如何抵御这团怒火蔓延开来。

"现在就是这个情况，我的朋友。"米科说，"如果你想对我说点儿什么——说吧。"他拿出一支烟来，而后又把自己的酒杯斟满。"有火吗？"而当安德烈没有反应时，他又说："喂？家里有人吗？"

安德烈还是一动不动。在他的面前，茨冈烟蓝色包装上印着的文字上方是一位优雅地挺身起舞的女舞者的剪影，打火机就在烟盒上。他在对我说起跟米科独自相处的那几分钟时，把它从口袋里掏出来，我马上就认出了那个小小的银色的圆柱——那是佩内洛普给他的圣诞节礼物。

"我最亲爱的姐夫。"她这么称呼他。他宁愿去死，也不愿意让米科用哪怕一秒钟这只打火机。

"你的脑袋瓜多么灵光啊，"ILM说，"你这可怜的要脑筋的家伙。"

米科很费劲地挪到玻璃桌边上。他翻弄着桌上的纸张在找打火机。瓶子碰倒了，葡萄酒从里面流在了稿纸上，流向桌角，流到地毯上；一摞书翻倒了，一本加缪的书还有一本哈米特的小说掉到地板上。安德烈都能感觉到别人的身体在他的近处带起的一股风，他脑门上的小纸条都抖动了起来。但是他一动不动。

"或者我还是动了，我很短暂地动了一下，"他对我说，绝望地微笑着，"我把我的打火机给揣起来了。"

让娜在车库里面的那段时间里，他对伊万·卢瓦克·米科一言不发。他对此似乎完全无所谓,他不知什么时候开始为他们两个说起话来了。

他说:“等着瞧吧。谁究竟会成为你的小娇妻?你有什么想法吗?不,你没有,这一点儿也不让我奇怪。她会喜欢什么样的名字,什么会让她笑起来,呵呵?没主意了吧?是吧,没有。你从来也就没什么主意。得啦,无所谓!反正我总在这。我们叫她……叫她……蓬帕杜尔夫人?她严厉得确实有那么点像。——米雷耶·达尔克?同样那么性感。——或者叫米妮?”

他的面容上出现了一种单纯。他那双葱绿的眼睛慢慢地变成了酒红色,被浸在了尊尼获加酒之中;他的嘴角上一支烟上下晃动着,冰冷而无用。

然后米科在那个四方形的纸片上为让娜的额头写下了点什么,然后对安德烈说:“好了!这肯定会让她开心的。你可以去把她带回来了。”

安德烈扫视着这间他很熟悉的房间。在我的花园晚会结束后,让娜在这里第一次和他公开地说了分居的事情。他看着壁炉黑黢黢的炉膛,再看看摆在地上的那些书——《西绪福斯神话》和《玻璃钥匙》。他甚至不必去进行伪装或者特别地使劲,去把那些闪现在他头脑中的思想、思想的一闪念变成现实:他环视着房间,就像是通过一种恶意的奇迹,突然间房间里面只剩下了他一人。米科也消逝了,他停止了存在。安德烈这样对我说,就像是动物世界里面的白鳍豚,那种白色的河豚,不再存在一样,在他的世界里面伊万·卢瓦克·米科也同样不再存在了。中国人把白鳍豚尊为神的使者,而它却绝迹了,伊万·卢瓦克·米科也同样绝迹了。所以安德烈不仅仅只是做出他什么也没听见的样子。他确实什么也没听见。他觉得,这是他的解决问题之道。这样怒火就离开了他,收回了那些蹿动着的火焰,收回到夜的海洋中去——他通过沉默以及一动不动并宣告米科已成为过去来做到这一点。他通过宣告米科成为淡出的影子来做到这一点。

黄色的纸片粘贴在手背上,米科起身,站直了,他抻了抻身子,咳了起来,咳得那么剧烈,他的香烟飞了出去。烟落在了安德烈的怀中,留在那里——不见了踪影,不复存在,就如同抽完了一样,烟灰被吹走了。

“我自己去。我自己去把这位奇妙的女人从车库里带上来。”米科说着,拖着他的罗圈腿走了。

“我已经说过了吧,你丢掉了你的工作,你这个蠢货?你被解雇了。”他在过道里喊着,“赌不赌?”

“那你死了。”安德烈说,或者他也没说。他这样想着,嘴唇蠕动着。对一个已经死了的人大声说些什么,都没有意义。

35

米科待在车库里面，因为现在轮到他获得一个写好的，并且必须猜出来的名字。让娜额头上贴着一张纸片回到了房内。她笑着，冻得厉害。

“我冷！脚都冻麻了。”——她边说着，边跑上了楼梯。她又下来的时候，脚上穿着一双毛袜，身上穿着一件毛衣。

“别担心，我没往镜子里面看！”她面对着安德烈坐在地毯上，把脚趾头伸到他的大腿下面。他感到一阵寒意，心里很感谢她。

“怎么样？有主意了吗？”

他起先没法读那个贴在她额头上的名字:米科在纸片上写的是“妈妈”。

“你理解吗?”安德烈问我,“你理解吗,什么东西——”

我可不愿意扯得这么远……虽然这种粗俗无礼简直不可思议。把让娜等同于她死去的母亲,这真是有些令人悚然。这是对我们这个家庭的进攻,这是对安德烈的一种无耻冒犯,他和让娜没有孩子,但一直希望能跟她有孩子。

让娜看着他额头上的纸片,露出姑娘般的微笑,他几乎都忘记了这种微笑——“这你永远也猜不出来!”

他又开始说。让娜胡乱说了一通这个或者那个跟伊万·卢瓦克看着有几分像的人物,而且尽管如此,他还是想不出来这些人物,安德烈观察到,他的思路也开始打转了。他离她那么近,他都可以把她拉过来,吻她了。他在问自己,为什么他只在生米科的气,而不生让娜的气。

因为他并不对她感到恼火。就是他在想象着,他们两个坐在这里,讨论着十八世纪初斯威夫特时期都柏林的词汇和菜谱,让娜被这个浑身酸臭的恶心人一把抓过来亲吻,他们两个什么时候格格地笑着,跌跌撞撞地转移到了顶层的卧室,甚至连这个时候他都不对她感到恼火——这时雨水敲打着下翻窗。而他,在近在咫尺的地方,在同样如注的雨中坐在他的汽车里面,诅咒着他们即将解体的共同生活。而她的父亲——我——就在另外一幢房子里睡觉。

对此他没有答案……或许除了他对她不气愤外,还因为他很害怕如果把自己的怒火、狂躁的嫉妒和受伤害的感觉向她发泄,就会彻底地失去她。对不对?

对，对，我和他完全是一个看法。

有一回，她长久地注视着他，察觉到他多么努力地掩饰自己的痛苦，她轻轻地抚摸着他的臂膀，温柔地靠着他，这时他对她说：“来，我们把他关在车库里。然后我们离开这里！我们干脆再从头开始。一切会……”

“我不知道，”让娜说，“我觉得，我不爱你了。”

她把双脚缩回去，眼里立刻布满了泪花。他心里产生了一种感觉，只要他接近她——只要他还在那儿，她就受到伤害。她的眼睛里有泪花，虽然他才是真正有理由哭的那个人……或者她哭是因为，她给他造成了这么大的痛苦？

“好吧，”他说，“我来这儿，是因为你叫我来——一点儿也不清楚，目的是什么。当然不会是让我来跟你们玩这个游戏吧。”

让娜回答说，她只是不想再争吵，不想再哭泣，他不明白这个吗。

“好吧。”安德烈又说。每次只要他跟让娜吵起来，他总有一种荒谬的需要，把他对她说的最后的话，再说一遍，造成一种没完没了、毫无意义的重复。

“好吧，”他第三次说，“那我们就玩游戏。但游戏结束的时候——”

“然后？”

“那就到了你做出决定的时候。”

让娜抹掉了眼泪。她站了起来。

“你给我下了一个最后通牒。”她说。

她边说边走出房间。

“你在纸片上写个名字吧，”她大声说，“随便写一个。我都无所谓。”

他们坐在玻璃桌周围的地面上，玩着国王哑谜。米科进屋的时候把最后一满杯葡萄酒给碰翻了，他还被玻璃碴子划伤了，让娜帮他处理伤口，然后又把盐撒在酒痕上。他们就这样坐在那里，相互提问，喝着苏格兰威士忌。没有苹果汁，无法掉包了：安德烈很快就和让娜及其男友一样都喝得醉醺醺的。

轮到米科来提问时，只有让娜回答他的问题。安德烈一声不吭，既不点头也不摇头。让娜每次都等着，看看他是否要说点什么，朝他看一眼，然后给出他们两人答案。每次的回答都是“不是”。米科只管随便问——没有一次命中，他自己没法找出答案，零。

这是怎么做到的？

安德烈看着我，面部表情一动不动。气恼和执拗在他的眼睛中闪烁着，所以双眸看起来在闪光。

“无人。”他终于开口。他把“无人”写在了米科的纸片上。

我想起了德尔菲娜玩这个游戏时，提的第一个问题总是：“我还活着吗？”

让娜赢了。她的方向是对的，她先是猜出来她已经死了，接着问“我热爱花朵吗？”——米科不知道怎么回答这个问题，因为他毕竟不认识韦罗妮克。

“对。”安德烈大声说，大家听得很清楚。

“也热爱灌木丛？”让娜问，此时她用无法忽略的含糊不清的声音说，“灌木丛，盛开的灌木丛？”

“对，”安德烈说，“你甚至很喜爱。”

“尤其喜欢黑刺李，对吗？还有茉莉花……”——因为她很确定她自己猜对了，她就把纸片从额头上扯了下来，读着。

“妈妈！”她喊着，流着眼泪笑了。

“太棒了！”米科喘着气说，“这你猜得可真快。”

安德烈说：“太棒了。这你猜得可真快。”因为这个对他老婆的夸赞在他之前没有人说过——没有任何人，绝对没有任何人。

“让他叽歪去吧，”米科说，“他闹不懂他自己在说些什么了。”说着他把纸片扯下来读着——没有人笑，没有人把纸片揉作一团，没有人把它丢掉。

“我们要开车走了。”让娜说。

他们也这么做了。没有人去叫出租车。让娜去换衣服，整理箱子。安德烈一直坐着，他在等。他在等，一直到房门上的锁咔嚓地响了一声。

“天啊！这不可能是真的。”我喊着，从沙发上跳了起来。

36

他穿好了衣服，我们就开始清理玻璃桌上的垃圾。我撑开垃圾袋，安德烈把烟灰倒进去，空瓶子丢进去，还有破碎的玻璃杯、碎片、酒瓶塞、装披萨饼的空盒，还有其他放在桌上的垃圾、吃剩的食物以及一些不明垃圾都通通扔进去。桌上只留下了手稿纸页、书、笔和那叠有故事的快易贴，我把垃圾袋搬到厨房里去，在那里接着清理。我听见，他在壁炉间里把百叶窗拉起来，打开露台门，把单人座椅和沙发归放好位置。很快厨房里飘进一股来自花园的清新空气，还有两只黄鹂鸟的叽叽喳喳的鸣叫声，就我所知，它们在杨树的树梢上搭了个窝。

“剩下的咖啡你还要吗？”我朝着屋里问道，但没有回答——至少安德烈没有回答。而传来的是音乐声，立体音响打开了，我听见阿图尔·鲁宾斯坦演奏的钢琴曲压过了黄鹂鸟的鸣唱。肖邦的《一分钟圆舞曲》，让娜非常喜欢的曲子。

好吧。他还有很多东西要消化，无论让娜和这位米科之间的事情怎样了结，我的女婿或者说现在还是我女婿的他都要面对艰难的时刻。我在肖邦音乐的伴奏下，重温了一下所听到的发生在这个夜晚的事情，想着让娜，想着，从所有的迹象来看，她生活中的一个新阶段开始了，不管有还是没有这个男人。我怎么能这样视而不见呢？她为什么不带着她的忧虑来找我呢？她母亲若在，她有可能去找她母亲吗？我心绪不宁，没法整理出头绪来。如果韦罗妮克还活着，唉！她肯定能很早就发现了她女儿的婚姻痛苦，甚至很及时就发现了，这一点我可以肯定。她可能找他们谈谈话，找两个人一起谈谈，分别单独和让娜和安德烈谈谈，早就跟他们谈了，不会等到现在，已经太晚了。

这场灾祸只留下了唯一的见证。我把那只油腻腻的灰色垃圾袋撂在干净整齐的厨房里，走了过去。真的是鲁宾斯坦在演奏吗？肖邦的乐曲是肯定的。但是此外……除了钢琴家的灵魂，一摁琴键就可以从时间的寂静中唤回的魂灵，房间里没有别人。傍晚的斜阳穿过敞开的门洒进来。桌子在闪光。玻璃桌上让娜的稿纸码放得整整齐齐，还有她的书，在那里等着她的归来。

安德烈坐在外面的小露台上。头倚着墙，让阳光洒在脸上，听着音乐在吸烟。他看见我站在门里时，把目光投向我，微笑着。他在想着我们的那次小小的象棋对弈……觉得非常对不起，带来了这么些打扰和麻烦，还有夜里他在汽车边上那样对待我和罗贝蒂纳·索许。

“原谅了，也忘了。”我想这么说。

但他抢先了。“你知道吗，或许我根本不该跟你说那些事，”他说道，说话时眼睛不再看着我。“但我现在很想算个总账，你明白吗？这样我马上离开的时候，我们之间就不再隔着什么。我想……实实在在地对你，雷蒙。”

我根本没想到，他曾经对我隐瞒过什么或者什么时候可能欺骗过我，我还在想着，他是不是要开诚布公地对我说些什么——这时他从裤兜里面取出一样东西，递给我。

“你还没问过我，我是谁。”

他是谁？——我马上就明白了。那是张快易贴纸片。纸片揉作一团，我把它摊开，看到上面写的是什么：“莫里斯·拉乌”。是让娜的字迹。

“他们叫了辆出租车，一溜烟走了。她的汽车在伊万·卢瓦克那里；我不用担心；我应该待在这里，好好地睡个觉——这是她对我说的最后的话。好吧，我就留下了。我想，让我头疼的事情多得是——我现在头还疼。但昨天夜里，她走时，我不停地一遍一遍地问自己一个问题：为什么我是‘莫里斯·拉乌’？为什么她偏偏把你朋友的名字加在我头上？”

“他的来信让让娜很纠结，”我说，没怎么去考虑，“另外我觉得，我请你而没有请她去查查莫里斯的情况，所以她埋怨我也会埋怨你。当然这也是对你的旁敲侧击——但这只是在游戏中，安德烈。这不过是个游戏。”

圆舞曲演奏完了，又可以听到黄鹂鸟的鸣唱。但我没看见它们，它们在高高的树梢上。叽叽喳,叽叽喳。听着就好像它们在唱自己的名字。

安德烈振作起来,先是蹲着,把烟头掐灭,然后站在我面前,离我很近,我觉得有些太近了。他慢慢地摇了摇头。整个下午,他第一次注视着我,没有回避我的目光,紧紧地盯着我看——我猛然明白,现在要来些别的了,现在对我来说才开始有些严峻。

"那不是对我旁敲侧击。如果就算有旁敲侧击,那也是针对你。"他说,"来吧。"然后他走了进去。

他朝玻璃桌走去,我还站在露台门槛里,看着他——他用两只手从桌上拿起那摞书,把最上面的两本放回去,然后端着剩下的那些书朝我走来,走到光线下,向我举着那些书,以便我能看清书脊上的字。那七八本书的每一本的书脊上,都写着同一个名字:莫里斯·拉乌《光的海岸——关于摩洛哥》;莫里斯·拉乌《黑色的永恒——刚果之旅》;莫里斯·拉乌《阿加迪尔之猫》。

"让娜说,这是她昨天从佩内洛普的房间里拿的。看这儿,"安德烈说着,从那摞书中拿出了最薄的一本,递给我,"就我确定,这是最新的一本书。"

我接过那册书,看了看封面。他说的是对的。这是莫里斯最新的一本书,四年前出版的,《文森特·梵高生命中的最后三天》,封面上是那幅《雨》,梵高的油画,那幅挂在威尔士的、印在明信片上的画,只是封面上的画色彩更鲜亮一些。

"好吧,他的书,"我有些不知所措地说,"让娜拿了他的书,一定是因为她很好奇。只是佩内洛普从来没跟我提过这些书,真是有些奇怪。"

微雨。田野。寒鸦。村庄。他和德尔菲娜一起在二十五年前去过威尔士，从那时起，他就一直梦想着能出版一本书，以这幅画作为封面，他自己这样写给我的。现在我把这本书拿在手上。

"打开书，"安德烈说，"随意，哪儿都行。随便打开哪一页你就会明白，为什么她们两个都没有告诉过你。"

我把书打开。任意打开一处。而后又翻到另一处。然后再翻开一处——随便哪页上都有批注，用工工整整的、清晰可读的铅笔字写的批注、下划线、感叹号、问号。这字迹既不是让娜的也不是佩内洛普的。

"不可能。"我说，但我很清楚，不容任何怀疑。

"给我一下？"——安德烈把书从我的手上拿过来。他翻到前面，指给我看，在第一页，通常是空白扉页的地方所写的内容。

"献给韦罗妮克——相信我，那一天会到来，届时我们之间的一切都将消逝，就如同我们将消逝一样。

"爱你的莫里斯"

37

接下来的几天,我只有到花园里去溜溜腿时,才离开房门。那天下午,花匠们来了,我看着那两个年轻的男子把黑刺李丛和茶藨子丛的根刨出来,我感到很惊讶,在我的地块和索许的地块之间出现了那么大的坑,我请花匠和他的学徒给我出些主意,该在那里最好种些什么来填上这个大坑。但当他们把灌木丛装上手推车,运到客房小楼前,开始在那里种植时,我退回房里去了,关上门,做着这几天一直做的事情:我在整幢房子里晃来晃去,什么也不做。

我既未得到安德烈也未得到让娜的任何消息——而我也不跟他

们联系。佩内洛普写的第二张明信片这几天也到了，只是简短地说，海水还是那么美，他们的车子又能开了。那辆勇敢的老萨博车从来没有这么好开过，她这么写。再过整整一个星期她要和蒂埃里一起回来，要和我一起在花园里坐坐，开车去看看奶奶。

我彻底地被一种无力感所吞噬。我甚至无法说，我现在特别沮丧。我简直连去郁闷的动力都没有。在一天早上我突然开始整理起报税的账单来，几分钟后我深深失望，觉得很厌烦，深感做任何事情都没有一丁点儿意义，就歇了手，在整幢房子里把账单丢得到处都是。在接下来的几个小时中，我就看着乱成一团糟的家，开始对此苦思冥想。夜深了，我才把所有随处乱丢的，看着有点像账单、信件、书页的东西收拾了一下，扔进了垃圾桶。

冰箱慢慢空了起来——它完全空了以后，我就什么也不吃了。我站在厨房水槽边，喝着水。喝水时我看了看钟。差不多每三个小时，我就到厨房里来，喝点自来水，然后再看看钟。就像一只羸弱的狗，人们虽然可以容忍它停留在近旁，但永远也不会信任它那样，饥饿在白天不来找我的麻烦。它不会去伤害人，却越靠越近。夜里，我从梦中醒来，饥饿来偷袭我，那些梦境在我的记忆之中只残留下一些色彩。我在床上坐起来，听着我的肚子发出咕咕叫，听着白杨树在风中沙沙作响，或者下雨时，就听着外面的雨声，思考着三十九年的婚姻生活。

四天就这样过去了，奇怪的是我的状况更好了。我自己没法解释，充其量只能说，这是我身体的一个诡计，一个阴谋，好让我去买东西去。我的执拗出现了，它并不针对我那悄然而至的自暴自弃，而是针对一切很可能终止这种自暴自弃的东西：求生的欲望、阳光、自来水。若是相信亚里士多德，那就会相信在第一位哲学家，也就是泰勒斯看来,水是最原初的物质,我迷迷糊糊地记得,读过这个:泰勒斯在一次观察星辰时,跌入了一口井中。一个女仆还为此嘲笑他,据称泰勒斯对这个女人说,其他人一辈子都躺在井底,但却从未察觉。但我现在什么也不读。在这种阴暗而亢奋的状态中我听着让—巴蒂斯特·吕利的《三支萨拉班德舞曲》,流下了那么多泪水,以至于我就像个快要渴死的人那样在幻觉中开始相信,我喝了一肚子水就是为了流眼泪的。我听说,这位赞美诗恐怖分子吕利,在一次指挥中将一根指挥棒插进自己的脚中,而他拒绝截除脚趾,最后死于伤口发炎——这个故事也对我无济于事。有人摁门铃。我去打开门,罗贝蒂纳·索许告诉我,她在剧院里面遇到我母亲了,要向我转致我母亲的问候。

我道了谢,接着道歉——我现在忙得很。但她可没被我糊弄住。她震惊于我的外表——我看着消瘦、惨白、病态,连自己的影子都不像了,更像是我的影子的影子。只是一般的影子没有那么难闻。而我必须承认她说得对,但我没说。

她为我煮了些东西。我坐在那儿,看着她。接下来几天她中午和晚上都为我做些吃的,那些食物能使我恢复体力,而且不伤胃,大米、瘦肉、青菜面条,配的饮料是水,我特别爱喝水。罗贝蒂纳的饮食确实恢复了我的体力。我从我们吃饭的时候能很好地交谈来察觉到这一点。我们吃完饭,饭后她收拾厨房时,我并不急于摆脱她,也可以看出这一点。

"如果我希望您能够为我做些什么,"有一次她说,"那您能足够友好地帮我实现愿望吗,雷蒙?——只是帮个小忙。"

我毫不犹豫地回答她,我很愿意,只要是我力所能及的事情——我觉得,她很可能会说起我们两家花园之间的篱笆附近,她想着能够种些什么植物，就是那个新出现的大坑那儿。我们说的最多的话题就是花园了。她点点头，把手放在我的胳膊上。然后她请求我，我该去看看医生。

她说："您的眼睛真引人注目，雷蒙——一只眼睛是灰绿色的，另外一只是灰蓝色的，对吧？它们看着都那么悲伤。"

她说，贝特朗死后她读了一本关于心肌梗死的书。

"您知道吗？在医院外面突发心肌梗死时，大约只有百分之二十到百分之三十的病人能活过来。而心脏突然停止跳动时，甚至只有百分之二到百分之三。而且活过来的只有那些通过迅速进行心脏复苏而快速见效的人。"

我说，我一点儿也不清楚，如果在对我进行复苏时，大概多快能见效。

"您就别再开玩笑啦。"她说，"书上说，在心脏停跳八分钟之后才去进行复苏努力，基本上都注定会失败——贝特朗就是那样。在那之后，活下来的可能性其实近乎于零。"

近乎于零并不是等于零，我说。其实近乎于零就是说，这没法确切地说，而只能进行推测。就是说，总有那么一两个能保住性命，没人能够正确地解释，为什么能活下来。

"那本书叫什么？"

罗贝蒂纳告诉我：《我们如何死亡》。

在绿门医院里面为我检查的那位女医生做出诊断，特级植物神经功能衰竭状态。以我的体质、我的个头、我在体重秤上称出来的那点重量，那可不能开玩笑。

我也没打算开玩笑。

很好！因为我的衰竭状况将由不稳定型心绞痛的一个后遗症，轻度心律不齐，而加剧。这位年轻、高大、漂亮的女士说，这就像是，我的心脏在受到我强加给它的超负荷之后，通过进行非常短暂的停顿，时长只有几分之一秒的停顿，试着减压，而且一再进行。

她没有给我的心脏再开些什么药，相反让我保持安静、心绪平静，只是没有什么药方能做到这个——我是不是有什么大烦恼，她问，而我想了想。

我在想：是韦罗妮克自己告诉了他，她的情况吗？此外没有什么人可考虑的。莫里斯在最后一本书里写给她献辞的日期是“2004年10月”。2004年11月15日，韦罗妮克死于这家医院。她从这家医院里还给他写过信？他们通过电话？他甚至可能还来过这里？

我是否有时间出去度假，那位女医生问。

“我担心，我以我的心脏同样的方式进行休假。”我说——她被这话逗得一乐。她笑起来就像个登山者：生活就是由一连串挑战组成，每一个挑战都是为了让你去战胜它而存在。

我一边扣着衬衫纽扣一边问她，她是否在某个病人那里确诊过肌萎缩性脊髓侧索硬化症。她看着我，就跟我刚刚在她的眼皮底下咬了一个氰化钾胶囊一样。

“您动过一次心脏手术，一次血管成形术，从病历看这是十年前的事情了，手术很成功，”这是她的回答，“您没有得肌萎缩性脊髓侧索硬化症。您就谢天谢地吧。”

我的心脏用多得令人惊讶的诡计来给自己放假——这个想象让

人平静。它给我一种感觉,我不是一个人,尽管根据病历、从算术角度来看,只有我一人。在我的深处有一台像是会思考的钟那样运行着的聪明的机械装置,它活着,因而它留意着:我也活着。

“整个夏天我都在诅咒我的心脏。而这台神奇的装置还在我的胸腔里跳动着。”我从医院里面回来时,罗贝蒂纳过来看我,我对她说。我们站在厨房里讨论着,想做些什么饭。

她也觉得这很有趣。但她的笑容没有任何居高临下的意味。罗贝蒂纳很开心地看到,我的幽默感又复活了——但我可是认真的,而她像是没有注意到这点,对我来说,这也没什么区别。我很高兴,她在我这儿,听我说话。

一天晚上我们翻检着我的旧纸堆。罗贝蒂纳建议,她来关注我的税收计算,我最后同意了,把我扔掉的那一堆纸又双手捧回来。

“您觉得,我们一起出趟门怎么样,您和我?”她突然问道,脸红了,急忙扭过身去,以免我看见。

“我觉得,我们应该多少庆祝一下您再生了。有人请我。朋友的儿子要结婚,两个孩子要为告别单身举办一个小庆典。您有兴致吗?”

她为我愿意参加感到十分欣喜,高高兴兴地收拾打扮去了。我也同样地修饰了一下自己,换上了一件干净衬衫和一身轻便的夏日西装,而后打电话叫了一辆出租车。在车子到来之前,我端着一杯水,绕过三角钢琴,用衣袖擦拭木质琴架,没有觉察到车到了——直到罗贝蒂纳摁门铃来告诉我,车子到了,我这才发现。

在去维洛弗雷的途中,我们都没怎么说话。从半开的车侧窗吹进来温暖的空气,周五傍晚道路上到处车来车往,我观察着迎面而来的车子的前照灯。许久以来,我第一次又有了兴致,坐在方向盘后面自己开车。

司机很年轻,告诉我们,在摩利托门边上的王子公园体育场里有场音乐会,凡尔赛城一半的居民都出动了,就为一睹摇滚乐团的风采。我真觉得这难以想象:路上所有车上都坐着要去听音乐会的人。但我没说出来。

“您应该经常出门看看,雷蒙。”罗贝蒂纳说,她就像是读懂了我的心思。她侧着头,窄窄的脸上满是笑意地看着我。我渐渐地喜欢上了她光滑的皮肤和形状美丽的耳朵,最近几天我常常仔细观察它们。

“您或许应该搬家。您想过吗?”

“常想,”我撒了个谎,“但总还是缺少最后的动力。您现在怎么想起问这个来了?”

她耸了耸肩,看着窗外。

“我止不住去想,贝特朗去世后的那几年我是怎么想的。那房子、花园……”

“但您还是留下来了,”我说,“和我一样。”

她点点头。窗外除了黑魆魆的树木没什么可看的,我们乘车驶过轮廓,又驶过连成一片的其他同样的轮廓。

“我们就别追逐痛苦了,今天不。”她说道。

她在我看来一下子显得那么忧伤,我握住她的手。我紧紧地握着,直到罗贝蒂纳把手抽了回去,给司机指路:我们拐入一片林地。从黑暗处涌入车内扑向我们的空气,凉爽而芬芳。

38

湖畔有一座渔民小屋和几顶搭起的晚会帐篷，那片湖面很宽，不可能是我和妈妈一起去过的那个湖。但是这两个湖很像，自助餐结束后，我独自向下走到湖岸边，罗贝蒂纳在和晚会的主人们闲聊着，所以我又仔细地向前看了看，我是不是弄错了——湖对岸的一处高地上究竟是否矗立着那座老人院。因为甚至连野鸭也在那儿：时而有几只游入了从一个帐篷顶投射在水面上的灯光里。但对岸的一切隐在一片夜色之中，湖岸、树木和高地。湖面上是半个月亮。一阵芳香的微风拂面而来，使我颤栗，风别样怡人。我问着自己，妈妈什么时间去就寝。

这是一群友好而低调优雅的人。帐篷和灯火通明的小屋间年长年少的人们在闲聊,从小屋中传出音乐声,某个女人的一阵阵高声笑声融入了夜色。我看见,在一顶帐篷下,一支乐队正准备走向乐器。在另一顶帐篷下,一个年轻的女子和一个穿白色短裙的姑娘在打乒乓球。随即我见到罗贝蒂纳站在空荡荡的供跳舞的空地边上。她向我招招手让我过去,我走了上去。我的背后是湖水和风,面前是招手、她的友好善意、她的忧伤,我慢慢地往上走,走到罗贝蒂纳身边——这是一个时刻。我自己都没有察觉到,我的迷乱到达了顶点,罗贝蒂纳对我来说完完全全地变成了韦罗妮克。

我们跟她的朋友们聊了几句,他们说着,多么为自己儿子自豪,他们都喝醉了,醉得都没法"进行有条理的谈话"。他们是对的——我可以体会到他们的心情。我自己内心中一切都在翻腾,我基本上也还是清醒的。我跟着罗贝蒂纳走向一张单独的桌子。侍者端来了白兰地。我们碰起了杯子。

"美好的庆典,"我有些惴惴地说,"确实是些友好的人们。我感谢您带我到这儿来。"

"我不相信如果没有您我还可能会到这儿来。"她容光焕发地望着我,"独自一人时要鼓起勇气很难。这样看来——把感谢送回给您,立刻寄回给您。"

"邮件收到,谢谢。"我回答,她用一个开心的微笑来回应我的浅浅的俏皮话。在桌上……自从我们下了出租车,我就一直等着有机会能再次握住她的手。现在机会来了。

"我想对您说件事,"罗贝蒂纳突然严肃地说,"几天来,我一直就想说了，雷蒙。这里马上就会很喧闹了，我们能在这之前说些原则性的东西吗？”

“只管说。我听着。”我竖起胳膊肘，把双手交叉在下巴前。乐手们做好了准备，我看见主人还在忙着，舞会还没开始。“如果您觉得在一个这样美好的晚上……”

“并不是什么严重的事情——或许也有可能是。我不清楚。您回答我一个问题吧。”

“一个问题。好吧——我会如实回答。”我看见，在罗贝蒂纳身后那个年轻女子和那个姑娘开始用乒乓球相互扔着。乒乓球飞出去，在黑暗中不知落在什么地方。

“您别只顾看周围，您看着我，雷蒙。”罗贝蒂纳说，就在这个时刻，我觉得她的手放在了我的手上。“您对我说过，您的女婿把那些书给了您。那些您的妻子的书，韦罗妮克去世后，您的女儿们保存起来的。”

“保存起来或者说在我面前藏起来，”我说，“就看一个人怎么看这件事了。”

“行，这话说得对。不管怎么说那些书是那位……他叫莫里斯吧，对吗？”

“无所谓他叫什么名字。”

“无论怎样他把那些书献给您妻子了——不仅是一本，而是所有的书。在您把那些献辞给我看时，我必须承认，我有些意外——出于两个原因。”

“因为他写的东西听起来很温柔？”

“是。这是一个原因。另外一个原因是，因为……因为有那么长时间。第一个献辞和最后一个献辞之间隔了多少年？二十年？”

“差不多，是的。不过这并没有什么意义。”我苦涩地说着，松开了握住她的手的那只手，拿起酒杯。“谁知道呢，在他还没写书、没法献给她的时候，他给她写了多长时间信。谁知道呢，他们多久见一次面。什么时候？什么地方？谁又知道这个呢？”

“嘘，”她发出了一声，把身体弯过桌子来，朝着我说，“嘘！雷蒙，这正是我要问您的问题。说实话——”她又拿起了我的手，“您真觉得，韦罗妮克欺瞒了您吗？骗了您？至少二十年，而且还跟一个共同的中学同学一起骗您？请告诉我。”

“我以前也觉得绝对不可能，我的女儿把她丈夫……”这个句子说了一半，被麦克风发出的噪声给淹没了。身着白色西服小外套的乐队领队请客人们不要拘束，请进入舞池跳舞。新郎向大家介绍了音乐家。在无声的乐器后面，他们像是只有四分之三在场。但当他们开始演奏时，当第一个旋律飘过舞场，向更远的夜色中的湖面飘过时，他们突然间完全在场了，起码比我要全神贯注得多。

“您来！”罗贝蒂纳说，她站起身来，一直没有放开我的手。她把我从椅子上拉起来。而我现在却一点儿也不想跳舞。

幸好她也不想跳。她走在前面，离开了喧闹，走上了那条我已经走过的小径，朝下往湖岸走去，她多次回头看看我，像是要确定，我跟上来了。

我们并排沿着湖岸走着，走了很远，音乐声成了只是空气中的一种电子颤动。湖岸附近的一处灌木丛中传来一阵沁人心脾的芳香，灌木丛只是连成一片的黑幽幽树影前的一块黑斑。月光、云影、湖面上闪烁的波光，其余的地方一片夜色。水面上偶尔扑啦啦地掠过一只野鸭。

我不清楚，她想从我这里听到什么。而我只是觉得，我对她的感觉正在消逝殆尽——而我很想紧握这份感情，但这看来并不在我的能力范围之内。我们默不作声地沿着湖畔小径走着，没有什么话是我还能够说的。

罗贝蒂纳不知什么时候说了一句，她搅和到跟她无关的事情中去了。对不起。

“您觉得对不起？”我着实有些愤愤不平地说，“请原谅，难道不是更应该说，您同情我吗？”

“是啊，大概。大概是这样。”她说着。而后她又再次道歉：“请您原谅。”她往前走了一大段路：“我们回去吧，雷蒙。这里这样暗。我觉得冷。”

这样我们就折返，慢慢往回走。我们又走到了那丛灌木前，强烈的、令人心旷神怡的香气悬浮在空气中。这时罗贝蒂纳开始认认真真地说起了植物：木槿。她问，我家花园里那个火山口般的大坑里面，种上木槿是否正好合适。

我抓住她的胳膊，紧紧抓住她，把她转向我。她紧挨着我站在我面前，我抓着她的肩膀，对她说：“现在你听我说。看着我。我不清楚，在韦罗妮克和这个男人之间有些什么事情，这个男人我从前认识过，后来又忘记了，而现在，我也不清楚怎么回事，他突然间变成了我生活的幽影。我根本就不想知道，他们两人之间发生了什么，不想知道他们什么时候，多少次，在哪里，持续了多久发生什么，你明白吗？只是我一直在究问我自己，跟我一起生活了近四十年的人到底是谁。为什么她从来没对我说过什么——没说过这些书、这些情感？这些事肯定什么时候就开始了。"

"有可能她对您说过，而您可能没有好好地听。"罗贝蒂纳越过我的肩，朝湖面望去。我松开她，有些失望，因为她没有回应我的"你"；有些失望，因为她替韦罗妮克辩解。

"她不仅毁掉了我对她以及我们之间一切的信任，而且还毁掉了我对我和其他任何一个人之间所能产生的一切的信任。"我阴郁、绝对、由衷地说道。

罗贝蒂纳说，她清楚这个。她能够体会到我的感觉。"您过来，我觉得冷！"她挽住了我。"我们回去吧，好吗？走走挺好的，走走总是挺好的。"

那么就回去。我们接着走，虽然我们在相互接触着，但都默默地，各自想着心事。但才走了几步，她就说："你怎么看呢，他何必要给你写信呢？你问过自己这个问题吗？"

我没有回答。我只想听着，她把这话再说一遍。

"我告诉你为什么吧。因为我有个理论。"

"啊哈，有个理论。说说吧。"

"对啊，就是。"她笑着说，"现在注意啦——或者其实你还是不听为妙？"

"要听，一定要听。等等，我暖着你吧。"

"好主意。"她依偎着我。

我说："你有些打颤。"我胳膊环绕着她的肩膀。突然间这是真正她的，罗贝蒂纳的肩膀，我紧紧地搂住她，听着她说话，一直到我们走入白色帐篷的灯火中，走入音乐声中。

大家在跳舞：跳着优美的、有些老套的狐步舞，最美的一对舞伴是刚才那位年轻的女子和穿着白色短裙的姑娘，姑娘握住她的手来回地晃动着，姑娘的脸上闪动着青春的光。几乎没人还坐在桌边。有一阵子我们有些犹豫不决地在一旁站着，而后我握着罗贝蒂纳的手，我们走向其他人。舞场边上的草丛中，我看到一些乒乓球随意散落着，在黑暗中，形成的图形像个星座。

39

在这个夜晚，独自躺在床上，我第二次梦见了莫里斯。那条小狗又出现在梦境中。这个梦比第一个梦更加令人困惑，第一个梦里有喜鹊和满是眼睛的灌木丛。但我觉得做着这个梦睡觉的那几个小时，可以算个休息，因为它起码在一定时间里中断了那种令我处于昏昏沉沉状态的苦思冥想。

我坐在一辆汽车的副驾驶座上，车子打滑失控了。这条小狗在车里飞了起来。它先前在我和开着车的莫里斯那里，在前排，后来它又消失了。它落在了方向盘上，试着用爪子抱紧方向盘，莫里斯随即狠狠地敲了小狗一下,小狗就飞落在我的怀里。

在梦中我就很清楚,我坐在哪辆车子里面。最迟在我听到后座上的雅尼纳·伽利马喊着“莫里斯千万别欺负弗洛克”时,我就知道了。我转过身去,看见是韦罗妮克在喊。

但莫里斯已经完全无能为力了。他打方向盘、刹车、换挡,但是车子却一点儿也没反应。天在下着雨,在闪烁的细雨中我看见车外的树。

莫里斯喊着,如果我们不想让他把狗脖子拧断,那我们就要把狗抓牢。让娜也在那儿。她坐在我身后,喊着,她抓住弗洛克了,她牢牢地抓住它了。

“我牢牢地抓着它了! 抓紧它了!”她一再喊着。我醒来,女儿的呼喊声犹在耳畔回响。

中午时分,我平静了一些,去找罗贝蒂纳一起去散步。这是8月的最后一个星期六。我为她准备好了一个惊喜,但我要先把她从家里引出来几个小时。

在路维希安路的尽头,我们离开了勒谢奈,走进了林中。昨晚我们回来很久之后,我在夜里还听见开始下雨了。现在树下还在升腾起妙曼的水汽,阳光照射下的蜘蛛网熠熠发光。我对罗贝蒂纳说了我的梦,也把第一个梦对她说了,我从她的脸上可以看出,这两个梦都让她觉得困惑。我们漫步在耀眼的绿荫中,我回想起她的假设、她的理论,我估计她想通过这个理论建立起一座通往我的桥梁。

罗贝蒂纳重复了她在岸边对我说的话:没有任何东西能够证明,韦罗妮克对我有过不忠。对我来说,最好坚信这一点,这样就不会再做这样可怕的梦了。这也是怀念她时我应尽的义务。如果莫里斯·拉乌给她写过什么信的话，只是说如果写过，她一定从来都没有回复过这个人——无论是赠书还是献辞，她一概置之不理，还有那些信件也没回过。

她承认，他们之间可能有过信件——他后来给我的信里可以看出这一点来。

可是没有任何迹象表明，韦罗妮克回过信。她又何必给他回信呢？出于礼貌？出于怀旧？只是要表明一下她的不同看法？

她只是认认真真地对待他的书。那些书中满是批注，而这些批注写得批判味儿十足而且毫不容情。

批判味儿十足而且毫不容情，这点我必须承认。

韦罗妮克一定认真仔细地读过这些书——认真到根本就没法对我讲述她的这一持续了许多年的阅读经历。

这就是她的"理论"，我在湖畔的月光下听过的。当时我们随即就跳了一会儿舞，我的顾虑和怀疑纷乱地交杂在一起，一时间消失在空气中。

"那你怎么就觉得，韦罗妮克没法对我讲述她阅读这些书的经历？"我们单独在一起穿过林地散步时，我这样问她。因为这是一整个夜晚在我脑子里作祟的问题，这个问题比罗贝蒂纳的皮肤或她有多么香都要紧得多。一直到那个梦出现，在梦中我成了加缪，莫里斯成了米歇尔·伽利马，韦罗妮克成了他的妻子，让娜成了他们的女儿，一直到这时候才将我从半睡眠的思考状态中解救出来。

她说："因为你很可能不能容忍这件事。我也不清楚，但我觉得，你肯定会非常嫉妒。你肯定不会随意任由那种区别存在——作为男人你不会的。"

"区别？你是说，他和我的区别？"

"不，"——她笑了，吻着我，"不，雷蒙。我说的是少年朋友莫里斯和这些不祥之书的作者莫里斯·拉乌之间的区别。"

这件事在她看来，韦罗妮克对从前的朋友和对这位作者都一概不感兴趣。她感兴趣的只是此人的发展——岁月把他给雕琢成什么样了。不单单是他成为了什么人，也还有她。

"瞎扯。"若是对我母亲，我就直接这样说了。

我对罗贝蒂纳说："我觉得，你对整件事情文过饰非了。你只是想让我不要那么难过。"

"当然我不想让你难过。但不仅仅只是这个。"她说。她随口说道，就像她对此一直都很清楚似的："你明白吗？我不是韦罗妮克。正因为如此，这事与我们大有关系。——雷蒙，你自己想想吧：有迹象表明，哪怕只是一个迹象，她跟这个男人处于联系之中？直接跟他本人？她有必要那么做吗？"

有迹象，自然是有：他知道，她将不久于人世，从他的最后一个献辞就可以看出来。还有他知道，她去世了，还知道什么时候去世的。

"我们往回走吧，来。"我温和地说，我对韦罗妮克就是这么说的，然后轻轻地碰了碰罗贝蒂纳，"我们干脆把这些忘了吧，好吗？"

她摇了摇头。一缕潮湿的银发黏在她的额头上，那儿有一些浅色的雀斑。我把那缕头发给拨到一旁，亲着她的嘴角。

"来。"

"不。让我们把它弄清楚，为了她，也为了我们。你知道，只有一个原因。"她说道。

我回答："是啊。她爱过他。"

罗贝蒂纳又开口了，她的脸紧挨着我的，她的眼睛中映着树林、阳光、耀眼的绿荫："她为什么爱他，爱他什么？从什么时候开始她爱上他了？一直爱他吗？因为她永远忘不了他？或者突然又爱他了？或者自从他们再次邂逅？仅仅是因为有这次偶遇？——她选择了你。你们有孩子、朋友、一个共同的过去、各种计划。雷蒙，你是她的一部分，就像她是你的一部分那样。"

我终于依稀有些明白了，她究竟想对我说些什么。我只想从林子里出来，回家。我要回到我的痛苦博物馆中，喝水，擦拭钢琴，反驳亚里士多德，终于去读读加缪，我这辈子都绕着这个作家走。他死时，我的童年结束了。我要在我的房中晃来荡去，把我那些思绪毫无意义地荒废在黄鹂鸟的数量增长上，或者随便，想想喜鹊也行。

不，我要有人爱。还要有人救我。我要爱罗贝蒂纳——并不像我曾爱过，还一直爱着，尽管种种依旧爱着韦罗妮克那样……你还有一个机会，雷蒙！这位一直在那儿的女人，现在她是为你而在。她可以把你拉回生活中。你们两个必须相互适应，这将给你们力量。现在只要接受她——告诉她这个，然后接受她到你的生活中来。谁知道呢，离这儿不远的地方，莫里斯在夜间或许已经呼出了他生命中的最后一口气。在这个时刻，他躺在那儿，他已经浑身冰冷，他是独自一人。但你，你还去跳舞。

"你别忘了，我了解她。"我们又站在她的房前时，罗贝蒂纳说，"我和你们都打过交道。你们很不一样，很可能也不会总是一个看法。但是你们在一点上却总是一致的：在怎么与人相处上很一致。你自己做出了决定，不再回复你的朋友，再也不见他。我请求你，亲爱的！你千万别觉得，你的妻子会做出与你不同的决定。她一定做出了与你完全相同的决定。你竟然真的不知道,这是为什么吗?”

“不,”我低声说,“跟我说说。”

“因为她进行选择时总是为你考虑了,就像你一直到现在选择时也为她考虑一样。”

我打开了院门,让罗贝蒂纳先进去。我们进入了她的花园,她马上就注意到了花园的变化。

“这儿怎么了?——雷蒙,快看!”

篱笆已经不复存在。一条用石板碎片拼成的小径蜿蜒地伸向我的花园。先前种着茶藨子和黑刺李的地方,现在长着一丛丛开着红色、橘红色和黄色花朵的木槿。

“都是木槿。”我很得意地说,“索许太太?您的胳膊。来,我们在自己的公园里走几步。”

40

每一个拯救都是一次推迟。

我坐在书桌边,以侦探式的嗅觉再次阅读了一遍我所拥有的来自莫里斯的所有信息,他在书中写给韦罗妮克的献辞、给我的信、那张梵高明信片、对车祸的描写——这时,电话铃响了。

让娜从一位在阿朗松的女友那里打来的,她在女友那里住了几天了。她径直告诉我,她有过婚外情了,不过事情已经过去了。伊万·卢瓦克,这头可怜的猪。她确实受够了他,受够了他成天酗酒。受够了他对自己的憎恶,他把这种憎恶投射到一切上面。我是否还愿意理她。

“让娜,你是我的女儿,”我温和地问,“出什么事了?”

“唉,爸爸,”她哽咽着说,“你知道他是个什么东西吗?要我跟你说说吗?”

安德烈已经对我说过了,让娜只是重复了一遍:一个毁灭者。被酒精给摧毁了。跟所有东西都有仇,跟每个人都闹翻了,但首先是跟他自己本人。这就是他。她再也受不了,再也不要听他信口谩骂《里沃利》这份低俗杂志;谩骂安德烈,这个可笑的白痴;骂她本人,她的工作,那本新书,斯威夫特:乔纳森·斯威夫特,儿童读物作者。在位于圣马洛的大海滩边的一家旅店中他们住过。在那里就她而论,他尽管撞墙去,一直撞墙去,直到……唉!其实她对一切都无所谓。

她没有问,我或她奶奶或者在离圣马洛驱车不到两个小时的地方度假的妹妹的近况。大概她觉得自己错得非常离谱。那么多东西都毁掉了,那些以前让她可以从心底开怀大笑的东西。而现在,因为她在哭,她还是一如既往的她:没有人能够指望在她眼里流着眼泪时,她会从她面前的碎片堆里哪怕是拾起一块碎片来。

我问她安德烈的情况。

她没有他的任何消息。

“你没告诉过他,你在布列塔尼,那是他想和你一起去的地方?”

没,她没说过,她必须说这个吗?

“现在接下来你们两个会怎么样呢?”

她不清楚。

寂静。

“那你到底有没有打算,再去了解些东西?”

她目前只知道,跟伊万·卢瓦克结束了,过去了——在所有层面上。她给出版社打了电话,宣称这本有关斯威夫特的烹饪书没法出版。她跟很多不同的人都谈过了。他们都向她保证:安德烈会拿回他的工作。我是否知道,是伊万·卢瓦克造成了安德烈被撵出去。

这是个诱骗性的问题。"不,"我用不知情的调子说,"安德烈没对我说过。"

"现在这位伟大的ILM自己得小心了,免得人家把他扔到门外边去。"她冷冰冰地说,我听见,她为自己燃起了一支烟。

"不管怎么说还有个小问题。就是说很有可能,他会在你那儿露面的。——喂,爸爸?你还在听吗?"

"在在。我在听你说。"

"他的汽车还停在你的车库里面呢。"

"这你就不用担心啦。钥匙还插在车上。我会把车子停到街上去的。"

她显得松了口气。她笑了。那辆DS车有可能会被偷——她觉得他倒是只配用那车。这是他自己的问题,如果他只看见自己的世界被贼、废物、白痴包围着。世界是那么可恶。

"我非常感谢你,爸爸。"可惜她现在必须要挂电话了。

那我就赶快问道:"你知道这些时,你很难过吗?"

她的声音立即变了。"唉,我不清楚。"她又哽咽了起来,"其实我很快就知道了,跟他不会有好结果的。他是个——"

"让娜!我说的不是你跟这个男人。"

寂静。

她什么也不说了。

然后我感觉听到了,她在吞咽什么,她在喝些什么。

“我等着你给我个解释。”

“你是说——因为那些书?”

“因为那些书,因为那些书!”我有些粗暴地喊道,“我说的当然是那些书!你从哪里弄来的?”

从佩内洛普的房间里面拿的。她打算不告诉我任何关于书的事情,但是她那个晚上在客房小楼里面醉得一塌糊涂,然后她就和伊万离开了,就把那些书忘在那里了。一直到了海边她才又想了起来。她觉得万分抱歉。

“但我却相信,”她说,“那些书根本就没有什么意义。”

“是吗?你相信这个?——我能向你透露一下,我该相信什么吗?我真不知道,我该相信什么!”

她妹妹从哪儿弄来的那些书,我想知道。到了海边才又想了起来……她跟一个陌生的家伙手牵手在沙滩散步的时候?或者我该怎么想象这件事?

“佩内洛普还能从哪儿弄到这些书呢?”让娜开始有些嘲弄了。她觉得自己受到了攻击,“妈妈给她的呗。但倒真的不是为了让你……唉,我又知道什么!——你可千万别把他写在书里给她的那些花里胡哨的东西当真!”

“你不会当真吗?”

“当然不会!”

“你怎么就能这么确定……?”

她根本就没听到这个问题,她突然笑了起来。我的女儿大声地、爽朗地笑话我。或者她在笑她自己的不相信,没法区分。

“有那么一种方式去感觉自己非常可悲，只有女人们知道这种方式。”韦罗妮克很可能会这么说。

我等她自己安静下来。等了好一会儿。然后她道歉。尽管这样，我还是必须承认，假设妈妈会去倾听这类真情倾诉，那可真是太好笑了。

“你喝醉了。”我说。

而后让娜说：“我？一点儿没喝。还是喝了？就喝了一点儿。”她吃吃地笑了：“那又怎么了？”

然后我说，我现在要挂电话了。但我还有一个问题。我请她如实回答。

“嗯，好吧。一个问题。只管问。”

“你们的母亲只把书给你们，或许还有没有些信？”

停顿。

“信？你是说这位莫里斯写的？”

对此我没有回答。

最后她说：“没有什么信。一封也没有。我发……”她不由自主地顿了一下，“……誓。”

我坐在书桌边上，兀自发呆。那些信件、明信片、车祸章节和他的几本书都放在那儿。那些东西有什么用呢？阿加迪尔之猫。如果我用思索拼接起来的东西是对的，那么莫里斯写的书是关于他与妻子一起旅游的。他的妻子是德尔菲娜，而她曾经是我的女友。他把这些书寄给我的妻子，而她曾经是他的女友，他在那些书中写上了充满渴望的献辞：“献给韦罗妮克——我多么愿意能同你在一起，在阿加迪尔！但生活却走向他处。走向哪里呢？永远是你的莫里斯”。

我把信上和明信片上的笔迹与献辞上的笔迹进行比对，我并不能确定，二者是否是同一个笔迹。但同样也无法十分确定地说，那是两个不同的笔迹。他的笔迹在这些年中发生了很大的变化——也就像我的笔迹大概也不再是1979年的笔迹那样。

几个星期以来，我一直在推迟着一项决定，那就是开车去他那儿，直接找他对质，当面质问他。但我也必须问问自己：走向哪里呢？所有逃避的借口一个也不成立，现在只有一个想法还在阻挠着我前往。而那是所有想法中最荒谬的一个，我自己清楚，只有畏惧之鞭——嫉妒——才会让一个人到这步田地。

我想到，莫里斯有可能到过我家里，但我马上再一次把这种设想撇得远远的。我既不想把一个也不想把另外一个想法作为最后一种可能性来考虑：他来过我这儿，或者我必须去他那里一趟。我给罗贝蒂纳打电话。当我听到她的声音而且意识到她就在我的近旁，就隔着一座房子，我打起了精神。我告诉她让娜打来了电话，她跟米科散伙了。

“我要把那辆雪铁龙车从车库里开出来。你帮帮我好吗？我没有把握，能自己一个人把那辆老爷车开出来。”

“好好，没问题。”她情绪很好地回答，“什么时候？马上？”

她请我给她十分钟时间。她问我怎么了。我听着有些慌乱。

“你觉得？不，没有。”我说，然后我们挂了电话。

去猜测，他曾经到过这里，这真的就那么荒诞不经吗？当然，他顶着另外一个名字很难自己溜到这里来。但是如果韦罗妮克请他来过呢？又会怎么样？她有可能悄悄地仅告诉过一个闺密。然后他作为那位闺密的中学同学在这里露面……我把那些纸张和书籍推到一旁，从抽屉里面拿出了那只保湿烟盒。

如我预期的那样，保湿烟盒里的名单卡片是按照字母顺序排列的。在R字母下有阿努克·兰尼埃，韦罗妮克的闺密，我们曾经和她一起乘坐“普卢扎内”号去过南极海域。她在乘豪华轮船去旅游时是一个人，她来我们这里时也从来没有人陪伴。她不喜欢我。阿努克认为我这人自以为是，浮夸不切实际，指责我一定要在所有的东西中都看到些不凡之物。这种说法对不对，根本就无所谓，她指责我的，正是她所不具备的，而且是完全或缺的。阿努克这人特别没有想象力。

再有就是在此期间已经去世的罗兰一家，他是建筑师，她是插图画家。九十年代初，克洛德和贝尔纳黛特在瑞士的一次雪崩中丧生。还有就是一张写着雷米的卡片，上面有一个绿点，但是没有记录下姓氏来——雷米，佩内洛普的朋友，她跟他一起上过大学，有一两个夏天在我们这里做过客，然后他就跟其他年轻人一样，从我们小女儿的生活中消失了。

来自德勒的雷诺一家，显然两口子都是肉食者。但他们很懂葡萄酒，如果我没记错，他们自己就是种植葡萄、酿葡萄酒卖的葡萄农，在南部地区有一个小小的酒庄。还有就是罗什一家，他们多年来一直梦想着能够从克利希搬到绿野中去生活，最后待在他们位于讷伊的别墅中萎靡不振，从此就再也没有他们的消息。还有那位喜欢摆阔的里东，他是凡尔赛的奶油饼干生产商，阿方斯·里东及其妻子，其妻没有留下名，当然她对她丈夫与工会的种种肮脏交易也一窍不通，最后里东因为这些交易轰轰烈烈地破产了，他自己坐在那座奶油饼干山上。里东一家去了埃尔萨斯,他们的工厂长久地空置着,直至一位韩国的汽车配件供货商把它买了下来。

我又看着字母 M 下的名字。那里有法比耶纳·米纳尔迪和她那比她年轻不少的丈夫雅克,他在实验室中有好几年时间都是我的左膀右臂。直到他下定决心,离开那里。法比耶纳跟他离了婚,对她来说,他活泼不足,随后他去了新西兰。据说甚至他的孩子们也都没有再见到他。他是个很有能力的员工,他的专长是研究平面半导体,他完全能够在这一领域的研究中取得一定进展。但他最后舍弃了这一切,而决定去养绵羊,去奥克兰经营农场,对此我非常钦佩。然后就是——穆勒。她的牙医。他提供了这个装雪茄的小盒子。有时候我也会梦见朱尔·穆勒,但我不能说那是些好梦。

妈妈。

来自楠泰尔的莫弗瓦一家。

来自默东的马热一家。

还有布鲁诺·马雷—珀蒂,在一个夜晚,他喝得醉醺醺的,躺在通向我家车库的铺着鹅卵石的坡道上,他甚至连穆勒博士的新伴侣妮科莱特开着她的新敞篷车碾过他的手都没有察觉。1977 年 7 月。1983 年 9 月。1979 年 6 月。1992 年 7 月。韦罗妮克还记录下了这些大名鼎鼎的幽灵群体什么时候来过我们这里做客。他们中的那么多人都是些个性鲜明的人。有那么多人都不在人世了。西蒙娜。她在离这里只有几栋房子远的地方住过。她慢慢地死于多发性硬化症。最后她坐在轮椅中来。后来她根本就不来了。然后我们去参加她的葬礼。她的父母是捷克人,难民。西蒙娜·马雷克也总是一个人,从来没有人陪伴她来我们这里做客。

我接着翻下去。但我既没有在M,也没有在其他字母下面找到那张多少跟莫里斯情况有些吻合的卡片,没找到一张能够唤起我对改头换面来我的房子里做客的那人之记忆的卡片——那人与我的年龄相仿,独自一人,受过良好教育,能说会道,见识过世界,有着引人注目的明亮的眼睛,手背上有一块白色的纹身。

想着莫里斯来我这里,顶着一个虚假的名字,在一个夏天的夜晚,我欢迎他,一位可能是舒泽特带来的关系并不密切的熟人,因为只有她知道,这是个十分怪诞的想法。我跟他说着话,可能一起谈论花园、房子,告诉他,在哪里将会有一栋客房小楼建起来,然后去关心烤肉和音乐,时而看着他跟人深入交谈,跟舒泽特,跟妈妈或者韦罗妮克——而我没有认出他来。可能我们在很晚的时候还坐在一起,和让娜、佩内洛普和雷米,和索许一家还有他一起玩着国王哑谜游戏。这可能吗?简直难以想象——我本该认出他来了。通过他的微笑、眼睛、他跟韦罗妮克说话的方式,我本该认出他来了。无法想象,她会将专门为他杜撰出来的卡片从文档中取出销毁。

我合上了保湿烟盒,把它放回去,心里还有先前那种忐忑不安的感觉。罗贝蒂纳没过多久来揿动门铃,我把所有的东西就那么放着,急忙走了出去。

41

我把车库门抬起到高处，光线洒在车身上的时候，我完全清楚，我打算做什么。米科的 DS 确实处于一种令人同情的状况中。那天在客房小楼里和安德烈在一起时，它在我看来还是一个逝去时代的骄傲代表，现在我看清了，情况正好相反。

“哎！”我有些无助地说，“呼吸点新鲜空气对它有好处。”

罗贝蒂纳用幽默接受了车的状况：就是女神也有上了岁数的时候。然后她耸耸肩说：“来，我们怎么解决问题？我该到下面的街上去还是就在这里为你导航？”

我试着估算了一下，最严重的情况下会发生什么事，然后决定：在车子和门框之间左右侧的空间还都够，就算是我的车技已经荒废得厉害，也还是没什么大问题。我从前的罗孚车也不能算是小型车。但是我整整三年没有坐在驾驶座上了。罗贝蒂纳走到雪铁龙的车尾，抚了一下镀铬的车顶尾鳍，尾鳍内安装了一个闪烁灯，是车尾部闪光灯中的一个。

我启动了马达，打开前照灯，发动机盖下发出一声沙哑的咳嗽之后，液压气动装置把底盘升高。黑色，而后是蓝色，最后是越来越淡的白色的烟团从排气管中跳动着升起，让我能够在后视镜中再次看到罗贝蒂纳，后视镜安在仪表盘的上方，镜的支杆朝下。我看见她站在篱笆墙的绿色门柱中间，在车库坡道的鹅卵石铺就的尽头，她在那儿拍手鼓掌、招手，高兴得就像个孩子。我挂上了倒车档，这位上了岁数的美人儿缓缓地驶出车库，来到户外。

我把这辆DS巧妙地操纵到柏树前时，罗贝蒂纳来到驾驶座的车窗边，把脑袋伸进窗内。车子的气味并不那么好闻。到处是灰尘、垃圾、一只旧篮球，内护板就放在车厢地面和后座上。

"知道吗，我的老头儿当年也开过这样的车！"她说着，眼睛熠熠有神，伸手抚摸了一下我的太阳穴，"就是一辆这样的车——方向盘很奇怪，后视镜也很怪。只是车的颜色不一样，不是深蓝色的，而是酒红色的。"

我关了发动机。液压气动装置把底盘降了下来，把我降到离地面仅有两手距离的位置上。罗贝蒂纳竟然一点儿也不吃惊，而是随着车子一起降，还一边在喊着："对对，就是这样！这不是很棒吗？我还都记得清清楚楚！"

“听着，”车子停稳时，我严肃地说。我把脸转向她，看着她的眼睛：“我考虑了一下：我觉得我不应该再等下去了，我要开车去他那里。现在就去。谁知道，他还有多少时间能跟别人说话。你明白吗？”

“当然要去，”罗贝蒂纳说，“甚至……”她抓住我放在方向盘上的手，抚摸着，“这真是个好主意，雷蒙。”她想建议我去做的正是这件事。

她还是个孩子的时候，她父亲常常给她讲一个故事。“我想，那是个关于卢梭的故事。”她说，“卢梭看见了一棵树。他拿起一块石头，对自己说：如果我能击中这棵树，我的生活将来一定会更加幸福。他扔出石头，没有击中。‘这次不算，’他对自己说，‘这只是一次练习。’然后他走得离树近些。他扔了第二次、第三次，而他却一直把石头扔到边上去了，他就对自己说：‘不算，我刚才没有集中注意力，我分心了。’一直到他正对着那棵树。你知道他做什么了？”

“他总算明白，他在自己骗自己，”我说，“希望是这样。”

“他把石头扔出去，击中了，他对自己说：‘我早就知道我能击中！’”

“你的头发里是什么？”我问她，“这儿有些亮闪闪的。你染了这缕头发？”

“不，我没有。”她晃晃头发，就像是头发里有片树叶似的，“我的女理发师做的，说这是‘亮点’，我恨不能掐死她——”

“那好吧，如果这是亮点……”

“你带我去吗？”

“你想去？”

她冲我眨眨眼，点点头。

“开着一辆偷来的汽车去？两个老男人见面时无话可说，你要在场看着？”

她歪着头，笑了，头发里的耀眼之处和那浅蓝色的眼影都使她看起来美极了。

“好吧，那就一起去，我同意。”我尽可能不带任何语调地说。告诉她：但我无法向她保证会出什么事。有可能我见了他就要扭断他的脖子。也有可能见了他就捧着亲个不停——这个的可能性当然不大。

“那还不如亲我呢，”她低声说，把脑袋从侧窗探进来，“我都等了这么久了。”

我坐着不动，罗贝蒂纳又要进去取她的手提包：她要去拿个手机，万一我们的车出了故障，用得上；另外还要拿一张公路地图，拿些点心、水、我的药片……我把我的房门钥匙给了她。

现在天气没有热得像几个星期之前那样让人气闷，那时我还在热浪之中独自跑到火车站去。但还是热得让人有些不舒服。凡尔赛的天空含混不清，云块挨着云块，空气像是有些黏乎乎的，那么多蓟马乱纷纷地飞来飞去。这个打算真的就是个好主意吗？多比尼路15号。我想着就出了一头汗，在两个小时之后，就开车到达巴黎的另外一端，穿过一个游客云集的地方——去寻找一条街，一幢房子，里面住着一个人，而我跟这个人整整四十年没说过任何话。

一只蝴蝶飘着飞进了车窗，这个漂亮的色彩斑斓的伙计飞错了地方，围着我转，我的情绪一时间稍微好了一些。一只孔雀蛱蝶。为了能让它逃脱飞出去，我把副驾驶座边的车窗摇了下来，蝴蝶飞了出去。我要驱逐眼前那个想象中的场景，在吃晚饭之前就跟莫里斯面对面地站着，就拿起放在车子后座上的一块旧的羊毛围巾，开始擦拭方向盘和仪表盘。

我为什么就没给他打电话呢？在收到他的第一封信时，我就应该给他打电话，彻底禁止这个不受欢迎的联系。如果我听了让娜的话，我就会不容误解地用一封信明明白白地告诉他，我对翻出往日的事情来没有一点兴趣——如果没有翻出当年的旧事，我对韦罗妮克的怀念就不会受到任何伤害，我就不会坐在一辆将要报废的破车中，这破车还不是我的，我就不会强迫自己，急急忙忙地赶到一辆濒临死亡的人的病床前，我不愿意跟此人有任何关系。围巾在擦拭着塑料时，发出渗入骨髓的声音，灰尘仍然贴在上面，就像铁锈粘在手指尖上。那只蝴蝶又飞进来看了一眼——日安，可以进来，孔雀蛱蝶。它在副驾驶门上停留了一会儿，然后晃晃悠悠地飞起来，消失了。真是奇怪，我偏偏准备开着这辆车去最后一次拜访莫里斯。我们在维勒布勒万时，常常坐在我的儿童房的窗前，看着对面镇长莱奥的 DS 车停在镇政府的楼前。罗歇·帕塔舍下车，打开大门。他在再次上车之前，用大拇指和食指做出手枪状，瞄准我们。

在罗康库附近，我们开车上了 N186 号国道。我们穿过马里勒鲁瓦，在基督山伯爵城堡边上沿着塞纳河的弯道行使了一段路，然后根据指路牌向西北方向的圣日耳曼昂莱驶去。尽管周六下午路上车很多，我们走得还算顺利：车子开起来很平稳，响声也不算太大，罗贝蒂纳很会看地图，时而告诉我该什么时候换车道，其他时间她就在欣赏着这片陌生地区的风景。但是在塞纳河和圣日耳曼森林之间，除了排满大卡车的加油站、大仓库、大型木材交易市场以及一个麦当劳的麦大道餐厅,这个地方也没什么可看的。在一个高层居住小区,我看见在围起来的游戏场上,两个黑人用越野摩托车驱赶走了所有孩子,还把坡地上的草坪给犁开。

一直到我们拐向富尔各后不久,上了车辆较少的笔直穿过森林的N184号国道,我才注意到,罗贝蒂纳有些不安。我知道,穿过这片地方,我们还会再次经过塞纳河,然后经过塞尔吉,最后开过蓬图瓦兹——再有不到半个小时,我们就将抵达瓦兹河谷。安德烈说得对:到欧韦不过是一步之遥。

"你怎么了?"我问她,得到的回答却是她的那种有些不安和畏惧的眼神,什么原因我没弄明白。

"我做错什么了吗?你生气了?"

"不,"她说,"不,雷蒙,我没生气。但是……你一定会马上生我的气的。"

说完,她从手提包里面取出了一只折叠起来的信封。从信封的黄颜色我马上就认出来了。那是一封莫里斯的来信,她把这封信带出来了,我觉得有些奇怪,心中默想,她能在里面发现什么呢,这个问题我也问了罗贝蒂纳。

她说:"这不是一封以前的信。是一封新来的。今天在邮箱里面看见的。亲爱的,我觉得到了路上再给你会比较好一些,这样你就不会临时改主意了。"

"你看了信吗?"

"没。没有,你看:信还没启封。"

我一时间想要调头。但我又马上放弃了这个想法。这个人的放肆让我更加愤怒。这个我老婆的情人,快死了还从病床上给我写信。

我要直接把他的脑袋拧下来。我要了结这件事,我清楚,我不可能第二次上路去看他。

我决定,停车。——我想着,把车驶向右侧,把车停在树荫下的紧急停车道上,打开警示灯,看看这个老东西有什么要告诉我的。然后再决定,是否接着开车往前走。

“来,停车吧,”罗贝蒂纳说,“先把车开到下一个停车处,然后再读信。”

“不,”我说,我的执拗占了上风,“我不停车。好了!我现在就开车去那里。几个星期前我就该去。请把信念给我听。”

“你肯定吗?”

“完全肯定。把信打开。”

她拆开了信封,抽出了信纸——打字的稿纸,跟以前的一样用回形针给别在一起——我说,这信还是有点好处:看来我们不会白白地去那个小破地方。他还没咽气,还活着。

“我跟他了结了这些事之后,他可能就不在了。”

罗贝蒂纳快速地浏览了一下第一页。一丝微笑浮上她的脸,我在猜测,这是在笑信的内容呢还是在笑我那一时性起的报复心态。沿着快速路的树林没完没了地延伸下去。然后树林突然中断,就像是造物主突然离开了树木,我把 DS 开上孔夫朗—圣奥诺里讷附近的塞纳河的桥上。

“是的,你说得对,他很可能还活着。但是真的非常奇怪。”罗贝蒂纳严肃地说。她的微笑消失了。“信很短。不是他写的。”

“怎么不是他写的?你这话是什么意思呢?”

“听着:‘尊敬的先生!随信附上阿尔贝·加缪车祸的倒数第二

章，莫里斯先生向您保证过要寄给您的那章。他让我转告您，一切都取决于您。此外我再次向您和您的孩子们致以最良好的祝愿。致以崇高的敬意，P. 布卢瓦'。"

"P. 布卢瓦？这是谁？"我的问题毫无意义，因为罗贝蒂纳又怎么能知道呢。我问她，那封信是手写的还是用打字机打的。

"手写的。"她把信举给我看，我看见了那字迹，认出它来：跟先前来信的字迹完全一样。

"P. 布卢瓦——可能是一位亲戚。"罗贝蒂纳说。

"他没有。起码就我所知，他没有。可能是一位护理人员。你看，他死了吗？"

"这我们倒不希望。'他让我转告您，一切都取决于您'——这话听着他还活得好好的。"

这点我认可："这位布卢瓦很可能是他的秘书。或者是他的遗产管理人员。"

我有些烦躁，打开了收音机。传出咿咿呀呀的歌声，我请罗贝蒂纳找一个播送古典音乐的台。她刚刚找到一个台，那里正播着《神秘的路障》，我关上了收音机。

"库普兰，"我说，"也是个恐怖分子。"

罗贝蒂纳笑了："P——也有可能是个女的。"她抚摸着我的面颊。"你感觉怎样？我们休息一下好吗？"

我吻着她的手，摇摇头："不。如果走得顺利，再有半个小时，我们就到了。然后我们再休息一下，喝点什么，行吗？——把这一章念给我听吧。有标题吗？"

"有，"她说，"标题是《树木、树木、树木》。"

树林，公路，在楠泰尔和蓬图瓦兹之间的工业园区，就是树木也不多见。在埃帕尼附近我总还一直能瞥见河流蓝色的末端。

“看——那儿就是。瓦兹河。”我轻轻地碰了一下罗贝蒂纳。

她从怀里的稿纸中抬起头来，看着我说：“雷蒙，他在描写你的梦。”

42

他们飞驰着穿过由道路两侧树木搭成的隧道，但隧道的尽头不是光线，而是光线的终结。

他们的维加车不可能就这么在路面上一直开下去，因为它开得实在太快，横冲直撞。雨水在梧桐树缝间闪烁，路面也变得更滑。他们要么翻车，要么就只能撞上一棵树，别无其他选择，这一点车上所有人都很清楚。米歇尔不停地骂着，被方向盘拽得离开了座位，左右摇晃。后座上的女人们被车身晃得东倒西歪，一会儿碰到一起，一会儿分开，她们尖声惊叫，车上的一条小狗也在汪汪叫个不停，一切都乱作一团。

弗洛克在车厢内被抛得来回转,刚才它还在后面,一会儿又被甩到了车的前端。突然加缪看见它坐在了方向盘的中央,使劲用爪子抓着保持平衡。米歇尔在这个小绒球身上敲了一下,它跌落在加缪怀里的小皮箱上,在那儿找不到可抓的东西,当车身再次摇晃时,它又消失在车子的后端。加缪想,散架了,它的小身板中的所有骨头都要散架了。他感觉到拳中攥着的温暖的金属,那是他在卢尔马兰的家的房门钥匙。

“米歇尔!”雅尼纳喊道,“米歇尔,天哪!快想想法子!”

但是米歇尔现在又能做些什么呢。他已经做了他所能做的一切,刹车、打方向盘、换挡,但车子就是不听使唤。他们太重、太快了,天又在下雨,在闪烁的雨点中只能看见树木、树木、树木。

“把狗抓牢了,”米歇尔吼着,“如果你们不想……”

阿努什卡打断了他的话,她气喘吁吁地说,她抓住弗洛克了,她牢牢地抓着它,这是他听她说的最后一句话。这也是加缪听见的最后的句子。

“我牢牢地抓住他!”加缪把这句说抓小狗的话,理解为说他自己。

怎么回事?他看见那辆红色的小车,他们朝那辆车迎面冲过去,他看见了对方驾驶座上一张女人的脸。米歇尔猛打方向盘,维加车掠过那辆红色车的瞬间,加缪觉得,刚才的话不是阿努什卡说的,而是那位瞪着一双惊恐的黑眼睛盯着他的陌生女人说的。

她抓牢他。现在,孩子们和他的家庭离他而去了,他爱的四个女人,弗朗辛、米、卡特琳和玛丽亚;还有小说、戏剧、必须为国而战的信念也离他而去；阿尔及利亚、荒漠、大海、他的母亲，现在，一切的一切都离他而去，红车中的这个陌生女人要在短暂的瞬间抓牢他。然后他看见这棵大树。不是别的树。这棵熠熠放光的树，树叶已落光，黑乎乎的，这个有着大块金色斑纹图案的最后一个生物，用尽全力把他吸过来。

好啦，他飞入大树的臂膀，因为他感到，他不再有理由否认他的裸露。不再有任何问题。一切都变得如同儿戏。没有任何深度比得上痛苦的深度那样不见底，痛苦在等待他，似乎无穷无尽。当他们四个人和小狗浸入湿润的阴影中，奇妙的智慧与无黎明的激情结合在梧桐树的金色斑纹中，接受了他们。

他在左侧还能看到光。光线围绕着米歇尔，而加缪本人的面前却漆黑一片，就像是黑夜叠加到白天之上或者黑夜白天共享着同一个时刻。米歇尔肯定试着让车子擦过大树。所以他的旁边还有光线，而加缪自己在黑暗中。

法塞尔车猛地撞上大树。树干嵌入了副座前照灯与水箱之间。木块、金属碎片和树皮碎片、镀铬件和树枝噼噼啪啪地砸在挡风玻璃上，划着车顶板呼啸而过。加缪举起胳膊来护着脸。挡风玻璃砍断了胳膊，胳膊碰伤了鼻子，他看到血从自己身上喷射到玻璃上，他尝到了血。他感到手中还紧攥着那串钥匙，双臂断了，他觉得很疼，他突然看到米歇尔压在他身上，而不是在他身旁，米歇尔——就像是睡着了，他无力地垂在方向盘上，两只胳膊晃动着，抽搐着。

法塞尔车被撞得打转，紧接着进来一股冰冷的气流。

法塞尔车被甩到空中散了架，冲入的冰凉气流非常强大，把雅尼纳和阿努什卡压回到座位上，她们几乎透不过气来。

她们转过身来。看到自己还好好的，一点儿也没有受伤，感到十分惊奇，自己转了几圈，又在空中围着对方转了几圈。阿努什卡扑向妈妈。她放开弗洛克，小狗像风中舞动的帽子一样飞出去，跑了。法塞尔·维加车彻底翻转过来，四轮在巨响中着地时，阿努什卡只看到空洞的天、车上裂开的大洞还有光秃的树冠掠过。

雅尼纳在还能感觉到女儿的重量的时候，紧紧地抱着女儿。她搂着她的胳膊，但她却没法搂住了。法塞尔车在打转，它再次离开地面，前后座之间的洞撕得更大了，金属发出断裂声。雅尼纳看见自己的光脚在飞跑，双脚在空气中奔跑，她的鞋子丢了，她看见身下黑色的沥青在雨中闪光，她没触到沥青，也根本没法碰到，因为沥青路面在打转，周围的田野、草丛和一切树木都在旋转。然后她不再感觉到阿努什卡的重量。突然间就只有米歇尔和阿尔贝还在那里，但那是在另外一个空间，在那里男人们不再和她在一起，但却与她同时在旋转旋转旋转。

他在阖上眼睛沉入黑暗之前，还有那么一秒钟时间，他看见了米歇尔，看得十分清晰。年轻的伽利马不再毫无生息。他摆动着双臂，那张被夏日里的阳光晒成古铜色的脸上布满了笑容，他离开方向盘，打开车门下车。他站在那儿，金红色的头发，浅蓝色的衬衫，薄薄的夹克衫，海水的反光在闪烁，他站在光中。米歇尔扬了扬眉毛，扭过头去高兴地说："来吧，可别扫兴！"他把车钥匙抛向空中，接住，又抛向空中，然后就走了，消失在绿色的树丛中，海风吹拂着树叶发出沙沙的响声，树上结满了黄色的果实。咸味的空气散发出芳香，中午的芳香：

榅桲,榅桲树的香气。

然后加缪就闭上了眼睛,旋转开始了。维加车在旋转,方向盘上毫无生命的米歇尔、田野、灰色的草、树木组成的隧道,一切都在旋转,一会儿出现,一会儿消失,然后又一次出现,又一次消失。米,黑暗进入眼睑时,他在想,米,我在等你,我内心的至爱,我的光明,我的姑娘,我深爱的情人。我祝福我的依赖。

以前他只见过一次米最喜爱的那种树,现在他又看到那种树了——随意立在植物园中的白杨树,米最喜欢坐在树下的长凳上看书。有一棵长得跟这棵很像,简直差不多。米说,这是一样的树,在阿雷佐,皮耶罗·德拉·弗朗西斯卡的湿壁画中的一棵白杨就是这样的。米不清楚,她先看见的是哪棵白杨,先爱上了哪一棵。

他先认识了卡特琳,先爱上了她。现在他爱她们两个,米和卡特琳。卡特琳,我祝愿你这一年充满爱、无尽的温情和至高的声誉,他想着。我吻你,祝福你。

他旋转着穿过黑暗和嘈杂,安安静静地想着,就像在下午坐在一扇敞开的窗前。他想着他把福克纳的《修女安魂曲》搬上舞台。卡特琳饰演其中的坦普尔·德雷克。他看见自己和她坐在马蒂兰剧院的阴影里,一个他俩都爱去的科科尼耶小酒馆里。他在狼吞虎咽地吃着午餐,她说坦普尔就跟一个线团一样,要绕着解开来,可到最后线团还是满满的一团。然后他们一起走回剧院,卡特琳总是买上一块鞑靼牛肉面包,一路走一路吃,穿过一片树冠被修剪成半球形的洋槐。在第一棵树下她开始咬第一口面包,走到最后一棵树时,面包就吃完了,她笑着。而他却跑在她的前面,喋喋不休地说着《八月之光》中的句法。

"看见了吗？"她问，"树上有个喜鹊窝。"她打开话匣子说起她祖父逮喜鹊。用木箱子，喜鹊喜欢落在木箱子上，因为它们很好奇，箱子里面究竟有什么。

那箱子里到底有什么呢？他想不出来。

"哈，有一只喜鹊。"

所有这些意念在一秒之内闪现：福克纳、卡特琳、马蒂兰街上的洋槐、给喜鹊下套子、米、白杨、皮耶罗·德拉·弗朗西斯卡、米歇尔以及尼斯的榅桲树。他感觉怀里的小皮箱不再有重量了。尽管他没感觉到疼痛，但他知道，他的躯体毁了，他会很快死去。从来没有杀戮的人，总是正义的。这么说上帝不那么正义。

他不再坐着。他觉得，他是躺着的。可躺在哪儿呢？他还一直在旋转着，听到了嘈杂声，感到寒冷。但他没法动，他连眼睛都没有力气睁开。

一圈，两圈，三圈，车子在打转，她在后座上被甩来甩去，她停止了数数。雅尼纳想抓着前座稳住自己。她随着旋转忽而被砸在左侧车壁上，忽而又撞在右侧车壁上。她看见自己的腿和尼龙连裤袜，羊毛裙滑至臀部，双脚搁在后车窗玻璃下的挡板上，她嵌在两个座位之间放腿的地方，边上是将车底和车厢侧壁撕裂的那个大洞，气流险些把她从这个大洞推出去，阿努什卡和弗洛克就是这样被推出去的。

随后她看见腿上的血，她抓向伤口，想看看伤口深不深，可她够不着。一切都在旋转，她的手，她的腿，气流一边拉扯着她，一边挤压着她，已被撞毁了的、吱嘎乱响的车子一定转了最少八九圈，而她被封在车内，就像孩子们在年底大集上玩离心游艺机一样，头朝下在飞快旋转中沿着木壁往上走。雅尼纳看见血沿着她的大腿往上流，她往下看，下面没有伤口涌出血来。她这才看到了阿尔贝。

他的身体卡在前排两个座椅中间。他的头在她的斜上方，他的脸距离她大概有半臂远，脸对着她，眼睛闭着，血从鼻子和嘴中冒出来，形成血线淌下来，滴在她的腿上。雅尼纳被卡牢在搁腿的空间里，车子又开始翻转时，她抓住阿尔贝的脸。翻转的力度很大，雅尼纳被抖出来。她失去了所有的支撑，放开了阿尔贝的脸，她被甩进那个大洞，甩飞出去，飞向下着雨的天空。

玛丽亚，美妙的玛丽亚，一会儿见！想着又要见到你，我快乐地笑了。我没有理由放弃你的笑容，你是我的故乡。我吻你。他又回到了马蒂兰街上。但不是卡特琳跟他在那儿一起走，那时还在战争中，盟军登陆后不久，剧院里在彩排他的《误会》，年轻的玛丽亚·卡萨尔饰演玛尔塔，谷克多、萨特坐在观众席中，还有波伏娃和伽利马家族，米歇尔和雅尼纳，但在他们之间坐着皮埃尔，米歇尔的表哥，雅尼纳的夫君。洋槐的树冠那时还没有修剪，他们骑车从树下经过回家，玛丽亚坐在车把上，他微熏而快乐异常，所有的人都看着他们，那么美妙，又那么严肃而无畏。德国和法国警察正在进行搜捕，玛丽亚要他把抵抗报纸付印的稿样塞给她。

她笑着说的。

"他们会搜查你，不搜查我。"

她说对了。

树木，所有的树木、树木、树木出现在他紧闭的眼睛里。它们似乎要形成一条林荫道，他跌跌撞撞地走过去，在道路的尽头是一座花园，明亮而葱绿，生长着他记忆中的树木，回忆中的绿草。

有一棵是在韦尔德罗的房子后的栗子树，他、米歇尔和皮埃尔藏在那里躲过盖世太保。他烧好了阿尔及利亚式的玉米糊，他们坐在树荫下用勺舀着吃。雅尼纳偷偷给他们带来证件，还有来自巴黎的新闻，解放时的狂欢，他们都深受感染。皮埃尔坐车到城里他的图书装订厂，他前脚刚走，米歇尔就对雅尼纳袒露心扉，他爱她。

“那你呢，你也爱他吗？”他们两个一起坐在树荫下的时候，他问她。米歇尔在屋里，蝙蝠盘旋在暮色中。

“我想着他的时候，会发抖。”雅尼纳说，“就像现在这样”。

旋转一下子停止了。雅尼纳飞起来。她没看见，朝哪里飞，只看到她的上面是天空，感到雨滴敲打在她的脸上，溅开。她没想自己，一点儿也不为自己担忧。她想着米歇尔和阿努什卡，眼前出现一个画面，这画面把两人联系起来，她也出现在这个画面上。她看见桥碎成无数段小块的画面，桥还挂在空中，但不能再承受任何东西。这座桥就是她。

他不再努力睁开眼睛。在这最后一秒钟，他身上发生了一个奇迹，他明确地感到，他的所有愿望都将实现。突然他可以闭着眼睛看见东西，他见到自己和米歇尔在一起，虽然不知道他们在哪里，他感受到米歇尔周围散发出来的质朴的善意。一座花园。一定就是林荫道尽头的花园，他曾跌跌撞撞着走过那条路。米歇尔和他坐在巴旦杏树下的一张金属桌边。天色已暗。凉爽的风拂面而来，空中落着毛毛细雨，但巴旦杏树在盛开，尽管天气不好，如雪的巴旦杏花为他们带来光亮，他们半裹着大衣坐在巴旦杏树下。

应该是2月，阿尔及尔的巴旦杏树只开一夜的花。他的母亲也在那里。她裹着一条毯子，给他们送来一盏烛灯。她把玻璃烛台搁在小桌上，和他们一起站在树下。

“你会感冒的，米歇尔先生。”她说道。

米歇尔说：“一定会，夫人。可如果我运气好的话，会是一场有益的感冒，会让我想起这个美丽的花园，想起阿尔贝和您。”

他听见双胞胎和阿努什卡，他们在房子里面蹦蹦跳跳，雅尼纳和弗朗辛在厨房里面，准备着普罗旺斯最有特色的十三种甜点，烤饼、苹果、冬梨……橙子、橘子、干果……无花果……枣子和巴旦杏仁……弗朗辛，你是我妹妹，你像我，但最好还是别娶他妹妹。

这个花园在哪里？

圣诞节有十三道甜点，妈妈从来没有去过卢尔马兰跟他们在一起。巴旦杏树在什么地方？妈妈，我希望，你永远像你的心灵那样年轻美丽。

这幢房子在哪里？

他感觉到攥在手心的那串钥匙，他想起来了。

43

瓦兹河畔欧韦比我想象中的还要小些。这个地方位于一条小河和低矮的丘陵之间，丘陵向着北方蜿蜒。小镇上只有一条主干道。破旧的小房组成了小镇中心，所有的房屋色彩十分斑斓，却已黯然渐褪。街道边的屋墙旁、花园里和小块公园里盛开着鲜花，灌木丛中也繁花似锦。大概还沉浸在罗贝蒂纳刚才朗读的印象之中，我发现，在巷子里的房屋之间和上坡的阶梯两侧几乎都没有什么树木，而欧韦的尽头，却生长着很多树，绿荫蔽天。树木、树木、树木。小山坡上是密密麻麻的苍绿色树林。位于低处的瓦兹河，在高大的垂柳下一定十分阴凉。

那里停放着家庭用的小舟。一双双情侣们坐在水岸边,把双脚垂入水中。

我们把 DS 车停在一个中学的停车场内,那里的小亭子孤孤零零地位于夏日的炎热之中。那里只停着很少几辆车,但是这些车的车牌来自全国的各个角落,非尼斯泰尔省、下莱茵省、罗纳省,停车场边建筑物的玻璃幕墙上贴满了风筝、太阳和老虎。这个小镇上满是穿着较短的夏衣前来膜拜梵高的人群。人人手腕上或者胸前都晃着一只相机。我们在找地方吃点东西的时候,我听到了日语、英语、德语、荷兰语的片段。旅游大巴来来去去。这里和凡尔赛十分相似,只是少了那座宫殿,因此还少了能使空气清凉的喷泉。

在主干道上我们找到了带有玻璃护罩的彩色展示牌,上面有一张小镇地图,发现多比尼路在上面的位置:这条路很可能就在附近,在教堂下面不远的地方,步行不到五分钟就到了。这个指路牌上还装饰着几幅小小的油画。每一幅看来都是文森特·梵高在欧韦画过油画或素描的地方。他大概在这个小地方穿梭过上百次,把这个地方实实在在地丈量过,并为此地制过图,当然他用的不是数字,而是图画——围绕着小镇中心辐射出一个由鲜艳的油画形成的圈子。但这也有可能不过是个巧合。我对梵高的工作方式一无所知。或许他只是随意地信笔画下了吸引他的、他觉得很美的地方。

“看那儿。”罗贝蒂纳很开心地说,指着我们身后的一座小小的市政厅,市政厅前是一个蔬菜市场,那里有两座铸铁的亭子,因为没有风,那里的三色旗一动不动地挂在旗杆上。

“他很可能在这里……在这里站过。”她说着,朝边上走了几步。

指路牌上的那幅小画上的镇政府看着跟我们面前矗立在阳光中的这幢房子一模一样，但是画上的镇政府又有所不同，没有确切的形态，不知怎么却显得更有生命力，镇政府看着就像是介于房子和动物之间的物件。这个念头让我想起了莫里斯所写章节中的结尾：濒死的阿尔贝·加缪回忆起的那幢房子。

莫里斯用来做他的最后一本书封面，也是他寄来的明信片上的那幅画也被标注在指路牌上：按照小镇指路牌上的说明，《雨》是在上面的小山坡上画的，绘画地点就紧挨着后来安葬着梵高的那块墓地。

"来，"我对罗贝蒂纳说，拉着她接着往前走，"那儿在凉亭下面还有个空座……"

我心情不快，精神非常紧张，用刀叉在我的餐盘里面来回地戳着。菜很难吃，炎热难以忍受，人行道上走过的每一个老年男子，看着都像是他。虽然我基本不喝啤酒，但我现在还真觉得有一种强烈要喝一杯啤酒的渴望，我喝了还不到半杯，就觉得酒精有些上头，一时间也没有了去跟罗贝蒂纳商量一下下面要共同进行的步骤的意愿。她很善意。她想让我保持好的情绪。她谈起了那封信和那个章节，说道：到时候看情况吧，我跟莫里斯好好聊聊，不就什么都清楚了，估计事情不会那么具有戏剧性吧。我梦见的那次车祸和他对我的梦境的描写——那种一致也不过是个偶然，还能是什么其他的呢，亲爱的？

与此相反，我却感受到了整件事情的荒谬杂乱，我真是自找的，去让自己面对这种杂乱无章。我真希望，事情不会到这一步田地。我希望，那些来信我一封也没有收到，希望从来没有再次想起德尔菲娜·谢弗罗，从未怀疑过韦罗妮克的爱情。我希望，从未吻过罗贝蒂纳·索许。我甚至一时还希望,能够把时钟拨回去:要是我一直还躺在绿门医院的病房里就好了,我不过就只是像那位被剥夺了王冠的路易十六那样站在镜子前。我希望再次拥有我那张苍白而凹陷的脸,拥有我那鹰钩鼻和竖起来的银发,人们把发套连同王冠一起从我的头上掳下,那顶法国王冠。

“你根本就没听见我在说什么。”罗贝蒂纳说。

我说:“不,我在听,是的。我有些累。”同时在想:永远不,绝不!他猜出了我的梦境,那永远不会也绝对不会是一个巧合。我们还一直联系在一起,这么些年过去了一点儿也没有改变。所以他娶了德尔菲娜,所以他还给韦罗妮克写信,所以他还给我写信,所以我现在才跟那些游客似的坐在他生活的这个小村子里,坐在供游客使用的凉亭里。

唐菖蒲盛开的季节已经过去,而在这里还盛开着。在那条没有铺砌石块、由一级级台阶组成的向上通往教堂的小巷子里,空气中弥漫着夹竹桃的花香,还有锦葵的香味。沿着台阶两侧的墙上斜挂出枝蔓和花枝来。在一株梓树的白色花瓣的阴影中,有一只装香蕉用的旧纸箱,纸箱里有一只母猫在舔舐着一群尚未睁开眼的小猫们。罗贝蒂纳弯下腰去,抚摸了一会儿母猫。她跟母猫说话,就像那只猫妈妈是她的旧相识一样,然后跟她告辞,就好像跟一位耳朵不灵便的邻居告别一样。然后她走向我,在耀眼的阳光中,她匆忙而温柔地吻了我一下,然后我们接着向上走,一直向上走,向高处走。

我又认出了那座教堂——让人惊讶。我自己都不清楚,我在生活中多少次见过那幅画的复制品。在凡尔赛的每个咖啡店、理发店、医生诊所都挂着一张这幅画的印制品或者是装饰画:在大海般湛蓝天空的背景下是一座灰色的教堂。在朱尔·穆勒的折磨人的颌外科手术室里,也一定挂着这幅画,现在这里也有一幅画显眼地挂在路边作为指路牌,就挂在文森特·梵高当年画这座教堂时可能站过的位置上,他当年可完全没有想到,那片他慢慢地往上面填充色彩的亚麻画布,在一百年后能值到新建一所医院所需的费用。

这里就是这幅画,但这里也是那座教堂。这里就是那些灌木丛、长凳和路,这些也都在画面上。罗贝蒂纳说出了我也正在想的,梵高画过的教堂,才让那座位于我们面前指向高处的教堂显得真实。

“不知怎么的,教堂是通过那幅画才显得有生命力。”她说。

教堂的院子中有几张长椅,排列在一堵石墙边上的老松树的下面,墙下面的那条路就是多比尼路。我们从那排长椅前走过,就如同人们在公园里从那些目前没有人坐着,但在五百年后大概有上万人在那里坐过的长椅前走过一样。我一下子就认出了这一切:长椅、石墙、砂石路、阴影。他就在这个地方坐在轮椅中,举着雨伞让人照相……莫里斯的肖像照上看到的并不是公园或者花园,而是欧韦的教堂的院落。

这个院落距离他的房子仅有咫尺之遥。没几步路就能走到。几级被磨得十分光滑的石台阶向下通往那条街道。他的房子在石阶脚下,就直接面对着石阶。多比尼路 15 号。一条普普通通的、狭窄的小路,这条路在教堂的阴影中蜿蜒着穿过小山坡。路边停放着不少汽车。一只猫躺在汽车的发动机盖上晒太阳。间或有一对游客从这里走过,停下,两人中的一人给另外一个在教堂前的石阶前照相。

一栋灰色的房子。不大不小。很普通的一栋居民房,两层楼,屋顶架扩建过。门旁是一丛蔷薇。一个小小的台阶通向房门,但没见到供轮椅使用的斜坡。

“看着不错,”罗贝蒂纳说,“看,那些窗子。”

百叶窗和门,是的,我也看见了,它们被刷成了耀眼的红色,漆成了茶藨子的颜色。

“可以吗?”

我点点头,而后她揿动了门铃。

44

听见楼房内有走动的声音，过了不一会儿，一个留着金色长发的年轻人为我们打开了房门。他穿着一件皱皱巴巴的白色衬衫，外面套着一件黑色西服外衣，外套他穿着显然有些太小，这身打扮让他看着有几分像是一个殡仪公司的学徒，一副吸了一夜毒后被淘空的样子。

“您找？”

他明显太消瘦，一双绿色的大眼睛炯炯有神，两颗上门牙之间的缝很大。

我作了自我介绍：“雷蒙·梅塞。”然后回过身去——“罗贝蒂纳·索许,我的……”

“帕斯卡尔·布卢瓦。日安。”

他没多说什么——既没说他跟莫里斯是什么关系,也没介绍那位濒死的人的状况。见到我,看来并没有让他感到特别讶异,而我此行的目的大概也不需要我向这位那封最后来信的书写者进行解释。他点点头,向罗贝蒂纳和我伸出手,然后退到一边,好让我们走入房子里来。我克制住冲动,没去问拉乌先生是否还活着这个问题。从他那肃穆的掘墓人的装扮来判断,恐怕他已不在人世。

而且整栋房子里弥漫着消毒剂的气味和花香。一段白色的梯子通向二楼。非洲面具、小墙毯、装在玻璃框中的丛林居民、图阿雷格人、荒漠绿洲、山间小湖的摄影作品装饰着底层过道的墙上,布卢瓦走到我们前面。他从罗贝蒂纳身边走过的时候,我看见他穿着运动鞋。他打开了一扇似乎通往起居室和餐厅的门,开门等着让我们进去。他露出门牙,整个牙缝都让人看得清清楚楚。窗前阳光下是一个荒芜的花园,园子在枫树和无法确认的灌木丛中沿着山坡向下延伸到看不见的地方。

“请坐。”

布卢瓦指着一张长沙发、两张单人沙发、四把椅子说——我们并没有这么多人。他一点儿也不慌张。我估计他不到三十岁,从年龄上看,他完全可能是我孙子辈的。桌上放着一只水晶花瓶,在一张报纸上有把剪刀,摊放着一束白色的花:那弥漫在房子里的花香就源于此——百合。

我坐在一张单人沙发上,环顾了一下四周。房内没有书,没有电视,没有音响,更不用说钢琴了。真是一个奇特的空间,那么明亮,花园的树木使它充满绿意,但又如此简朴。我在问自己,房间内的什么物品可能告诉我莫里斯的哪些情况。那些面具。面具也挂在这间房屋的墙上,在一个带有玻璃门的柜子中陈放着非洲雕刻像:女人、男人、动物,还有一大堆镶框的照片。这些面具:木质的狰狞面孔,看了绝对会做噩梦。从另一方面来说——如果一个人一辈子从世界各地收罗了这些面目狰狞的物品,那又会怎样呢?

罗贝蒂纳站在桌边,问着那个年轻人那些花朵的来历:是从花园里采的吗?花园有多大?真是一个美不胜收的花园啊!

他们两个聊了起来……我注意听着,帕斯卡尔·布卢瓦是怎么选择用词的。我觉得这很重要,就像是根据他的选词可以推断出,他跟莫里斯怎么说话,以及莫里斯又是如何跟他说话的。我觉得,他说话时有些不确定,在等待着,差不多可以说是在窥视着了,但他同时又很能说,也受过良好的教育。他就这样对罗贝蒂纳说起了鲜花、灌木丛和树木,这些植物在花园中,在整个欧韦镇上随处生长,根本就不需要人们为之做什么。金链花。拉丁文“Laburnum vulgare”——他的门牙间的那条大缝让他看着像一只硕大的啮齿类动物,像一只鼬鼠,一只会说拉丁语的鼬鼠。那花开得很灿烂,他说,莫里斯一直很喜欢这种花,而且现在还依旧喜欢,尽管这座花园很久以来处于一种令人遗憾的状态中。“Turdus pilaris”,他在第一次提及莫里斯的名字时,开始一枝一枝地将百合花插入花瓶中。

“您向我们透露一下好吗,拉乌先生现在怎么样了?”罗贝蒂纳问道,一边从桌上拿起一枝百合。她朝着我的方向拿着那枝百合,这样我也能欣赏一下那枝百合的美丽。

我朝她笑笑,以此来表达我对她来到此处的谢意。

“好的。”布卢瓦说，没有去关注我表达谢意的那个姿态。我可以肯定，他不怎么喜欢我——同样我也不喜欢他，而且我一样不喜欢他不动声色地接着干手上的活，每拿起一枝花他都在花杆的底端截掉手指长短的一段，然后再把花啪嗒一声丢入花瓶中去。

“您和梅塞先生也是因此而来的嘛。”

“嗯，可以这么说。”罗贝蒂纳微笑着说。

而我说：“嗯，亲爱的，你说的也不完全对。我们离开凡尔赛到这里来，并不只是为了问问他的状况，而是要跟莫里斯·拉乌谈谈，跟他本人谈谈。有些事情我还是要跟他说清楚的。”

那个年轻人站在桌边，背对着我，整理着花朵。他很消瘦，就像只衰弱的实验室鼬鼠，几缕浅黄色的头发落在他的肩上，没有洗过。

“很遗憾莫里斯现在很虚弱。”他不带声调地说，连身子都没有转过来。

我决心，以礼貌的方式再试一遍，以非常强调的、不退让的、不容误解的礼貌来再试一遍。

“几个月以来，莫里斯·拉乌一直给我写信，在信中，他希望我能来看看他——或许可以说是他在这些信中要求我来看他？不论是怎么样吧。现在我来了，我睡了个好觉，吃得饱饱的，情绪多少还不错。如果您能告诉他一下我们在这儿，然后带我们去他那里，我将非常感谢您。”

罗贝蒂纳将嘴唇紧紧地闭着，皱起了眉头，最后走到我的身边，坐在旁边的另外一张单人沙发中。看起来，她就像是根本没有碰到那张沙发，她僵直地坐在沙发垫的角上。

百合花都在花瓶里面了。

布卢瓦把剪下来的花杆折叠在报纸中，把剪刀从桌上拿下来。

他没看过来一眼，走过屋子，停在门口。这时他才说，对不起——对此我心满意足地点点头。

“对不起，”他说，“但我恐怕，您是从完全错误的前提出发前来欧韦的。我要先去问问莫里斯，尽管如此，他是否还想见您；或者他是否觉得您最好还是离开。”

说完他就走了出去，轻轻地关上门，我突然一下子清楚了，这位欲言又止的秘书——或者不论他是什么人吧——让我想起了谁。他的举止，就跟我像他这么大的时候我自己的举止一样。也没有人能够说清楚，我怎么就能够有那种傲慢，我从哪来的那种确信，认为自己具备一种超越一切以及所有人的精神敏锐。

“非常感谢！”我冲着他的背影喊道。

而罗贝蒂纳轻声说：“雷蒙，雷蒙。我简直认不出你来了。”

我们听见梯子上布卢瓦的脚步声，然后在我们的头顶上，地板在吱嘎吱嘎地作响，突然楼上的声音戛然而止。罗贝蒂纳看来做出了决定，不再催促我。她站了起来，抚摸着我的太阳穴，朝着那个玻璃柜子走去。

错误的前提——他想说什么？我问自己。我坐在这里，不正是因为莫里斯或者他本人自己给我写的信吗？

“过来，雷蒙。”罗贝蒂纳过了一会儿说，我只是盯着天花板，注意聆听着。一丁点儿声响也听不见。

“你该仔细地看看这个。我觉得，这就是你。”

我站在她身边，看着她指着的照片：还真是，照片上还真是我。

这里是他。莫里斯·拉乌和我,光着胸膛,光着肚皮,穿着一条游泳裤,头发湿漉漉的,咧着嘴对着相机傻笑,也不知是谁给我们按的快门。照片上我们还不到十五岁,在我们的背后可以看见核桃树,就是在铁路路堤和露天游泳池之间那弯曲有致的一排树。

"是的,"我说,"在维勒布勒万。"

"看这儿……"——她已经开始指着下一张照片了。看到那张照片时,我的肾上腺素一下子被激活了,因为那是一张肖像照,一张特写,是德尔菲娜的。

德尔菲娜,我从来没有见过她的这一面。不再是德尔菲娜·谢弗罗,是德尔菲娜·拉乌。德尔菲娜的雀斑,她的短短的刺猬式的金色短发,那小酒窝和挑逗式的眼神,但已经不再是姑娘的眼神。是作为年轻女子的德尔菲娜,二十八九岁或者三十出头的样子。在什么地方照的,在阿加迪尔或者阿维尼翁,我并不清楚,这张照片已经发黄了,是黑白照片,它并没有透露是在哪儿照的,它将照相地点保密起来了。

"他的妻子?"

"是,"我说,"他的已经离婚的妻子。"

"韦罗妮克也在那儿。"

在玻璃后面有一只由黑色木块雕成的小狗。那里有些舞者的雕像和一个女人的雕像,她在头顶上平衡着一个大盘子,盘中满是水果或者蔬菜。那儿有个红棕色的相框,韦罗妮克从框中看着我。罗贝蒂纳弯下腰去,以便更好地仔细看看这幅画。

但那里还有很多其他的纪念品,其他的雕像和其他照片,在玻璃门后面的玻璃隔板上还有一本红色皮质的装订好的小书,就像放在博物馆中的玻璃展览柜里一样。这本书让我感到莫名的感动，我自己也说不出来是为什么。在一张照片上可以看见莫里斯的母亲和他父亲，在另外一张照片上，显然是一张结婚照上，可以看见科琳娜·拉乌和罗歇·帕塔舍，在第三张照片上是罗歇和皮潘，他们倚在他们的那辆全车凹凸不平的运送木材的蓝色大卡车的散热器格栅上。莫里斯说得很对，那辆车看着就像是从一架飞机上被扔下来的。

“这是帕塔舍兄弟，”我说，“那位年长的是罗歇，后来娶了莫里斯的母亲。”——我指着那张他和科琳娜，就是科拉·帕塔舍的照片，说着。“另外一位是皮潘。”罗贝蒂纳点点头，我看着她，罗贝蒂纳的皮肤、她的眼眉、她的下巴的弧度，所有的一切我现在都爱，所有的这一切都可以把我从韦罗妮克眼前给吸引开。

“看，”她说，“他也还在那里。”

一张彩色照片上是一个年轻人，他倚着一只收集雨水的水桶，得意地冲着镜头呲牙笑着。桶盖上简直就是一个各种汽车模型的五花八门的停车场。

“那你觉得，这不是他？”

在这幅画的背景上，在桶的上端，可以看见一扇打开的窗子，在窗台上坐着一位女士，金发，头发上架着一副眼镜。这也是德尔菲娜，毫无疑问，但是年龄却稍微大一些，德尔菲娜到了中年，德尔菲娜作为母亲。

“我从哪儿能知道这个。”我说。

“好啦，行了，这当然是布卢瓦了。看看那牙齿……他那时大概十二三岁。”

我请她让开一些。

"你准备做什么?"

我打开了柜子。

"雷蒙——!"

我抓起那张照片。

"雷蒙,把它放回去。"

"怎么?因为它不属于我?"

"很对。快把它放回去。请你放回去。"

"就因为是属于他的,对吗?一张我老婆的照片!——我要看看,照片上面有没有日期——"

"如果你不希望我走掉,而且是扭头就走,那你就把照片放回去。"

罗贝蒂纳看着我,她的目光那么严肃,不容怀疑,她说话是当真的。

"你别把照片从框子中取出来。你别再那么闹小孩脾气。你还记得我跟你说过的话:她也是他的朋友,一个少年时代的朋友。"

韦罗妮克在照片上有多大?她已经不再年轻了。这张照片是什么时候照的?是谁照的?我没见过这张照片,也没有一张与此相似的照片,一张也没有,她穿的衣服,我看着觉得眼熟。她有些虚弱地笑着,我毕竟还是熟悉她的这个微笑的。但是照片的背景,很可能是我们家房子的一堵白墙,也有可能是飞机的外壳,或者是宫殿公园中阿波罗喷泉的水雾,一只风帆,一座冰山。

现在能听见楼上的脚步声了。

罗贝蒂纳又一次读懂了我的想法:"这倒未必就是她寄给他或者是送给他的。来,干脆把它放回去。他有那么多机会,来得到这张照片。”

她在这一点上也是对的——起码在我跟他说话，把他搂在我的胸前，而且从他那里套出真话来之前，她可能是对的：他凭什么就能有一张连我自己都没有的，也从来没见过的我老婆的照片？谁给照的？是韦罗妮克把照片送给他的吗，或许是为了感谢他把那些书、献辞以及二十年如一日不间断地表白感情送给他的？他是一个少年时的朋友的妻子，两个女儿的母亲。我又想起了他在第一封信里对让娜和佩内洛普近况的问询。这个虚伪的混账东西。但你又能指望这么一个人会做出什么别的事情呢？他自己又没有孩子，而是更愿意在世界历史中四处游荡，他在阿尔及尔设计修建了哈马的海水淡化装置，还写了几本书，他由这么个信口胡言、衣冠不整的黄毛小子来伺候他。如果我女儿们时间允许的话，我倒宁愿让她们来像监狱一样的医院里探视我。Laburnum vulgare。我永远不会向我的女儿们透露，我要把他胡乱地埋葬在这个荒芜的花园里。埋在金链花下面。

“他回来了。”罗贝蒂纳说，我们听见楼梯上布卢瓦快速的下楼声。

“等一下。”我说着，在她把柜子门关好之前，飞快地取出那本红皮子的小书。

“行了……！”

她还试着把那本书从我的手里给夺下来，但是没有成功。我扭过身去。她不得不先来对付我的背。我打开了那本书。我马上就看明白了，那是什么。

“那是一本什么书？你就不能——”

没时间解释了。我们刚刚坐好，门开了，帕斯卡尔·布卢瓦走了进来，连门也没去关，微笑着，脸上微微泛红，头发刚刚用水梳理过。

“请吧，先生，女士，跟我来。”他非常友好地说，“莫里斯现在醒着，想见您二位。”

45

弯曲的楼梯一侧安装着齿轮轨道通向二楼，楼上停放着与齿轮轨道相匹配的座椅电梯，座椅电梯上覆盖着一块白色的床单。过道处于半幽暗的状况中——光线从唯一的一个窗子射入，我从窗子看见了外面的台阶，那台阶通往教堂，游客们三三两两地走过，驻足照相，接着往前走。

布卢瓦请我们跟着他走，他走在我们前面，走到第四个或第五个门前停下。他转过身子，等着我们跟上他，然后轻声说，几乎用耳语，在我们进去之前，他觉得非常有必要让我们知道一些事情。

我决心不去反驳他，而只是听听他说什么。而我到了房间里如何行事，那又是另外一个问题。当我面对他时，我再去做出决定，我在这么想着的时候，听见罗贝蒂纳说，他可以完全放心，可以完全信赖我们。

"我完全没有对你们下指令的意思。"他接着罗贝蒂纳的话说。我看见他在说话时用舌尖触碰了下那道牙缝，就好像这对他而言也是新裂开的。"我们就要进去到他身边了，我请您二位时时刻刻都要考虑到莫里斯的健康状况。"

我说："那您简单地向我们描述一下吧。"

布卢瓦说着，他的目光掠过我，然后将一缕湿漉漉的头发从额前抹开："好的。莫里斯得的是神经系统疾病，无法治愈。在最近几个月里——很遗憾看上去是这个样子，医生们也是这样认为的——病情已经进入了最终阶段。这种病蔓延到他全身几乎所有的肌肉上。现在只有心肌和呼吸肌还没受到影响，其余的肌肉几乎都不能动了。现在他几乎什么动作都不可能做了。"

"这听着像是…… ALS 病，肌萎缩性脊髓侧索硬化症，"我说，"霍金得的也是这病，还有……"

"可能吧，"他打断了我，"这种病不常见。但是这病被通常称为肌萎缩性脊髓侧索硬化症，这很对。既然您已经知道这病的症状，那么您一定也知道，每一次激动都会给莫里斯带来无法预计的后果。"

他把手放在门把手上——这个动作向我们表示，现在我们可以进入房间了，但同时也明确表示，我们只有在布卢瓦认为可以的时候，才能够进入房间。我没有猜错：我们现在意见一致了吧，他问着，一边用目光锁住我。

“我们的意见当然已经一致了，”罗贝蒂纳赶快说，“拉乌先生的健康绝对是最重要的。不过请您允许我问个问题，如果等会儿在房间里问或许会有些不敬。”

“请问吧。”他很有礼貌地说着，同时点点头。

“如果我正确地理解了您的话，拉乌先生现在几乎已经全身……瘫痪了——可以这么说吗？”

布卢瓦点头。

罗贝蒂纳接着说：“您说的，他已经瘫痪得既没法说话又没法写字了。那么梅塞先生又怎么能够跟他交谈呢？”

布卢瓦看着我，我看着布卢瓦。我耸起双眉，等着看他会对此说点什么。我想起了安德烈对我说过的那位《Elle》的主编，想起了他的书，他的眼睑。

“这个我一会儿到了房间里面再向您解释，”布卢瓦说，“这一点您二位只管放心：只要您能够保持平静，不使莫里斯情绪激动，您可以跟他聊所有事情。只是……我要给您的探访一个时间限制。半个小时大概够了吧？”

半个小时——我真搞不懂，用半个小时去跟莫里斯·拉乌聊些什么。让他激动？我本人就是平静这个概念的化身。最多三分钟就够了，然后我就跟他了结了，我想着，耸了耸肩膀：“我随便。”

他把手从门把手上退回来。

“我只是问自己，他怎么能给我写那些信，还有那些有关加缪车祸的章节。”我更像是自言自语地低声嘟囔着，而不是去追问，“好吧，或许在这次接见活动结束时，一切就都清楚了。”

“我已经说过了，”布卢瓦这么说，“您从错误的前提出发。给您的那些信和对阿尔贝·加缪在维勒布勒万的惨烈的车祸的描写都是我手书的，很遗憾莫里斯已经无法自己去写了。但是，请您相信我，每一个字都是他的。”

我听够了。“他是您的父亲？”

“不，”布卢瓦平静地说，“不是我的亲生父亲。在某种意义上，莫里斯是我的养父，我从一出生就认识他，虽然我在他患病之前并没有跟他在一起生活过。”

“我猜想，他跟您母亲结过婚，”罗贝蒂纳说，“跟德尔菲娜。”

他点点头：“我是我母亲第二次婚姻的产物。现在她已经第三次结婚了——不是个简单的经历。您准备好了吧？”

我们，无论是否进去，都点了点头。

“那您进来吧。但请避免动作过快过猛。动作过快会吓着莫里斯的。”

46

夏日的空气从敞开的阳台门吹拂进这间宽敞明亮的屋子。屋里也没有书架。全屋里没有一张书桌,四面的墙上也没有任何巫医的面具,只有些装在框架里面的印刷图片,一切图片都十分抽象,没有一丝梵高的踪影。

一块白色的帘子把屋子的空间给分割开。布卢瓦把它拉到一边,那张床就出现在我们面前。我们看见了那个男人的消瘦的身体,身上盖着一床薄被,头搁在一只扁平的枕头上,头发干枯雪白,面容憔悴枯槁。那个躺在过于巨大的床上的老人睁着双眼。但那双眼一动不动地木呆呆地穿过房间，眼里没有光亮；那双眼没有任何神采，而莫里斯的那头红发则愈发显得狂野不羁，就像他怀揣着走遍世界的野性全都隐藏在了头发中，这野性似乎是他的红色王冠。

年轻人做了两三个手势，我们走近了一些。一台绿色的仪器嗡嗡地响着，挂在一辆小车的上端。什么东西在喘息着，呼哧呼哧地喘着粗气，随后空气从这只绿色箱子流向一根插在老人鼻中的软管中。他的胸腔一起一伏地动着，那台仪器又重新嗡嗡地响起来。

窗外的花园里鸟儿们在歌唱，是鸫鸟。它们吱吱喳喳地唱着的是一首怀疑的乐曲，它们触动了我："别糊涂，别动摇！别相信这个，雷蒙，最好别相信！"我不清楚，这位连接在呼吸机上的老人是谁，他身边的床头柜上是一本夏多布里昂的回忆录，老人根本没有能力去拿起阅读。我只清楚一点：这个人尽管名叫莫里斯·拉乌，但他绝对不可能是我少年时代的朋友。

白来这里了，跟我一样到这个房间里来看来是错了，罗贝蒂纳一言不发地从我身边走过去。她的眼中有泪花儿，失望的泪水，她善解人意地抚摸了一下我的胳膊，然后走到阳台门后面，向下看着花园。

"您请坐。"布卢瓦对我说，指着床边的一张椅子。我坐下了，床的气味、病人的气味立刻塞满了我的鼻腔，我十分厌恶地屏住呼吸，一直到呼吸机的嗡嗡声再次停止，空气通过软管流动起来。

布卢瓦站在床脚边，一脸严肃。他死了，我这样想。我们在楼下站在玻璃柜子边上的时候，在我拿回我的那本画满轨道车的设计图和速度表的旧日小本子的时候，莫里斯死了。现在我感觉到皮本子就在我的裤兜里面。我本打算，把这个小本子举到他的眼皮子底下，虽然我自己也不清楚，这能证明什么。现在根本就没有什么用了。布卢瓦就像是看透了我的心思,我看见一抹微笑慢慢地出现在他的脸上。

“莫里斯,他们来了,你看看。”他温和地说。

我必须承认,刚才错看了这位年轻人。我自己也弄不明白自己是怎么回事了。平日里我会把每一位像我刚才那样以居高临下的态度来对待帕斯卡尔·布卢瓦的人视为怪物的。

但是这头怪物刚才却丝毫不想让人察觉他的怒火。我现在倒是更想看看,那张搁在枕头上的脸会不会发生变化。布卢瓦的话并没有任何效果。那是莫里斯·拉乌的脸,但我一点儿也没认出来,无论是从哪个线条、哪道皱纹、哪个影子都没认出来。若这里躺着的就是我的莫里斯,那么他就已经彻底改变了模样。那位在露天的铁轨上进行平衡表演的世界冠军,那个全心全意地投入到新奇事物中去的少年,那个对自己的浅蓝色鞋子感到洋洋得意的半大孩子,在这张脸上都荡然无存了。维勒布勒万的铁路路堤、非洲的围堰和海水淡化设施、整个刚果、阿加迪尔、那些书籍、那些岁月、那些女人们:若埃勒、德尔菲娜,他的女人们,还有韦罗妮克,我的女人——都统统消失了。就像是他穷尽了自己的可能性,他现在已经没有力气去抽动一下嘴角,去掀开一下眼睑。

他就这样躺在这里,这在我看来是对他的那个背叛的惩罚,对他大约在四十五年前犯下的背叛的惩罚。但我也必须问问我自己,如果不是我,那么这个惩罚是否还会降临到莫里斯头上。

“我把你的眼睛弄得湿润一些,”帕斯卡尔从床边绕过来说,“然后你们就可以交谈了。”

他从床头柜上拿起一只小瓶,从里面抽出滴管。布卢瓦用两根手指把眼睑撑开,然后往莫里斯的眼睛里面滴了几滴溶液。

然后有些奇怪的事情发生了:“好的,”他安静地说,“行,这样一定完全可以”——听着就像自言自语的片段。

罗贝蒂纳向我投来问询的目光。大约有半分钟时间,出现的那种不明就里的疑惑穿过房间将我们两个联系在一起——直到布卢瓦似乎滴完了眼药水,再次转身向着我们。

“莫里斯请您跟他说话,这样他可以听见您的声音,熟悉您的声音。”他对罗贝蒂纳说。

然后对我说:“请您先等一下。他还能很好地回忆起您的声音。”

他对我说的话是不成问题的。对了,我根本就没有跟莫里斯打招呼。我觉得根本就没有必要,或者说刚才在我的心头飞快地掠过一丝疑虑,对一个濒临死亡的人说“日安”是否合适。真是令人尴尬。现在没法原谅这个了。莫斯利·拉乌和帕斯卡尔·布卢瓦,他们一定会认为,我现在还完全受到我的忿恨的驱使。

罗贝蒂纳走向前去,毫不犹豫地坐在床上他的身边,请求莫里斯原谅,我们——“雷蒙和我”——一直到今天才来看他。

“我的名字是罗贝蒂纳·索许,”她说,“我认识雷蒙很久了,我们常常谈起你来,现在我们很高兴来到你这儿,莫里斯。”

还是有一些能够让我重新认出他的东西——然而并不是从前的那些东西,不是来自在维勒布勒万时期的东西,但又确实是些在我看来能够真正使莫里斯·拉乌有活力的东西;对罗贝蒂纳来说那座教堂非常有活力,那是因为梵高画过了它:她跟莫里斯聊着,不一会儿她就握住了他的手。她说着,她觉得那座花园很美丽,鲜花对她来说意义重大——这时我才注意到他的手背上有一块白色的纹身,我在那张他坐在轮椅中的照片里就注意过那个纹身。

布卢瓦还一直站在床脚,他戴上了一副眼镜。眼镜的大有色镜片使我想起了让娜的索菲亚·罗兰眼镜,她称那种眼镜是她最钟爱的太阳镜。罗贝蒂纳此时讲述着她那去世的丈夫,他的心力衰竭和三年前的突然死亡。她现在是多么高兴,在我这个多年的老邻居这里找到了伴侣。我从与贝特朗曾得过的相似病症中恢复了,这给了她很大的鼓舞,使她从此又相信起爱意的力量。她这么握住莫里斯的手的时候,我才看见,他手背上那里闪亮的那块东西实际上并不是纹身。那是一块伤疤,没愈合好形成的,可能是一块烧伤留下的伤疤。

布卢瓦向她表示谢意,我马上意识到,现在该轮到我了。我有些发热,出了一身汗。我觉得自己还没做好准备——这时布卢瓦正说着,莫里斯觉得很抱歉,如果因为自己的状况让罗贝蒂纳想起了她丈夫的过世。

"您真善解人意,"他说道,"我要好好向雷蒙祝贺,遇到了您。请您别为我担心。我很好,一点儿也不痛。"

"这些都是他对您说的?"

布卢瓦摇摇头。"不,"他对罗贝蒂纳说,"不是对我说的。他在对您说话。"

"但是怎么说呢?"她问,"他到底怎么跟我说呢?"

这我也很想知道。

布卢瓦摘下眼镜。"对不起,"他显然是在对莫里斯说,"你同意我先对你的客人们简单地解释一下吗?"

这张脸,那只带着伤疤的手,还有眼睛——都没有任何动作。莫里斯完全没有回答。

帕斯卡尔·布卢瓦又转身对着我们:“我对您二位解释一下,是这样的——”

“请等等,”我打断了他,我在房间里面说了第一段话,“他回答您了,是吗? 我怎么觉得事情并非如此啊。”

47

他对罗贝蒂纳和我解释的东西——听着十分令人难以置信。他说是“阅读目光”，一种“眼睛速记”，简直是天方夜谭。他绝对不可能——如他自己所宣称的那样——仅仅通过阅读对方的目光与这位瘫痪的、石化的人进行交流，然后再把这目光翻译成活人的语言。简直就是骗人的。布卢瓦用上了一个罗贝蒂纳的口头禅，就我所熟知的，这是她的典型的口头禅。这是一个表达方式，它表明，她是多么地善解人意，因此一般也不能实实在在地对其当真：“爱意的力量”，这是，布卢瓦这样说，在和莫里斯交谈时绝对必要的。

我倒是乐意去信这个。我还希望,我的大女儿的爱意足以让她能跟我好好谈谈;我还希望,我女婿的爱意能够使他的妻子不至于逮着谁就跟谁上床;而且如果我的妻子对我能够产生足够的爱意,她大概也不至于几十年来悄悄地把这位眼下就躺在我面前的人献给她的书藏起来,不让我知道,这人现在就这么近地躺在我面前,我简直连掐死他的心都有了,我并不想去盯着他那眼神涣散的、蓝色的拉乌家族的眼睛,在其中去寻找什么生命迹象。

那么好吧。我又怎么能想到是这样呢!布卢瓦先把眼镜拿给罗贝蒂纳看,然后又让我看。一副太阳镜。它的镜片是棕紫色的。我接过眼镜来。他说,我应该透过镜片去看——我出于礼貌和好奇,也确实那么去做了。

在我的眼前出现了字母。在两块镜片的每一块上都浮现出一排浅色的、透明的字母来,无从识别字母是冲压上去的,烤上去的,还是铣上去的。我把眼睛紧贴着眼镜,我的目光可以透过每一个字母和数字——上面也有数字——可以透过字母 A 或者 G, U 或者是 Q 看到房间:罗贝蒂纳坐在字母 L 上,坐在床边;在字母 H 中放着那台绿色的呼吸机,它还在咕噜咕噜地响着;布卢瓦没有移动,还是靠着床脚,在数字 2 的范围之内。每一块镜片上都有十几个字母和数字——我揣测,左边和右边的镜片各有十三个字母,这是全部字母,再加上十个数字,0 到 4 在左眼,5 到 9 在右眼。

布卢瓦对我肯定了这一点,拿回了眼镜。

“莫里斯就是用这个方法才能进行拼写。您自己刚才也听到了,他目前能拼写得相当快,以至于我有时要刹住他的话。”

“以这种方式……”罗贝蒂纳说,“说实话,布卢瓦先生,我不怎么理解这种方式。”

我在实验室中见过不少眼镜。防护眼镜、放大和缩小眼镜、三维眼镜、透视眼镜以及激光眼镜我都在自己的鼻梁上戴过，在我看建筑设计图、硅片的数列和半导体数据表时都用过。我知道，眼镜完全能够具有各种可能性。

布卢瓦说，尽管从表面上看来莫里斯瘫痪了，但他其实并没有完全瘫痪。幸好骨骼肌完全瘫痪这一病症还没有触及心肌及消化系统，另外也没触及肺部功能，虽然莫里斯目前自主呼吸有些困难。两年来他的手臂和腿脚已经没法动了。他最后一次动笔写东西是十六个月之前的事情了。他起先还用十指打字，后来只能用四指，最后只能用一个手指，就是左手的无名指打字。他大概在半年前就无法动舌头、吞咽和说话了。

“从那时开始，我们就用一种类似摩尔斯电码的形式进行谈话。只要莫里斯还能够动眼睑，他有什么要告诉我，或者授意我去写，他就用我们共同创立的密码来对我发摩尔斯电码。我寄给您的对车祸描写的最初几章也就是用这种方式产生的。您说，您知道这种病的病程，”布卢瓦对我说道，“那么您肯定就知道肌萎缩性脊髓侧索硬化症，瘫痪不仅仅是不可逆转的，它还可预见地扩展开来，直至波及整个肌体。莫里斯和我都清楚这一点。”

这只不过是个时间问题。眼睑在三个月前失去了功能，那时他正忙着把莫里斯送进医院，因为当时他的肺动脉瓣关闭不全，因而并没留给他们多少时间来研发和测试眼镜。给我的第一封信是这个时期写的。

“如果我没理解错的话，眼睛的部分肌肉还没有受到瘫痪的影响。”

“正是这样。”布卢瓦说着又从床头柜上拿起小瓶来，往莫里斯的眼睛里滴了几滴液体。

他过多久就必须这样做一下，罗贝蒂纳问道。

“这取决于空气湿度，”他说，“也取决于莫里斯的状况。”

我说：“他还能转动瞳孔。”

布卢瓦说：“是的。比较受限，但他确实可以。”

我又说：“您戴上眼镜，他盯着镜片。您再把他聚焦盯住的字母顺序组合成概念和句子。”

“大概就是这样，是的。”布卢瓦说。

我说：“废话。”

他说：“我读着莫里斯用目光为我拼写的东西。剩下的就是翻译了。您马上就能看见——如果您还想看的话。”

“我当然想看了。”

“雷蒙，”罗贝蒂纳说，“请让他说完吧。想想莫里斯。他听得到每个词。”

“字母之间的距离小得用目光无法区分吧，”我说着摇摇头，“这只是个开端。”

“您还有疑虑，要是我也会有，”布卢瓦笑着说，“但刚才说过：没有刚才索许女士那么准确地说过的‘爱意的力量’，交流根本就没法进行。我觉得，最重要的东西我还真没必要对您解释：一个非常熟悉的人的目光是完全可以解读的，只要确定一下字母就行了——就像在下象棋那样。下盲棋就不需要棋子和棋盘。您下棋吗？”

“不。”我说。

罗贝蒂纳抗议了："你当然下棋了！"

布卢瓦笑了："您看怎么样：我们开始吧？"

"怎么开始？"

"我建议您问些问题。"

"我向谁提问——您？"

"你应该向莫里斯提问！"罗贝蒂纳说着站了起来——她的动作可能有些急促——终于从床上站了起来，"我们就是为了这个来的。你有一些问题，那些你想问的问题。"

"这是当然。"

"那就问吧。"

"或许我们该先问他一下，他到底愿不愿意跟我说话。"

很快就收到了回复。布卢瓦看着莫里斯，布卢瓦点点头，据布卢瓦说，莫里斯同意了。

"瞎闹。"我止不住又嘟囔了一句。

"先问个问题，"这个本应该站在我这一边的女人又说话了，"你提一个只有莫里斯能够回答的问题。你看这样行吗？"

"没问题，"我说，"我可以直接——？"

布卢瓦又点点头。他已经把这副神奇的眼镜戴上了。他做好了准备。罗贝蒂纳也做好了准备。她又坐在床沿上，又伸出手去将那只有白色疤痕的手握在她的手中。她看着我，点了点头。

"莫里斯，"那么我就开口了，"日安，是我，雷蒙，雷蒙·梅塞。我希望，你能听得见。请告诉我：你还记得当年在维勒布勒万时，你母亲和我母亲的裁缝吗？她住在弗拉吉路？"

"记得。"布卢瓦脱口而出，并没有任何停顿地说道。

“你还记得她叫什么名字吗？”

“奥迪勒，”布卢瓦隔了一会儿说，“奥迪勒·加雷尔。”

奥迪勒·加雷尔。对了。她姓加雷尔。“加雷尔——修改各种衣物”，就写在挂着镶边窗帘的窗户上，现在它又浮现在我的眼前。

只是布卢瓦——如果他说的是对的话——是德尔菲娜的儿子，而德尔菲娜没少照料过奥迪勒，奥迪勒·加雷尔和她的小女儿，所以如果德尔菲娜跟她的小帕斯卡尔说起过维勒布勒万的女裁缝，那也不足为奇。

“她有，”我接着说，“有个女儿，比我们小一些，戴着腿夹板”——还有一块白色的伤疤，看着跟他的那块很相似。

“埃洛迪。”布卢瓦说。他停顿了一会儿，然后补充说道：“她爱上你了，爱了很久。”

对此我答道，我很怀疑这一点。我看了看手表。半个小时快要过去了。我把那个小皮本子从裤兜里面掏出来，把它打开。在小本子的封面上——谁的手迹，我的，他的？——写着：《我们如何消逝》。

“‘那个美丽的、奇妙的，’”我说着，保持着平静，“我们当时这样来称呼某个东西，我在这个本子里对它进行了很详尽的描述。四十七年来你一直留着这个本子，无论是出自什么原因。我可以认为，布卢瓦先生大概什么时候总会从你这儿或者从他母亲那里听说过，我们用那个形容词来称呼什么。但是只有我们两个还知道，哪个时间点跟这个东西是紧密地联系在一起的。”

“您是说跟那个‘美丽的、奇妙的’东西联系在一起？”布卢瓦透过镜片，透过那些密密麻麻的字母，盯着我看。

罗贝蒂纳也看着我，有几分惊愕，显然掩饰不住她的紧张了。这也丝毫不足为奇。这里发生的奇迹反正已经够多了。她深深吸了一口气，她捋了捋头发上的亮点，那里其实并没有什么异物。

“告我那个时间点，它总是在那个时间到来，”我说，“这样我才会相信，确实是你在跟我说话，莫里斯。”

他的回答简洁明了，回答正确。那时每天差十分两点从桑斯开往巴黎的快车经过维勒布勒万，由最美丽的火车头牵引着。他和我有好几个月时间每天13：50分都在掐着表，测量下那个美丽的、奇妙的东西轰隆隆地穿过我们的村子所需要的时间。我们测量下的所有通过时间都记录在这个小记录本上，一列数字，只是日期不同。我心头直发痒，想问问莫里斯，他是否还记得，火车通过时所用的最短时间，那是在一个秋日里量下的，现在除了用我的或他的少年字迹记录下来的数字，一切早就荡然无存了：“1959年9月6日——一分钟零一秒!!!”

但若是没有这个小红皮本子，我本人大概也记不清这个童话般的时间了。为什么我就该向他提这个问题——问那一分零一秒钟时间，问那差不多五十年前一列火车从我们的视野中飞驰而过所需要的时间。我耳畔仿佛响起了那些噪音、咔哒咔哒声、隆隆声，还有在下面铁路交叉道口的叮当声；我眼前仿佛出现了火车拖曳出的长长的浓烟，在铁路路堤的通道上飘散，那浓烟降落在露天游泳池边上蛋黄色的核桃树的树冠上。

“你听见了吗，你想听什么呢?”

我知道罗贝蒂纳的问题用意何在，点了点头。

我对自己说，直到现在，我才有可能开始跟莫里斯进行交谈。现在它很紧迫，时间：它很短暂，它稍纵即逝；在它流逝、在被测量之前，并不会治疗创伤，而是将旧伤口重新撕开。我在问自己，他是否也注意到了，我们在过去的这些年里从来没有哪一天比现在，在这个濒死病人的房中，更加接近系着真相的那一天。我把那个小本子翻到那一页，那页中并没有人去记录下 1960 年 1 月 4 日这个日子，因为在这一天我们自己上了铁轨，开着那辆停在那段废弃铁轨上的轨道车迎着那个美丽的、奇妙的东西驶去。

"我们要走了。"我说。现在已经比较晚了——本来就是瞎闹。半个小时已经过去了——确实过去了。我站了起来，把小记录本放在了椅子上。

"请您，"布卢瓦说，"请您再等一会儿——莫里斯想说话。您能否……"

"雷蒙，坐下吧。就算让我高兴一下。"

我犹豫着，但还是再次拿起了那个小本子。我勉强地坐下了。为了让罗贝蒂纳高兴，我说道："请。"

布卢瓦说得很慢。他时而中断一下去询问。然后他复述出一动不动地躺在那里的莫里斯似乎向他眨眼，实际是用目光示意的句子。

他说："我犯了很严重的错误。去爱德尔菲娜并没有错，因为谁能说这是错的呢。我真心实意地爱她，而且她爱我。错在我没有把这个和你谈谈，雷蒙。错在为了爱情放空了我们的共同计划、愿望和梦想，我那时让这份爱情冲昏了头脑。我那么快乐。但我在轨道车上已经神不守舍了……——轨道车，"布卢瓦说，"对吗？"

我说："对，轨道车。"

他接着说："那天发生的事情非常惨烈。它一直在纠缠着我，我没法摆脱它，就是把它写下来也无助于事。”

这我并不觉得奇怪，我说：“是的，那次车祸本身是非常惨烈的，但是我们，我们根本就没看到那场车祸。而在轨道车上的一切对我们，对德尔菲娜和我来说是多么惨烈，你却只字未提。你对此三缄其口，你对很多事情都三缄其口，你把这些事埋葬在你的几本书中和你的……”

“我在此终止此次谈话，”布卢瓦说，“莫里斯，我担心这一切会让你过于激动。”

“——埋葬在你的书中和你的献辞中，埋葬在你那些书籍的墓碑中。”我很想这么说出来，但是我被打断了。我耸了耸肩：“我随便。罗贝蒂纳，我们现在可以走了吗？”

“伟大的主耶稣基督啊，你在意的并不是德尔菲娜，也不是发生了不幸事故的不幸的那天；不是阿尔贝·加缪，也不是轨道车！”罗贝蒂纳说，我们并没有说好过这个。她现在真的有些生气了：“你在意的到底是什么？雷蒙！现在请你还是最后说出来吧，你在意的是韦罗妮克。”

“韦罗妮克。”布卢瓦说，这是个断言，而不是问题。

“我的妻子，”我非常平静地说，“两年前去世了。我到这里来……出自一个非常简单的原因……我想知道……从你这儿知道……你从哪儿知道她的死讯，莫里斯！我想知道，我坚持要知道……她是否，韦罗妮克是否回赠过你的礼物，在你写的那些书中，那本关于猫的书的扉页上有你的献辞……‘我希望，你要是能……和我一起在阿加迪尔’。正是因为这个我坐在这里！”

罗贝蒂纳呆呆地看着我，布卢瓦呆呆地看着我，莫里斯毫无变化地盯着空间。在外面的花园里,鸟儿们还一直在鸣唱,椋鸟,一只鸫鸟。

“我说得不是很清楚。罗贝蒂纳,而且十分混乱,”我说,“能请您重复一下吗?”

“这话说得很清楚,”布卢瓦说,“莫里斯已经听懂了。请您等等,然后我告诉您他的回答——不。韦罗妮克从来没给我写过信,就像你没给我写过一样。但是在她去世前几个星期的一天,她也完全和你现在一样,站在这个房间里,由她的护理员陪着,她是来向我告别的——是的,请理解,”布卢瓦说,“她走了之后,我每隔几天都往凡尔赛的几个公墓打电话。我询问那周死者的情况。这听着有些瘆得慌,但是我还能做些别的吗?那是在晚秋,两年前的11月——他们说了她的名字。”

48

明亮湛蓝的天空下是鳞次栉比的屋顶，星辰闪烁在广场上空，环城路犹如星辰运行的轨迹……巴黎根本就不是我的城市，不是我的世界，我在接下来的几个星期里又再次感受到了。罗贝蒂纳和我经常往返于欧韦和凡尔赛之间，但我一次[illegible]没有想过，我们可以拐到城里去转转，去蒙帕纳斯或者蒙马特看看，换换脑子。我总是生活在巴黎这个宇宙的边缘，生活在一个小月亮上，一个村子般的行星里，在夜里，那里是黑的，凉爽的，昴星团闪闪发光。有一次我问在欧韦的莫里斯，他的疤是从哪儿来的，他的回答虽然简单，但并不让我惊讶：“巴黎。”

我生活中的所有女人无一例外地都热爱巴黎，但是我不爱。我母亲——在维勒布勒万出生、结婚、守寡。她在搬到维洛弗雷之前，在她的这次移居之前，她是维勒布勒万岁数第二大的老人。而说起巴黎时，妈妈在她的内心深处是个巴黎人——巴黎是法国的中心。在这个中心之中心的什么地方，德尔菲娜·谢弗罗，德尔菲娜·拉乌，德尔菲娜·布卢瓦结婚后成为了德尔菲娜·佩雷斯。至少她在巴黎度过了两次婚姻。我若是到了城里——有时也不是总能避免必须去——和安德烈在他下班后，在《里沃利》杂志社附近他经常光顾的咖啡馆下象棋消磨一个下午的时光，当我从洗手间回来经过拐角处的投币电话机时，我时常发现自己不由自主地在想着或者准备着去找德尔菲娜的电话号码。但我从来没有真的去找。那两本连体双胞胎似的、被人翻阅得纸张都发软的电话号码簿始终让我敬而远之，电话号码簿是一部匿名者的文集。

韦罗妮克跟舒泽特和她的南极周围地区的朋友阿努克一起开车去玛莱区购物或者闲逛，一位低调优雅的女士由两支市郊的苍白小花朵陪伴着。她们热爱圣保罗市场附近的旧货店和古董店。她一般在波尔堤波路的马里亚热兄弟茶馆里面休息。或者她和朱尔一起去看展览，朱尔是她信赖的有艺术感知力的牙医，是个在巴黎出生的巴黎人。唉！韦罗妮克，你和这些布波族……佩内洛普住在莫利托门附近，她也追随着自己那颗为巴黎跳动的心，她从布列塔尼回来后不久就向我坦诚地吐露了，她要和蒂埃里搬到一起去住，他们想搬到众多凡尔赛老房子中的一处很大的房子里去住，从房里可以直接看到兵器广场——耸耸肩——和宫殿——耸耸肩——而我如何要去为他们弄这么一套房子，还有想帮助他们供房子，她都不予考虑。佩内洛普和蒂埃里一起搬到意大利广场去了。我既不想在第13区居住，那里有很多玻璃幕墙建筑和多种文化融合的气息；也不想去第14区居住，那里参观地下墓穴和图卢兹—洛特雷克的游客人如潮涌，而且——又耸耸肩——佩内洛普的姐姐也被游客流卷到那里去了。哦，让娜……早秋的时候她和安德烈开始了分居，她就离开了凡尔赛，把她的丈夫和她的父亲，兵器广场和宫殿，修剪整齐的、叶子已经发黄的椴树，还有火车站附近的那一排排沉睡的出租车全都抛到了脑后。她其实也可以搬到我那里去住，搬到客房小楼里；我向她提议过，是啊，我把这小楼献给她用。但她的话是对的，我必须认识到，她在出版社附近租一套两居室的房子，浴缸里游着小银鱼，院子里摆着垃圾桶，“小窝”到出版社只是步行的距离，这样会更方便些，更独立些，更现实些。

目前我爱着的在凡尔赛的女人罗贝蒂纳和巴黎的关系呢？罗贝蒂纳绝对不会像让娜那样说，巴黎对她来说很骇人，但她的生活需要这种骇人的城市就像内衣需要经常换洗那样；她绝不会说，巴黎简直是吞噬人的地方，但她仍是它的一部分；也绝不会说，巴黎是天穹之下最奇妙的藏污纳垢之地。罗贝蒂纳喜欢巴黎的地方，恰恰是我最厌恶巴黎的地方：它离得那么近。近得根本就不值得住在那里。只要花上二十分钟时间，她就到了植物园。她每年都去一趟拉雪兹神父公墓，去站在她少女时代的偶像吉尔贝·贝科的坟前，这对她来说就够了。植物园里面没有什么可吸引我的地方。贝科每周都在收音机里唱着《娜塔莉》这首歌。当我告诉罗贝蒂纳，让娜和佩内洛普的电话留言机上的语音、语调、提示语听起来都完全绝对一致时，她回答说，这倒是十分惊人——在我坚持说事实如此，她听了提示语音以后——巴黎说起话来就是巴黎,凡尔赛说起话来就是凡尔赛,这个——她耸耸肩——不同就足够了。啊! 亲爱的罗贝蒂纳。

我坐在里沃利街的拱门下,等着那位还算是我的女婿的人,我习惯在等人的时候拿着一本书,要上一杯法国茴香酒,在那里读上几页。因为我们通常都是开着安德烈的车子回去,所以我一般都是坐火车进城,接着在地铁的充斥着调味料香气的空气中站上几站路,然后慢慢地步行走完到玛丽—莉娜咖啡馆的其余的路。要是在火车里就开始阅读,效率会更高些,但我没这么做。对我来说,乘坐一次车实际上就是进行一次旅行,而旅行就是要多看看:我看见维洛弗雷的小山包;看到妈妈的老人院住处;看到了那个湖,在湖畔我第一次亲吻了罗贝蒂纳;我坐车经过塞纳河,见到河面上一些跟我父亲开过的"亨丽埃特"号那样的货船。我看见拉德芳斯附近的摩天大楼,暗自思忖,我的老父亲若是还在,见到这些楼会说什么。只要我走入荣军院这个周转站的拥挤的人群中,我就见到了巴黎不可避免地令人沮丧的一面。

我读了第二本关于亚里士多德的书,然后读了一本伊夫·肖万写的书,没读一会儿我就把它放到一旁。因妒忌啃噬着我,同样没读一会儿就放下的是《微小的银河外星系——平面半导体的研究新路》,这书是我从前的同事雅克·米纳尔迪写的一部书,现在他名叫杰克,在新西兰养绵羊。罗贝蒂纳想让我打起精神来,她让我试着读读《光的海岸》、《黑色的永恒》或者是《阿加迪尔之猫》。我不想读。你太优柔寡断。我还一直不想读。你这无知者。我放弃了抵抗。韦罗妮克读过这些书,佩内洛普读过,现在罗贝蒂纳也在读。我开始用半个小时,有时用整个小时来读莫里斯的书,安德烈经常迟到,胳膊肘下夹着折叠象棋盘，留着新的博比·菲舍尔式的银色胡子，一脸博比·菲舍尔的坏笑，这是他对其令人生厌的尼姆佐—印度防御有所改进的预兆。

我带着兴趣阅读有关非洲的书籍，我全神贯注地读着，享受着阅读过程——书中没有任何德尔菲娜的踪迹、亲吻或影子。没有任何我暗自在窥视的东西，没有一行字里藏着对韦罗妮克的致意。通过阅读，可以了解很多关于摩洛哥的事情，了解在游客蜂拥而至的时代到来之前的摩洛哥，了解它的历史、它的人民、它的“孤岛特性”，正如《光的海岸》中的一段话：“夹在两片大洋之间，一片沙海，一片湛蓝。”令人惊讶，《阿加迪尔之猫》不仅是一部历史小说，而且莫里斯的第一部书的故事就发生在阿尔贝·加缪发生车祸和我们分道扬镳的那年。故事发生在 1960 年 2 月那场摧毁整个城市的大地震之后的几周里，那场地震夺去了大约一万五千人的生命。就算是我以前听说过那次地震，那么我也早就已经把这场自然灾害忘了个干干净净。这本书描写了对这场悲剧的回忆和城市的重建，我本人并不是个喜欢猫的人，但是这部小说中几乎每一个人物共享的对这场灾难的共同回忆还是深深地打动了我：这个城市的猫从废墟堆里钻了出来，给街道带来了生命，它们向阿加迪尔的居民们展示了任何地震都无法摧毁的东西。

10 月里的一个下午，我坐在玛丽—莉娜咖啡馆的窗前打开了那本薄薄的小书，书的封面就是几个月前曾飞入我家的信箱里的那张明信片，这本书给我带来的远不止是兴趣、快乐或是对知识的渴求。也有可能是因为我现在了解了瓦兹河畔欧韦这个地方，而且我经常去那里，也就慢慢地喜欢上了那个小镇，我在阅读《文森特·梵高生命中的最后三天》时，从第一个句子开始就感受到了一种孩童般的快乐和安慰，这种慰籍驱散了我心头的所有巴黎阴霾。它消失在我眼前的斑斓色彩中，当我在多比尼路靠着阳台的栏杆，看着下面疯长的花园植物，身后的屋子里传来罗贝蒂纳、帕斯卡尔和莫里斯交谈的声音。

“书很好，我喜欢。”我往往总是这样回答安德烈关于某本书怎么样的问题。他在放下象棋小箱子前，总会绕过桌子，过来搂一下我的肩。我总需要一点儿时间来断定，他在那儿，显得筋疲力尽同时又充满斗志，他看来不知什么时候也习惯了我那短暂的若有所思的神情。他用下棋的间歇，去为我们要一些咖啡和水。在侍者端来了我们要的东西之前，他就不再烦扰我，让我把正在读的那段书读完；他就用这个时间把棋盘和棋子给摆好，后、王、车、象、马还有兵，他总是按照这个顺序来摆放。

“他画了 873 幅画。他在阿尔勒时这么写过：实际上他一直在致力于画得更加准确些。那时他作品中的色彩戏剧性达到了高峰，这就让他周围的一切都卷入了那种燃烧的旋涡里去了，人们躲着他就像躲避着‘红发疯子’，‘红得像胡萝卜一样’，阿尔勒的庸民们和谨小慎微的人都这样嘲笑他。”

我读着这些句子，这并没有带着我远去——而且我确实总是在接近棋盘，棋盘在我的眼皮底下渐渐地摆好棋局。阿尔勒……一座城市，我还从未去过。而去想想欧韦，想想梵高的《雨》，想想明信片和莫里斯反而更容易些。我想着阿尔勒，我父亲他开着船从那里驶回时，给我写过信，想起了一幅画，拉乌教授对莫里斯和我说起过：在阿尔勒，那里有古代墓葬群阿利斯康墓地，古代墓葬的习俗之一是，人们将已故者的遗体放入棺中沿着罗讷河漂流而下，直到哪位制皮匠把遗体捞上来，他可以因为他的服务收取“逝者费用”。安德烈把那些黑白棋子从箱子中取出摆上的那个时刻,它们就像这些成排地站在罗讷河边的制皮匠、挖墓人、吊唁者,摆好在我面前;放在玛丽—莉娜咖啡馆桌子上的象棋小箱子,在我看来就如同沿河顺流而下的棺材。

但有一次安德烈在跟我下了三四局棋后,还带着我去了丹费尔—罗什洛广场。他不愿意走得离让娜的住处再近一些,我们就道了别,我又步行了一小段路。让娜的时间很少,她和一位年轻的女翻译一起在为斯威夫特的厨艺书制作一个新版本,《利立浦特的烹饪技艺》将于圣诞节期间准时地出现在书店中,在手稿校订完毕付梓之前,美食栏目的女主编是不会拿出时间来给她迫切需要爱的老父亲的。

天色很晚了,我要先乘地铁到蒙帕纳斯经过杜洛克站和荣军院站,然后接着坐火车去凡尔赛,而后再打车到勒谢奈——我现在正要面对艰难的、跟奥德赛之旅似的回家之路。而且我还陶醉在对我女儿的前任男人的攻城掠地般的一系列胜利之中。我问自己,是否能从将安德烈全面击败的这一堆失败中得到些什么好处。在这个深秋的最后的美好夜晚,我有些躁动地喋喋不休地说着,和让娜一起坐在她那小窝的簸箕大小的阳台上。

她在烧饭。我有些同情地望着楼下的垃圾桶。我们喝了一杯西拉葡萄酒。我们吃饭的时候,她问起了妈妈和罗贝蒂纳,我向她讲述了我们的戏剧之夜,我们看过加缪的戏剧《卡利古拉》;还说起了佩内洛普和蒂埃里,他们正在等待着孩子的出生,让娜一下子泪流满面。她燃起了一支烟,虽然烟灰缸上已经夹着一支烟,正在袅袅地升起一缕青烟。我想让她开心一些,告诉了她莫里斯的一个古怪的愿望,帕斯卡尔·布卢瓦把这个愿望给翻译过来了:他在去世前想再看一次一位美丽女子的裸体——但她必须有腋毛，他觉得当今那些刮得光溜溜的母鸡们很恐怖。让娜问，那我们要帮助他满足这个愿望吗？我实事求是地回答，很愿意，只是不知道怎么满足。我笑着说起了安德烈，说起了我们的见面。他正在考虑着去参加全城马拉松赛跑。他把吉普车卖掉了，买了一辆很小的车，而且他现在可能有新的女朋友了。

“新的总是好的。”让娜还一直在笑着，一边用手背去擦干眼角，“他难道没告诉你，我看见那个女子了，在拉斯帕伊大街上，他和那个洛丽塔？”

唉，我的太阳。难道她还一直是一个人吗？我们之间太难聊到一起去了，几乎没有任何话题不会让我们吵起来，或者是去触碰某个话题不会让她或者让我感到难堪。她过得怎么样？我呢？我们各自都小心翼翼地不去问这些。

“我或许还是一个人吧，”她说，“但是不像从前和他在一起的时候那样。我并不孤独。就算是我有时有些孤独吧，那至少也不会有人对我说，我肯定会犯错的。”

她把我送到楼下，送到她住处下面的咖啡馆前。晚风把人行道上的烟蒂吹了起来，在空中舞着，她问我：莫里斯的病症真有那么严重吗？

我点点头：“瘫痪蔓延到他的肺部了。”

“他还能有多少时间？”

我告诉她：“可能还有几个星期。”

在巴黎和凡尔赛之间的快速路上，安德烈握着他那辆杂音很大的二手小车的方向盘，向我承认了他跟他的同事多尼塔之间的“故事”——那是辆标致 106,这个型号数字已经说明了这辆小车的岁数。那是 11 月初的细雨蒙蒙的一天。狂风将树叶从树上横扫下来。树叶围绕着市郊路灯的光柱在旋转。

她二十六了,有个小女儿。多尼塔叫她“蜜儿”,蜂蜜,因为那个小米雷耶是这么称呼自己的。

我算着…… 1957,鲍特维尼克对垒斯梅斯洛夫,象棋大战的那年,就是他的出生年。照此算来,他明年该有五十了。照此算来,他比多尼塔—洛丽塔要大整整四分之一个世纪。不管怎么说,她已经长大成人了。自从我的女儿离开了他,安德烈就是个自由的人了。可是——让娜和他还处在分居一年的状况中,他们要认清,这个婚姻是否还能持续下去。在我看来,已是不可能了。

他情绪极好地把这个题目撇在一旁,又回过头来谈起了象棋。但我觉得这也不过如此。他说起了鲍里斯·斯帕斯基与博比·菲舍尔之间的友谊,斯帕斯基要求美国总统,别因为一场被禁止在南斯拉夫举办的国际象棋表演赛逮捕菲舍尔了,而去逮捕他:“博比和我犯了同样的罪,您把我抓起来吧!”据说斯帕斯基曾经这样给乔治·W.布什写过信。而菲舍尔随即——安德烈坐在方向盘后面,放声大笑——提出抗议:“我可不愿意跟斯帕斯基关在一个号子里。我要个姑娘。那个个头矮小的俄国女郎怎么样,那个象棋大师,她叫什么名字来着?——你明白吗?”

不,我没听懂他说什么。一双熬红了的眼睛在望着我。看不出来,他自从那个夜晚在小旅店里学会了控制眼泪。但不到一个小时之后,我在罗贝蒂纳的沙发上又看到了他的眼泪:安德烈缩作一团,坐在那里,大声地抽泣着,罗贝蒂纳和我一时都不知所措。

49

几天之后，我自己又坐在了方向盘后面开着那辆DS第八次还是第九次前往欧韦。佩内洛普陪同我去。我对她说了这辆雪铁龙的来历，但是她在此之前并没有见过这辆车。这辆锈迹斑斑的旧乌龟车在修车厂放了整整两周，罗贝蒂纳和我开着它在秋天回暖的日子里慢吞吞地爬在路上。

佩内洛普面颊红润，双眼炯炯有神，小腹微凸，她扑通一声跌坐在新的仿麂皮坐垫上。很时髦的车子——尤其是那喷漆。是不是罗贝蒂纳挑选的颜色。是的，我说，她父亲的DS是酒红色的——这一切是用退税的钱支付的，所有的退税都该归功于罗贝蒂纳。

我必须对她讲述一切：说说那个忍心把她姐姐的婚姻彻底摧毁的男人的全部故事！这是自从我康复以来的这些天里，我第一次和佩内洛普单独在一起。孕期让她颇感不便。自从她知道，她怀的是对双胞胎，她就一个星期只在克利希镇的画廊工作两天，但我们还是很难找到共同的时间。蒂埃里慢慢地具备了贴身保镖的气质。他从不离开她的左右，哪怕她只是来看我一次，罗贝蒂纳花了一个星期的时间去做耐心细致的电话说服工作，我的小女儿总算是自己坐上了前往凡尔赛的火车，这是她前往瓦兹河郊游的第一步，总算是能够认识一下莫里斯和那个戴着字母眼镜的年轻人了。

罗康库、基督山伯爵城堡，然后是塞尔吉，最后是蓬图瓦兹。在快要到达欧韦的时候，我对佩内洛普说了我所知道的伊万·卢瓦克·米科的悲惨下场。内容并不多，大部分是谣传：我从安德烈那里得知，《里沃利》杂志把米科开除了。他醉得摇摇晃晃地出现在编辑部里，在那里乱砸乱扔。一位同事告诉让娜，ILM 的房东跟他解除了租用合同，因为他没法付房租。随即他把自己封闭在一个屋子里，用床单挂在窗前，上面用番茄酱涂抹着大字：“公平！”结果：警察们出现了，他被赶到了大街上。安德烈也有一些同事，他们开口说了一些闲言碎语：米科玩失踪了，米科住在位于博比尼的一间带家具的简陋小屋里，他在制订宏大的计划。让娜通过一封电子邮件得到信息，米科在圣心教堂下面的一家敲竹杠的饭馆里面当跑堂，他有一天突然失踪了，据说是顺走了柜上所有的现钱。我是怎么得到这辆车的呢。我告诉了佩内洛普。有好几个星期，这辆加满了油的 DS 车停在我的房前，罗贝蒂纳和我都在等着米科来把它取走。10月初一位年轻的女子打来了电话，要以他的名义来和我们做一笔交易：她父亲，这位姑娘在电话里是这么说的，要将车子的所有文件寄给我，如果我同意履行义务，支付这辆车的报损费用。她给了我一个地址——还真的是在博比尼——对此我发出了一封信函表示同意。我还考虑了把地址上报，但是罗贝蒂纳说服我不要那么去做。不久后信件和赠送证明都寄到了，签了字，一句问候的话也没有。一个女儿？让娜说，伊万·卢瓦克·米科没有孩子，他憎恶孩子。

这是一只孤独的狼，一个失败的存在，显然彻底被毒品给毁了，佩内洛普这样数落着他。她姐姐怎么就偏偏要跟这么个暴戾的人凑到一块儿，这可真是说明问题。在我说起了让娜的眼泪，同时也没有隐瞒安德烈的眼泪时，她默不作声了，长久地看着车窗外面。

“多么可怕，”她说，“真让人受不了，从前两个相爱的人，现在只有痛苦跟他们有关系。”——她一边说着，一边将手放在肚皮上，一只手放在左边，另一只手放在右边，每只手都抚摸着一个她正怀着的孩子。

她自己会走出来的。没有人知道，让娜是怎么伤害她的——而且早在她认识蒂埃里之前就一直伤害她。她那永远良好的自我感觉。让娜到底从哪儿来的权力来这样对待别人？

“我又不是她的雇员。我也不再是她的那个小妹妹了，她再也不能就因为我在某个地方走在前面了，就可以过来揪我的头发。”

明年她就四十岁了，要当母亲了，她到过世界上的很多地方；如果让娜想要赶上她，那可还要很费劲地去努力才行。

“尽管如此……”

她根本就没法看让娜在哭。知道让娜不快乐，会让她觉得非常不快乐。而且她现在导致了她的绝望,她要试着和她和解。她会先给她打电话,带她看看自己的新住处。她会……

我的女儿佩内洛普·梅塞一直都有着自己的头脑,有着她自己对事情的看法,最重要的是她还有对公平正义的自己的一套见解。她要表现出她对公平的认识,并不需要将这两个字用番茄酱涂抹在床单上,然后在窗口上挂出来。她更像她母亲,而让娜只是在外貌上跟韦罗妮克长得像,在行为处事方面实际上更像我一些。当布卢瓦领着佩内洛普穿过已经凋谢的、四处都是灰蒙蒙的花园,佩内洛普从他那里知道,出乎她的意料,让娜竟从来没跟着来过欧韦,佩内洛普感到很羞愧。我看到她脸红了。我心中暗自有几分惊奇,但是没让别人察觉出来,而后我在楼上的房间里为莫里斯读了几页他所钟爱的夏多布里昂的文字。

最后一次到欧韦探访的那一天深深地打动了所有的参与者。莫里斯告诉布卢瓦——布卢瓦对我翻译了一下——佩内洛普的面部轮廓及步态举止让他看到了我的影子。布卢瓦和佩内洛普很对眼缘,他们很快就结下了友谊。在吃晚饭的时候,我跟这位年轻的男士讨论起他在《科学》杂志上读到的一个发明——我没法相信他说的:“年龄探索者”是一个全身套装,在膝盖和胳膊肘处加上了行动迟缓的关节,填充一定的重量,还配有一只将视野缩小的头盔。人们希望用这套宇航服似的东西模拟出老人来,使比较年轻的人能够体验一些老年人的行动不便。我告诉了布卢瓦,我是怎么看这个的——它一无是处。年老时的身体问题只是症状。真正引起这些症状的原因,那是用什么也无法模拟的。对往事的过多回忆和恐惧,这些没有人为你分担,也没有人能够为你分担;形只影单,被人遗忘——这些都会使人变老。如果一个人很幸福而且不是孤孤单单的，他还会死吗？

我像以往一样道了别，很平静地与其说与莫里斯道别，不如说与花园道别，不管怎么说也没有想到，这一次竟然是诀别。而且我得知，佩内洛普的正义感能到什么程度，或说就像人们通常说的那样，真的到了什么程度：比我做过的和所能做的都要多。她到了楼上，把我请到门外，我的气恼愤怒根本无济于事。她是我的女儿。但她也是个女人，她自己能够决定，在谁面前脱光衣服。然后她单独地走进房间和莫里斯一起待了一刻钟时间。在楼下的挂满面具的房间中，我脑子里浮现出莫里斯给我来的第一封信中的句子："我从来就不是一个无私的人。"

50

“火车抵达天堂车站：11 月 29 日 17 点多，”布卢瓦说，“非洲特别快车，第八站台。”

他晚上很晚了打电话来，告诉罗贝蒂纳和我，莫里斯去世了。他的肺部在下午停止了呼吸，急救车把他送入医院，在场的医生建议不要再采取延长生命的措施。

他没有受什么苦，就直接长眠了。过程非常快。他一定在天堂车站里飞舞着经过站台。

51

在勒谢奈,我们顶着暴风雪出发,开车过了罗康库没多久我就把方向盘让给蒂埃里了。三个身着黑衣的女人坐在车后座上,她们把大衣抱在怀里,佩内洛普、罗贝蒂纳和我母亲,老妈戴着一副太阳镜,因为雪光晃眼。天空灰蒙蒙地笼罩着撒满了雪粉的田野、落尽了树叶的栗树和枫树。雪中的欧韦,白茫茫的一片,所有的树木都光秃秃的——梵高从来没有见过这个景色,他在这里只度过了一个夏天,我对蒂埃里说,他正开着这辆雪铁龙沿着狭窄的路往上爬坡。他全神贯注地开着这辆老爷车,保持车子平稳行使,对梵高他并不了解多少。

但其实蒂埃里和我之间平时的交谈也很少。

一列列坟墓之间的砂石道上也覆盖上了一层薄薄的积雪。这是星期天的下午，寒冷而潮湿。空气中弥漫着雪的味道，山坡下的小镇里响起了钟鸣声。我们步行穿过墓地，我的母亲用手挽着我，罗贝蒂纳对我点点头，跟着我们，佩内洛普和蒂埃里走在后面，与我们拉开一定距离。在其他人走过的地方，我看见苍白的砂石闪耀出一条足迹，它指引给我们一条路，通向放着鲜花和花圈的棺材。我估计有二十多位前来吊唁的人，我们步入那个穿着黑衣服的人群。在我们之后，没有别的人再来。

帕斯卡尔·布卢瓦身穿大衣和正装，头戴一顶黑色的毛绒帽子，站在离坟墓最近的地方。除了他和我们五个人还有谁？让娜告了假：因为去参加一场葬礼而要去和安德烈面对面，她既不愿意勉强自己这么做也不愿勉强安德烈。这我能理解。同样，安德烈也以同样的理由告了假。牧师也没有出现。这是莫里斯的遗愿。我从来没同他讨论过上帝，他是否还信教，我并不清楚。我想不起来他的那些书中在什么地方说起过自己的信仰。他在自己的最后几周中，偶尔也问起过让娜，她的职业生涯、婚姻，问起过安德烈。我曾经唯一给他看过一次他们两人的照片，他客气地恭维了几句，就没再说什么别的，他也没说，让娜很美，长得和她妈妈很相像之类的话，对此我很感谢他。

默哀几分钟。几只幽灵般乱窜的乌鸦在呱呱地叫着。帕斯卡尔·布卢瓦的脸上没有因为马上就要由他来致悼词而出现一丝一毫的紧张。我扫了一眼周围的人，沉思而肃穆。显然我是唯一一个有些不安的人。开始下雪了，雪缓缓地、静谧地、平和地下着，与当年在维勒布勒万举行的拉乌教授的葬礼并没有什么不同。我看见了许多老人，我估计，人群中有几位是邻居：那些在过去的夏天里跟莫里斯一起玩滚球戏的男人们，那些帮他购物或者帮他把房子整理得井井有条的女人们，他们都与躺在棺材里面的莫里斯一样，与站在雪中的我一样，银发满头，或白发苍苍。

人群中也有些其他人。布卢瓦后来告诉我，除了女镇长以外，欧韦镇上没有别人来参加葬礼。老人们是莫里斯先前的同事、工程师们、作家们、他的审稿人、忠实的读者，他们看到出版社刊登在《解放报》上的讣告就来了——站在我右边的一位体态丰满的女士，她还相对年轻，我看着眼熟，却又说不出来在哪儿见过。一直到这位穿着兔毛夹克的她带着让人困惑的微笑朝着我眨眼……这才想起来，她就是在凡尔赛火车站我口渴难耐时救了我的那位美国女子。阿德里安娜·拉瓜迪亚。这简直不可能。

莫里斯把这一切变成可能。艾德捶了我几下，我们在葬礼后相互招呼致意，一同走向停车场，我们俩都知道，到了那里就是要再次告别。她不是游客，"不是的！"她和她丈夫，那位跟他们的女儿一起住在布鲁克林的克里斯，都是美国使馆的工作人员。她在报上读到了作家莫里斯·拉乌的葬礼的消息，看到我还活着，她很惊讶。我当时在过街天桥上头脑混乱就随口向他们虚报了一个名字。

"那么你是谁呢？"她用她那最明亮的嗓子问我，再一次把手放到我的胳膊上，对我眨着那双又大又深的眼睛，就像是时间本身也有了眼睛。是妈妈，她没征得我的同意就告诉了他们真相，"他还能是谁呢？"

在那位真正死亡的人的坟墓边上，我的左边站着德尔菲娜。那毫无疑问就是她。她那短短的金色的头发已经变成了银发，脸上布满了细小的皱纹,但是……那脸上的十分熟悉的表情,那停留在我的记忆深处永不磨灭的东西。那里有个令人生厌的大块头,站在她身边,用爪子围着她的肩。那个大块头跟我一般高,但是体形有我的三个那么大,那是她的第三任丈夫。当然了,他并没有做错什么。这个毫不知情的贼。他夺走了帕斯卡尔的母亲,夺走了莫里斯的妻子,夺走了我的女友,德尔菲娜·谢弗罗,这个姑娘的姓是一片树林,而他,佩雷斯,从来没有见过这片林子,所以他也不能从任何人那里偷走它:小树林谢弗罗现在不复存在了,帕塔舍兄弟想必一定早就已经把它砍光伐尽了。

没打招呼,没看我一眼。没有任何哪怕是最细小的动作能向我表明,她已经认出我来了。我觉得我自己就像是一个来自更加乡村气的、关联更密切的生活的自我的后裔。我眯着眼看着开始飞舞的雪花,就像是那天在莫里斯叔公的葬礼上一样,我又回到了十四岁,一时间又成为那个少年,那个豆芽菜般的少年,任何死亡、任何冬天对他都不能有所触动。那时有莫里斯,那时有韦罗妮克。那时有德尔菲娜。在朋友们的脸上,那个少年读出,那时也有他。天在下雪,地在旋转,无所谓,无论是爱是友谊,或者这些概念只不过是些发明臆造,天在下雪,时间在被抹去,无论与孩子们是否有关系。罗贝蒂纳压了一下我的胳膊,她轻声地对着我的耳朵说,那里的那位女士是德尔菲娜,对吗?我点点头。

帕斯卡尔终于从大衣中抽出了那张纸。他转向我们,用以下词句开始了他那简短的、非常独特的致莫里斯·拉乌的悼词:“受难和奇迹是孪生,它们总是一起降临。”

这是夏多布里昂说的。布卢瓦说他最后一次跟莫里斯一起共同阅读的是《墓畔回忆录》。他要朗读一下莫里斯最喜欢的段落，这是莫里斯的愿望，就是夏多布里昂遇见玛丽—安托瓦内特的那一段。

“这是一句关于微笑以及微笑的力量的一个独特的长句子，”布卢瓦说，“它说的是微笑如何战胜时间，战胜无意义。”

停顿了很长时间。没发一言，只有雪在下着。

帕斯卡尔用沙哑的声音念了这段话。

“玛丽—安托瓦内特微笑着——她的嘴的形状如此明显地凸显出来，以至于在1815年掘尸检验中发现这位不幸的女人的头骨时，对这个微笑（十分震惊！）的回忆能使我重新识别出这个国王的女儿的颌骨来。”

因为下雪，他的毛绒帽子几乎变成了白色。头骨、颌骨、掘尸检验——我们因一些根本不属于坟墓的东西感到惊慌、震撼、窘促，站在那里，看着他。他盯着手上的稿纸，但没再说什么。我对他的了解并不多。但对帕斯卡尔·布卢瓦的认识总还是能够到这一步，能够观察到，他在尽力地控制住自己，才使自己没有当场跑到一边，或者起码没有将这张稿纸压在自己的脸上。

这个词“十分震惊！”，就如布卢瓦轻声说出来的那样……这就是在瓦兹河畔欧韦的墓地里举办的莫里斯的葬礼留在我心头的东西。

那个年轻人的母亲没有动。她没有什么变化。那个在她身边的家伙，那个男人，紧紧地把住她。她哭了。而且因为除了佩内洛普和我之外几乎没有人不哭——甚至连罗贝蒂纳、蒂埃里、女镇长，就连那位总是开开心心的艾德也哭了——最后我的小女儿，她走到那个恸哭的圈子中，把布卢瓦拥入怀中，把他给带走了。

接下来的几周里,我们看见他又找回了他的那种友善的韧劲,我们都松了一口气。城市一方要把那一栋位于多比尼路的房子强行拍卖,有很多人对这栋房子感兴趣,这一点是可想而知的;但帕斯卡尔·布卢瓦并没有犹豫多久,就明确宣布,根本不愿意出售莫里斯的房子。莫里斯并没有留下有法律效力的遗嘱。欧韦城的律师对拉乌先生遗愿的解读是:拉乌先生要在他去世之后把他的财产转交给一个基金会,这个遗愿只是口头表达出来的——而这与布卢瓦对事实的解读完全相悖。莫里斯既未留下口头遗嘱,也未留下书面遗嘱,这一点才更符合事实。原因非常简单:他没有能力去完成二者。但他还是毫无歧义地表明了他的最后愿望——他通过目光,借助于那个为解读目光而研制出来的眼镜。布卢瓦告诉我,他不会放弃去证明;不会停歇下来,直至……

我们这么通着电话的时候,他时常提醒我,他说的莫里斯的最大的愿望是什么。因为这个愿望与布卢瓦即将创建并且将要领导的基金会并没有关系。莫里斯最希望的莫过于,我以我的回忆来完成对那场车祸的描写。

可惜我一直没有主意,怎么来完成这一项棘手的工作,我说,把整件事情扭转一个方向,这将会是个无济于事的努力。因为我的抗拒根本没用,尤其是我这一方由来自曼特农的一位女士在其中穿针引线,在新年后不久帕斯卡尔·布卢瓦被请到我们这儿的王宫里来了。

我们在星期天请大家用餐——一次小小的聚会,罗贝蒂纳是这么看的。让娜去接了妈妈来,佩内洛普已经怀孕六个月了,由蒂埃里陪着来的。对我们来说,让娜和帕斯卡尔以前还从来没见过面,这真是一件很奇怪的事情,因而看到他们两人相互理解,大家都觉得非常美好。布卢瓦读过斯威夫特的著作——他做过准备，事后他向我承认了这一点——所以他们两人在饭桌上有个聊不完的题目。我们其他人也可以参与，因为罗贝蒂纳根据《利立浦特的烹饪技艺》一书，烹制了一个套餐，这不仅仅令让娜一人感到惊讶。

我决定向他讲述，在轨道车上发生了什么，我在维勒布勒万的车祸现场看到了什么，做出这个决定对我来说也是很突然的，未经考虑的。当然我们那天晚上喝的那瓶优质葡萄酒对我下决心也起了很大的作用。主要是我们两个单独在花园里时，布卢瓦说的一句话改变了我的立场。还因上一场雪，花园里一片白色，很安宁，我也很愿意自己能够这样安宁。夜空中的昴星团摆出了一道谜题，而月亮像是给出了谜底。我和这位年轻人站在我那冰冷的地块上，这个年轻人从年龄上来看，可以成为我的儿子，但他并不是。那道冲着我微笑的门牙缝，就是一个证明。

“我要告诉您那天的事情，如果您愿意承诺，您将把它写下来。”我对他说。

他会试着去写的，布卢瓦说。然后他说了这句话：“您知道吗，雷蒙，我的母亲，德尔菲娜，她在葬礼上不单单为莫里斯落了泪。”

是的，苦难与奇迹，它们是双胞胎。

52

好吧，我在花园里说吧，花园在这个冬夜既黑又白。过去四十七年了，几乎一天不差，我还是第一次让人知道 1960 年 1 月 4 日那天究竟发生了什么。我对帕斯卡尔·布卢瓦说起了棚屋、轨道车，说起了我和莫里斯打算出发的那个中午，我们当时认准了一个想法，就是要与开往巴黎的列车准时地迎面驶过，我对布卢瓦讲了美丽的、奇妙的……以及后来完全变了样的结局。

莫里斯不是一个人来的。我本来也打算带人的，但是我担心莫里斯会指责我不守信用，就算了，没那么做，可莫里斯却那么做了。他带着德尔菲娜一起来棚屋，他解释说，她想跟着坐车。我对布卢瓦说，我当时一下子就冲着莫里斯扑过去，他母亲试着把我们拉开，我讲起我们当时在雨中推推搡搡的，时间不多了，最后我只好让步。我们把大门打开，把轨道车推到外面来。我告诉莫里斯，我可不像他，我从来不违背诺言，我还是一起去，但是他如果带上德尔菲娜一起去乘车，那我们的友谊就到头了。我对他说这些，心里清楚得很，他的回答决定着，他是否做得出来，当着全世界人的面拐走我的女朋友。

出发时，相互的伤害让我们都很不好受。我们很快就加速了。轨道车运行正常。到了我们计算的地点，一段废弃的轨道上，轨道车达到了最高速，我们经过了露天游泳池、卡塞尔的草地、运动场、最后的几座农庄和房屋，维勒布勒万被远远地留在雾气和冰冷的雨水中。

我对布卢瓦说，我很清楚地记得，我那天非常沮丧，急切盼望了那么久的冒险，对我而言似乎突然索然无味。莫里斯和我都可以从对方的脸上看出，伤害有多么深。我们互相避开对方的目光，一言不发。我们俩一个在前，一个在后地在操作着泵的把手，德尔菲娜身穿带风帽的厚上衣，蹲在泵的把手下端的木台子上，她胳膊环绕着管道，我看着她哆嗦着按下把手来，等着莫里斯把它再放回合适的位置。我们按照练习了几个月的节奏在玩命操作，我感觉到莫里斯的力量，感受到速度，我对布卢瓦说，我心里的怒火也以同样的速度蹿到脑门上。

突然冒出蒸汽气雾来了。灰黑色，一团团密集地吐出，烟雾在雨中的约讷河上升起。鸣笛——美丽的、奇妙的轨道车在鸣笛。莫里斯和我相互看看，一切都按计划进行，大消逝的轨道车、废弃的轨道、准点的火车、我们的车速，都在我兜里的记事本上精确地计算过。一旦火车的最后一节车厢通过，我们应该很快就能到达桥梁的道岔。在中午的火车呼隆隆地穿过维勒布勒万的那个时刻,一切都很好。我忘记了怒火和忿恨、潮湿和寒冷。我甚至忘了坐在我脚底下的姑娘。

我有些晕眩,猛地要使自己清醒一下,这位站在我面前的年轻人正是这位姑娘的成年的儿子。我见他冻得蜷缩在西装里,但又想,这套西装的年龄大概比他还要大吧,这是莫里斯遗留下来的。布卢瓦冻得直哆嗦。我看见他母亲站在我面前,德尔菲娜,她在哆嗦。

他不想进屋,请我接着往下讲,因为我们不会那么快再见面。我说,我可不希望这样。罗贝蒂纳出来瞅瞅我们——格列佛最喜爱的甜点已经摆在桌上了——我请她把我们两人的大衣拿来。

我们穿上大衣,布卢瓦说,他从莫里斯那里知道,轨道车只开到约讷桥前的那个道岔。扳道岔,把轨道车开到主轨道去,这些都没能实现。

是这样。在桥前,伟大消逝停止了。为什么?有两个原因:一方面因为我们把轨道车停下来时,没能扳好道岔。是扳道杆卡住了,还是我们上次试过后,转辙器锈蚀了……我们没法找出原因。这也没什么关系。不管是哪里出了问题,反正我们也没法统一意见。只要莫里斯一张嘴,我就会劈头盖脸地猛损他一通;而我要说点什么,他也毫不客气地极尽讥讽之能事。

另外一方面就是因为德尔菲娜。她怎么看我,我无所谓。我跟她断了。我也注意到,她在轨道车上是怎样紧紧地黏着莫里斯的,而他又是怎么帮助她下车的。她跑上了桥,站在铁轨中间,正是刚才火车过河时通过的那段。

突然她在上面大喊起来。这是她离开棚屋后说的第一句话。她不仅喊着莫里斯,也在喊我——她不停地喊,直到她开始挥手,并且踉踉跄跄地跑过桥，她回过身，打手势让我们过去。我们在犹豫，但还是慢慢地挪动了脚步，先是莫里斯，然后是我。我们就这样跟着她过去了。

我们从高高的铁路路堤上望过桥去，越过一片田地和一片黑色的树林，我们看到了发生车祸后的公路。就像莫里斯所说的那样：撞得散了架的车，缠绕在一棵树上的汽车残骸，一辆红色的雷诺车停在路边，不远处的车道上停着一辆拉木头的大货车，车子一半在沟里，一辆自行车。

也可能事情完全不是这样。飘过空中的鸟儿，是喜鹊还是乌鸦，我倒是实在想不起来了。也不记得有激动或者尖叫。从我们这个了望台往乡村路那边望过去，只有三五个人，个个都很安静。他们不慌不忙，穿梭在汽车残骸和散落一地的沥青块之间，好像在做一件奇怪的工作。莫里斯认出了帕塔舍兄弟——这没什么技术含量，他们的大货车就停在那里。我好像看到了老卡塞尔，他和皮潘一起围着汽车残骸在忙活，平日里他可总是躲着皮潘的。

我告诉布卢瓦，我记得最清楚的是：德尔菲娜跑了起来，跑过田地，莫里斯跟在后面，随后，我也跑起来，湿湿的泥块黏着我的鞋子，又厚又黑，我感觉，跑着跑着脚下就像生出了根，好像是田地要把我留住。

布卢瓦想知道，我们最后离法塞尔·维加车有多远。我看到加缪了吗？我告诉他，看到了，时间很短，只有几秒钟。然后老保罗·卡塞尔和幼儿园老师一起把我们赶走了。那个女老师是里昂人，名字我忘了。

布卢瓦知道这个名字：吉尔贝特·达尔邦。对。她已经完全失控，脸都绿了。她化妆时用了绿色的眼影，妆花了弄得整张脸都绿了。“走开！离开这儿，孩子们，快去求救！”她尖声喊叫，封住了我们的路。我还能记起来的是，事故车方向盘前的男人，血肉模糊，两只胳膊无力地垂下，一只手朝外翻，搁在鞋上。在他上面是另外一个人，加缪。看着就像是有人硬把他塞进了这辆车，先把脑袋往里塞，一直塞到把挡风玻璃穿透。他卡在两个前座之间。我看见，他死了。摊开的手上有一串钥匙。女人们呢？年轻的那个跌跌撞撞地沿路跑下去，皮潘跟在她后面，不停地劝她。年纪大的那个在地里乱跑，她在哭泣。有时她绊倒了，摔在地上。她一直喊着一个词，我没听懂是什么意思。“弗洛克，”她喊，“你在哪儿，弗洛克？”——之后那个老家伙就站在了我们面前，卡塞尔张开双臂拦住我们，冲着我嚷嚷，快躲开，这里小孩子不能看。

我们只好跑回地里，从那里看过去。卡塞尔跟罗歇·帕塔舍商量着，过了一会儿似乎把他支去找救援。我觉得奇怪，怎么就没有人帮帮那个像游魂一样在地里来回乱窜、嘴里不停地念叨“弗洛克”的女人。真不懂“弗洛克”是什么意思。很久以后我才知道，“弗洛克”是她的小狗，再也没找着。我看着她，觉得她很可怜……我转过身来，地里只剩下我和那个女人两个人。

那个女子是雅尼纳·伽利马，布卢瓦说，我点点头。但我当时不可能知道。我看见罗歇坐进了红色的车子，倒车掉头。我看见莫里斯和德尔菲娜向他跑去。罗歇刹车，打开车门，冲他们嚷了几句，两个人上了雷诺车后座。罗歇一踩油门，驾车走了。

然后呢？我告诉布卢瓦，我没再跟他母亲说过一句话。也没再跟莫里斯说话，尽管我们在这个小地方又生活了好多年。

事情过去了。过去的就过去了，但其实也是开始。那天警察和救护车在路上嚎叫了很久之后，我独自走回维勒布勒万。我穿过田地，爬到铁路路堤上，然后上了桥，一直走到道岔，废弃的轨道从这里开始。

致　谢

作者感谢德国文学基金会的资助。

我所描写的所有人物、事件、地点和物品，仅存在于这本小说中，以及阅读它的时间之内。